悪役《ヴィラン》の心理

クリエイターのための
キャラクター創作マニュアル

著　ハン・ミン／パク・ソンミ／ユ・ジヒョン
訳　黒河星子

PROBLEMATIC CHARACTERS Psychology

Han Min
Park Sungmi
Yoo Jihyun

SE SHOEISHA

はじめに

ヴィランの設定がしっかりすれば、ストーリーが豊かになる

現在はまさに、創作の黄金時代である。「パラサイト 半地下の家族」「イカゲーム」「梨泰院クラス」「愛の不時着」などの映画、ドラマ、Web漫画、Web小説といった多様なメディアを通してK-コンテンツは世界中の人々に愛されている。数年間にわたり、さまざまな制約をもたらした新型コロナウイルスの流行は、Netflix、ディズニープラス、Apple TV+など、OTT（オーバー・ザ・トップ）サービス【訳注：インターネットでアクセスできる配信サービスの総称】の拡張とそこで提供される多くのコンテンツの制作に一大ブームを巻き起こした。

映画やドラマなどの韓国のコンテンツは、Web漫画やWeb小説に原案があるパターンが多いが、NAVERやカカオウェブトゥーン、ムンピア、ノベルピアなどのプラットフォームは、いま国内外の製作者たちの注目を最も集めている場所だ。韓国ではクリエイターが自由にフィクションを制作してアップロードできるプラットフォームが作家の数に負けないほど多く、創作技法に関連した書籍や講義が人気を博している。

物語の中では数多くのキャラクターが誕生し、これらの架空のキャラクターたちがまるで

実在する人物であるかのように読者や視聴者、観客を魅了する。しかし、実際に小説やシナリオを通して物語を創作したことのある人であれば、創作の過程がいかに大きな苦痛を伴うものなのかをよく知っているはずだ。そのうえ、人々を共感させ、感情移入させる人物を創り上げるのは思ったより面倒なことである。実は、魅力的な登場人物たちの性格と重要事件の展開、人物間の葛藤には、心理学の知識が根底にあるのだ。そこで、K-コンテンツを愛する3名の心理学の専門家たちが集まり、この秘密を解き明かしてみたい。

著者らが注目したのは作中の〝問題を抱えるキャラクター〟である。彼ら自身、少しばかり厄介者の気質をもつタイプであり、またフィクションにおいて悪役《ヴィラン》ほど重要な存在はいないからだ。主役であれ脇役であれ、その人物がもつ影の部分は、人物設定に深みと物語性を付与する。絵にたとえるなら、単調な色彩に明度と彩度を加えるというわけだ。

こうやって誕生したのが、本書『悪役《ヴィラン》の心理』である。本書では、「性格スペクトラム」によってキャラクターの性格を整理した。性格スペクトラムは《DSM-5》【訳注：DSM（精神疾患の診断・統計マニュアル）とは、アメリカ精神医学会が作成している精神疾患に関する国際的な診断基準のこと】のパーソナリティー障害の分類法に基づいて行う。しかし、障害（disorder）の診断は本人や周辺の人々の人生に深刻で顕著な副作用をもたらすと判断された時に下されるものであり、性格の類型に言及するにあたってパーソナリティー〝障害〟という分類名を用いることはあまりにも病理学的に見える恐れがあると判断した。したがって、この本ではそれぞれの性格の一般的な側面、長所等の肯定的な面を含む「スペクトラム」という用語を使用した。

一般的に、適応的な性格はさまざまな理由から似た特徴をもっている。適応的というのは、例を挙げるなら欲求と感情表現の自己統制に長け、対人関係に親和的で、自分に任された役割を能動的に遂行し、他人とのトラブルを上手に調節できるということだ。

彼らは大抵、人がよい、気さくだ、親切だ、謙虚だ、賢い、要領がよいなどの評価を受け、円満な関係を維持する能力と与えられた業務を遂行する能力を持ち合わせている。つまり、私たちが出会う大半を占める類型であり、言い換えるなら目立った特徴がない。目立った特徴がないということは、葛藤や彼らによって展開されるエピソード、すなわちストーリーを創り上げて進める原動力がないということでもある。完璧な存在ではない私たちの人生は、虚構のエピソードに比べて多くの偶然と葛藤、挫折および克服によって成り立っている。したがって、虚構のエピソードを創作する時にも、適応的な人物だけでは魅力的な話の創出は難しい。

それに対して性格スペクトラムは、本来パーソナリティー障害の分類によるものであるだけに、各々の個性が目立ち、そのような性格をもつようになった発達過程の設定がしやすいという利点がある。そして障害ではなく性格類型の範囲（スペクトラム）を扱うため、多様なキャラクター設定がしやすい。

意図したかどうかにかかわらず、キャラクターたちは物語の中で絶えず危機に直面するが、最も深刻な危機は自分自身からもたらされるものだ。無意識のうちに自らの欠乏を埋めようとする過程で、危機に直面する〝問題を抱えるキャラクター〟たちがストーリーラインを形成し、鑑賞者の心を惹きつけるのだ。作中の彼らは、自分だけのやり方で世の中と自己との関係を設定していく。読者はそのようなキャラクターに憐憫を感じ、物語の中で彼らが体験する苦難と逆境に共に苦しみ、彼らの成功を喜ぶ。その過程を通して、キャラクターの中に自分の姿を見つけるのである。物語のキャラクターが生命力を得る瞬間だ。

この本では性格スペクトラムだけではなく、キャラクターをより立体的に創り出すために、第4章の防衛機制に加え、第6章では文化と社会が個人に及ぼす影響について心理学的説明を加える。また、心理学を専攻しない多くのクリエイターの理解を助けるため、第5章では最近流行りのMBTIによるE-I、S-N、T-F、J-P別の性格スペクトラムの解説を行った。最後の章は、心理学の知識をキャラクター構築に応用するため、本格的な創作の前段階のアイデア開発の際に役立つ内容になっている。

3名の著者はそれぞれ別の分野で活動し、好みは違うが、フィクションが好きなことは一致している。そんな私たちは、コロナ禍の時代に人間を癒やすのは物語であると考えている。どうすればクリエイターの助けになるか、悩み苦しんだ末にようやく一冊の本が完成した。

どうかこの本が、どのような形であれクリエイターの方々の助けとなり、魅力的な物語の誕生へとつながりますように！

目次

はじめに 003

第1章
自己中心的で、自分への信頼が強い――〝自己確信型〟A群の性格スペクトラム

偏執型――復讐の化身〝ジョーカー〟 016
統合失調質――静かで変わり者の〝アウトサイダー〟 028
統合失調型――空想の世界に生きる〝オタク〟 037

第2章
感情的で他人に影響を及ぼそうとする――〝他者コントロール型〟B群の性格スペクトラム

反社会型――われこそが正義の〝無法者〟 051
演技型――愛情に飢えた〝目立ちたがり〟 064
自己愛型――自己中心的で傲慢な〝サイコ〟 075
境界型――衝動的で不安定な〝自己破壊者〟 087

第3章
不安を感じておびえる――〝不安と焦燥〟C群の性格スペクトラム
強迫型――見た目と中身のギャップが魅力の〝完璧主義者〟 102
回避型――臆病で警戒心が強い〝引きこもり〟 114
依存型――認められるためなら何でもする〝盲信的支援者〟 128

第4章
防衛機制――人間の本能と感情を処理するための武器
投影――自身の欲望と感情を他人に押しつける 144
否認――事実を現実として受けとめない 147
幻想――別世界へ逃避する 150
行動化――即時的な刺激を追求する 153
知性化――感情を抑えて統制する 155
転移――欲望を受け入れられず新しい対象と目標を設定する 157
乖離――苦痛を避けて別の存在になる 160
反動形成――自分の欲求や感情と反対の行動をとる 163
抑圧――記憶を忘れたり、感情を心の奥に埋もれさせたりする 165

成熟した防衛機制――利他主義、抑制、予想、ユーモア、昇華　168

第5章
ＭＢＴＩ診断で各性格スペクトラムを掘り下げる

性格スペクトラムにＭＢＴＩ診断を当てはめるなら?　176
性格スペクトラム別のＭＢＴＩ分析　180

第6章
精神障害――文化と社会の影響を受ける

多重人格――精神の一部が分離される　188
解離性障害――心理的ショックによって記憶を失う　196
サヴァン症候群――知的能力と感情の制約、そして天才的才能　205
アスペルガー症候群――知的能力に問題はないが共感力は劣る　210
リプリー症候群――本来の自分ではなく、理想的な他人になりたがる　218
コラム：ミュンヒハウゼン症候群と代理ミュンヒハウゼン症候群　223
素行障害――触法少年と非行少年　227
サイコパスとソシオパス――他人の苦痛を感じない　233

火病などの身体症状――まともに表出されなかった怒り 251
神病と憑依――体内に入ってきた超自然的存在 257

第7章 キャラクターに生命を吹き込む

個人の性格に影響を及ぼす要因 270
ストーリー設定を豊かにする一般精神病理 276
文化が性格を作り、性格が文化を作る 286
プロファイラーが現場で見た犯罪――そして容疑者と被害者 296
キャラクターに適切な試練を与える　生活ストレスの活用法 306
その設定はベタすぎる？　典型的なキャラクターをうまく描こう 310
実践　キャラクターの性格メイキング 321
原注 329

凡例

(1)本書では〝○○型の性格〟と〝○○性パーソナリティー障害〟の表記を併用したが、性格傾向としての特性を説明する際には〝○○型の性格〟として、病理的症状に言及する際には〝パーソナリティー障害〟と表記した。
(2)図書は『』映画およびTV番組等の映像は「」で表記した。なお、未邦訳の作品については原題記載の後ろに()で直訳題を記載した。
(3)多様な作品を例示しながらキャラクター分析を行うため、作品内容のネタバレを含む。
(4)本文中の注釈番号は原注を示す。本文中の訳者による注記は【】で囲んで表記した。

本書内容に関するお問い合わせについて

このたびは翔泳社の書籍をお買い上げいただき、誠にありがとうございます。弊社では、読者の皆様からのお問い合わせに適切に対応させていただくため、本ページ記載のガイドラインへのご協力をお願い致しております。左記項目をお読みいただき、手順に従ってお問い合わせください。

ご質問される前に

弊社Ｗｅｂサイトの「正誤表」をご参照ください。これまでに判明した正誤や追加情報を掲載しています。

[正誤表]　https://www.shoeisha.co.jp/book/errata/

ご質問方法

弊社Ｗｅｂサイトの「書籍に関するお問い合わせ」をご利用ください。

[書籍に関するお問い合わせ]　https://www.shoeisha.co.jp/book/qa/

インターネットをご利用でない場合は、ＦＡＸまたは郵便にて、左記〝翔泳社 愛読者サービスセンター〟までお問い合わせください。電話でのご質問は、お受けしておりません。

回答について

回答は、ご質問いただいた手段によってご返事申し上げます。ご質問の内容によっては、回答に数日ないしはそれ以上の期間を要する場合があります。

ご質問に際してのご注意

本書の対象を超えるもの、記述個所を特定されないもの、また読者固有の環境に起因するご質問等にはお答えできませんので、予めご了承ください。

郵便物送付先およびFAX番号

送付先住所　〒160-0006 東京都新宿区舟町5
ＦＡＸ番号　03-5362-3818
宛先　（株）翔泳社 愛読者サービスセンター

第1章

自己中心的で、自分への信頼が強い――"自己確信型"A群の性格スペクトラム

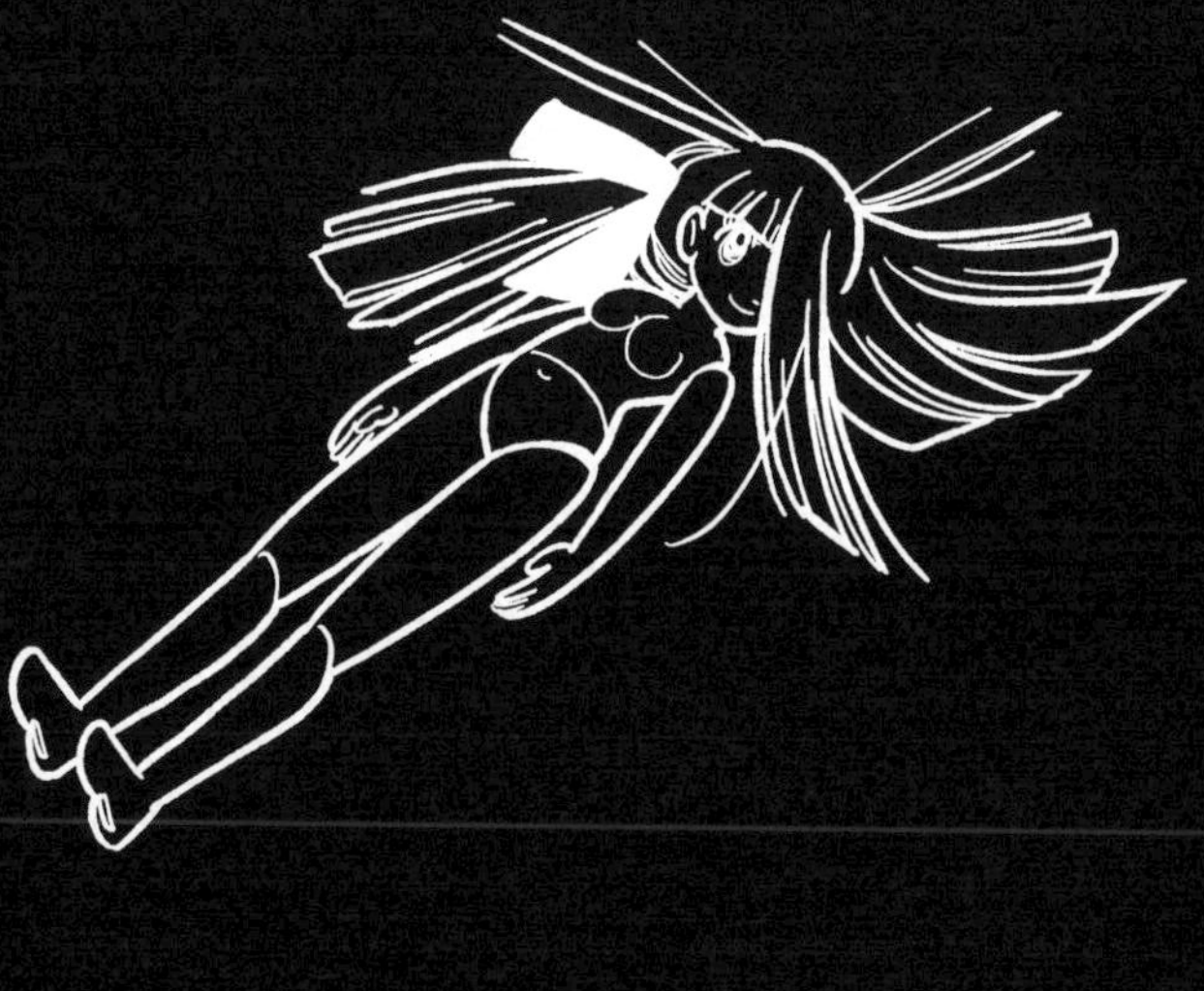

第1章

自己中心的で、自分への信頼が強い――“自己確信型”A群の性格スペクトラム

性格スペクトラムA群は、思考方式に特徴が表れる類型として、かなり癖のある性格で変わり者という印象を与える。対人関係にはあまり関心がなく、自分中心の生活パターンをもっている。このような性格の人の特徴は、“自己確信型”すなわち自分への信頼が強いという点だ。偏執型の性格の場合は他人が自分へ被害を与えるという確信、統合失調質あるいは統合失調型の性格の場合は、自身が創り上げた世界に対する強い信頼をもつ。

偏執型の性格

記憶力がよく、緻密である。特に編集能力に優れ、自分の思うままにストーリーを解釈する能力がずば抜けて高い。創意と共感の能力が加われば、演出家（PD）、映像監督などとして大成する可能性がある。自分の判断への確信が強いため、人間関係で摩擦を起こしやすいが、自己への強い確信はブルドーザーのような推進力にもなりうる。

統合失調質の性格

想像力に秀でている。自分だけの世界で独特な考えに浸ることを好み、他者ができない思考をする。自己表現への熱意が結実すれば、芸術家や作家など立派なクリエイターになるかもしれない。意外にも周囲によくいるタイプで、職場での生活を送ることが困難なため、一人でフリーランスとして生活する人も多い。ここに偏執型が少し加われば、仕事を任せると自分の仕事は驚くほどよくこなす。

統合失調型の性格

独特な想像力が時空の境界を越えるレベルである。自分だけの世界へ没頭するあまり、幻覚を見たり妄想の限界を超えたりするが、まさにそんな想像力が必要な分野では頭角を現すこともある。「エイリアン」の造形作家、H・R・ギーガーは、この類型に当てはまる。この性格類型に偏執型の特性が加わり、自己への確信の方向が宗教性に向けば、新興宗教の教祖のような宗教に深くのめり込む人物にもなりうる。

偏執型――復讐の化身〝ジョーカー〟

偏執型（パラノイア）の人は絶え間なく疑念を抱き、自身の誤った信念の根拠を探して復讐する。このタイプは、他人の善意の行動も悪意として受けとめてトラブルを起こす人物として、フィクションでは主に主人公や世間を脅かすヴィランとして登場する。したがって、偏執型の人物の登場はスリルとサスペンスを引き出す。彼らのねじ曲がった思考と執念深い恨みは、劇中の人物たちがいくら努力しても物語を破局に向かわせるのに十分な材料を与えてくれる。なぜなら、偏執型の人物は小さな親切にも否定的なシグナルを読み取り、例を挙げるなら、スーパーマーケットの店員が笑顔で話しかけてきたことを、「自分をだましやすいカモだと思っている」と解釈し、侮辱や幻滅といった否定的な感情を頻繁に味わう。そして、敵対的な感情を長期にわたって抱き、決して相手を許さない。読者や観客は主人公が彼らをやっつけた時に安堵感を覚えるし、時にヴィランの勝利が恐怖を最大限に増幅させることもある。

偏執型の人物の視線は常に外部に向いており、内省を拒否する。彼らが苦痛を感じるとすれば、それは明らかに誰かの過ちで、自分が成功すればそれは他の人々が愚かだからだ。いずれにせよ、過ちは全て他者にある。作家たちは偏執型の人物を通して主人公を危機に直面させ、世の中の暗部を描き出す。

絶え間ない疑念と執着で他人を信じない

オセロ症候群【訳注：配偶者や恋人が浮気をしているなどの妄想を抱き、過度に束縛するといった行動をとること】、常習的クレーマー、カスタマー・ハラスメント、インターネットの誹謗中傷常習者。これらが偏執型の典型例といえるだろう。基本的に、他者への信頼が欠如している。他人が悪意をもって自分に害を与えようとしているという信念があって、自分の信念を強化する方向に状況や記憶を〝編集〟する。絶え間ない疑念と執着で周囲にいる者を疲れさせ、人間関係は破局に向かいやすい。

行動特性

絶え間ない疑心と警戒。疑わしい対象への攻撃と非難。普段は冷静で無口であり、怒りっぽい。自尊心が高いが、ゆがんだ自尊心をもち、誰からも軽んじられたくはないと考えている。また、自身の誤りや弱点を認められないという点で、自己愛型と強迫型の特徴も見せる。

他人を信じられず、相手のささいな行動も悪意に解釈して復讐心を抱くことがある。他人は信じられない存在であるため、極度な依存をすることもある。妄想（被害妄想）は偏執型の性格の自然な帰結である。

無意識の行動と欲求

「投影（projection）」が重要な防衛機制である（防衛機制については第4章で詳述）。投影とは、自身の無意識的な欲求や葛藤が他人にあると信じることだ。自身の正しくない欲求や動機を他人に転化することで、その人に対する攻撃を正当化する。すなわち、自分が他人を信じられない理由を「他の人が自分をだまそうとするからだ」と考える。

2004年のホラー映画「ソウ」シリーズの1作目は、クライマックスを迎える最後の数分間で繰り広げられる劇的な展開が話題を呼んだ作品である。気がつくと、光のほとんど入ってこない見知らぬ空間にいた二人の男。足首には足かせと鎖がつながれており、二人の間には死体が横たわっている。彼らは、8時間以内に相手を殺さなければ、双方が死ぬことになるというサバイバル・ゲームを始めることになる。このサバイバル・ゲームを仕掛けたジグソウは、実は二人の男と同じ空間にいた死体であり、映画の最後には起き上がって、なぜ自分がこのゲームを始めたのかを語り出す。その理由とは、末期がん患者である自分は死が目前に迫っているのに、この二人の男は生きていることへの感謝を知らないからだという。映画の中ではジグソウが末期がん患者になった経緯や、彼の人生において、がんのせいで諦めざるを得なかった事柄について詳しくは扱わない（後続作ではジグソウの過去と未来を含め、別の一面を見せてはいるが、それらに共感することは難しい）。

現実的な観点から考察してみると、家族的な病歴があるのかもしれないし、環境的要因があるのかもしれない。しかし、ジグソウはそういう自己分析には関心がない人物であると考えられる。というのも彼は、自身ががんで死ぬことになることへの怒りを正当化するために、ちょうどいい対象を発見したのだ。さらに、自ら作り上げた根拠で自身の行動を正当化し、他人の生命でゲームを始めたのだから。

一見もっともらしい理屈をつけているようだが、綿密にチェックしていけばジグソウの論理は矛盾しており、誤謬《ごびゅう》と妄想に満ちていることが分かる。ジグソウは自分と違って人生を大切にしていないと判断した人々を拉致してサバイバル・ゲームに投げ入れ、彼らに対する殺人を「人生の大切さを悟らせるため」であると正当化する。自分が完全にコントロールできる特殊な状況を作り、他人を恐怖に追い込むことで自分に近づいてくる死の恐怖をしばらく忘れ、まるで自分が他人の生死を決定できる神にでもなったかのように考える。自分が味わう苦痛の原因とその解消法を絶えず外部（他人や社会構造などの問題）にのみ求め、これを変えようと努力するよりは破壊することだけに焦点を合わせる。私たちが映画の中の彼の自己中心的論理に慣れている理由は、多くの犯罪者たちが自分の犯行理由をジグソウのように説明するからだ。

なぜ偏執型の性格になるのか？

親の虐待的な養育

乳児期（0〜2歳）の信頼形成に問題がある場合、特に親（主たる養育者）の虐待的な養育が原因として推定できる。アメリカの精神分析学者エリクソンはこの時期を「信頼vs不信」と命名するが、生まれたばかりの子どもが初めて他人（親）に接し、外の世界に対する信頼を形成する時期だからだ。

親は子どもの欲求を充足させ、子どもは親の態度から自己イメージおよび対人関係のスキルを学ぶ。この時期、親の愛情に基づいた一貫した養育態度は、子どもが世の中を信頼できるものとして知覚するのに大きな影響を及ぼす。また、親の虐待的な養育は、子どもに他者は自分を傷つけるものだという信念をもたせる。実の親でさえ自分を傷つけるのに、血が一滴もつながっていない他人ならなおさらだろう。

人間に対する根源的な不信

偏執型の性格の人たちには、人間に対する根本的な不信感がある。人を疑って、人が自分に危害を与えようとしていると信じる。さらに人を攻撃することは、そのような不信に対処するための彼らの生き方（性格／character）なのだ。

虐待的な養育は、他人の無視や攻撃、批判によって過敏な性格を形成する。これを回避する方向に動機づけが行われることもあるが、自尊心が高い場合には、自分を保護するために逆に他人への攻撃的な行動につながることもある。「攻撃は最大の防御」という言葉があるように。

偏執型の性格が病に発展する時

人間関係の破綻

絶え間ない疑念とその疑いを裏付けるための執拗な証拠収集と追及は、一緒に過ごす人々を疲れさせ、しまいには彼らの元を去らせることになる。対人関係の失敗は孤立につながり、孤立を通じてさらに自分の信念を強固なものにする。

陰謀論に心酔

自分だけの仮説を立ててこれを裏付けるための証拠の収集を行い、仮説を理論化する。自分の理論に対する反論を徹底的に無視し、他人の助けや介入を拒絶する。彼らは自分の恐怖を投影した陰謀論に簡単にのめり込み、自分のような偏執性の認知体系を共有する他の人々と一緒に集団を形成し、狂信的な姿を見せたりもする【1】。

激しい心的外傷経験（トラウマ）以後、自分を守るために偏執型に変わったり、元々気質的にもっていた偏執性がさらに激しくなったりすることもある。強迫性パーソナリティー障害と併存疾患（comorbidity／一人が二つ以上の病気、疾患を患うこと）の場合、安定感を感じるために慣れていたり信じたりすることのできる物を居住地やその周辺に集めて積み上げる「保存強迫」を見せるケースもある。

被害妄想

大統領府前や光化門《クァンファムン》広場のような人目を引く場所には、支離滅裂でおかしな文言が書かれたプラカードや抗議文を掲げてデモをする人々が現れることがある。彼らが主張する荒唐無稽な内容は、彼らにとっては明白な事実であり、実在する被害であり、彼らなりの証拠もあることだ。彼らは政府官僚や有名人、あるいは自分と関連した特定人物が意図的に自分に対して罪を犯し、手段や方法を選ばずに法の網をくぐり抜け、今まさに自分を苦しめていると主張する。彼らは公共機関に電話や投書を行い、掲示板に何度も書き込むこともある。

深刻な抑うつエピソード（episode／「挿話」とも呼ばれ、症状が持続することなく一定期間現れまた好転することを繰り返すパターンのこと）のうちでも幻聴や幻覚があるケースや、双極性障害【2】の躁病のエピソードで、とんでもない論理の飛躍によって何かを主張するようなケースでは、統合失調症の症状【3】が発現することもある。

関係妄想

偏執性がもたらした関係妄想によるオセロ症候群が非常に典型的な事例である。しかし、最近は不法撮影と関連した犯罪が増えている。彼女が裏切るかもしれないという疑念から弱点を握ろうと、彼女の裸体や性行為の場面を不法に撮影、あるいはプライベート・ポルノの製作を強要したり、このようにして作った不法撮影物を無断流布し知人と共有したりする。さらには、映像を販売して収益を上げるようなケースもある。強迫型の性格も有している場合、被害者を極度に圧迫するため、被害者がここから抜け出すのは容易ではない。

ナンシー・プライスの小説を原作にした映画「愛がこわれるとき」で、妻のローラ（ジュリア・ロバーツ）は、妻に猜疑心を抱く潔癖症の夫のマーティン（パトリック・バーギン）から受ける常習的な暴力と執着に苦しめられている。ローラのことを「プリンセス」と呼び、表向きは妻のためを考えているように装っているが、実際は妻を自分と同じ一個の人格として尊重せず、自分の所有物として扱っている。ローラはマーティンから逃れるため、自らが水死したように偽装して新しい人生を送ろうとするが、これに気づいたマーティンがローラを追跡してくる。映画の最後でマーティンは、震えながら自分に銃を向けるローラに向かって「プリンセス」と呼びかけ、自分から逃れることは絶対にできないと言う。これ以上引き下がることはできないと気づいたローラは、マーティンに発砲する。

偏執型のキャラ設定：怒りは復讐の化身を生む

親との関係、養育環境

親（主たる養育者）の虐待的で怒りに満ちた態度が要因となりうる。強い怒りをもつ親に養育された子どもは、自身を親と同一視しつつ、蓄積した怒りを他人に投影する。キャラクター設定の際には、両親が子どもに怒りを表す理由もおのずと必要になる。望まない子どもが生まれたというような理由づけをするなら、例えば親の側に深刻な挫折や喪失、感情調節の問題があるケースが挙げられるだろう。

苦手な状況、葛藤の要因

根本的に信頼が欠如しているため、人間関係そのものが容易ではない。自分から近づいて来る人に対しても何らかの悪い意図を見つけようとし、遮断したり攻撃したりしようとする。主人公をかわいそうに思い、愛する人たちでさえも、主人公の偏執的行動のせいで傷つき不幸になる恐れがあるということだ。

偏執型の人が実際に何かの被害を受けた時、仮に悪意がなかったとしても被害を与えた人に対する疑念が増幅され、偏執性がさらに強化される可能性がある。

特定の状況での行動

日常：全てを執拗に確認しようとする

偏執型の人物といえば、誰かにその概念を説明した時に決まって「ああ、私もそんな人を知っている！」という反応が出るほど、一般的な特性をもつ類型である。誰にでも譲歩や妥協のできない部分があり、時として触れてはならない「逆鱗」をもっているものだ。彼らには、一貫した人生の規則というものがある。偏執型の場合にはそれが常識的、道徳的、そして人間的な面でねじ曲がった人々が握りしめている、ある種の「バイブル」のようなものだと理解すると分かりやすい。

強迫型の人が人生の目標を遂行するために「方式（how）」に該当することを執拗にコントロールしようとするなら、偏執型の人は世の中を眺める「観点（perspective）」にそもそも誤りがあり、執拗に自分の観点が正しいということを確認しようとする。そのため偏執型の性格をもつ人の人生は、他人を恨み、他人を罰しながら自身の疑念を絶えず確認し、その行動によって自分が処罰を受けることになるという悪循環を体験することになる。そして、次第に社会から疎外され、それによって自分の観点をより強化することになるのだ。

葛藤：人間本来の恐怖と狂気

強迫型のキャラクターが自分で創り上げたペルソナを維持するための二重生活で苦しみを味わうとすれば、偏執型のキャラクターは自分の内部から聞こえてくる暗い声から逃げられないために恐怖に震える。両キャラクターともにトラウマによって現在の姿が形成され、さらにそれを維持するだろうが、偏執型キャラクターの闇は強迫型キャラクターの闇よりも人間本来の恐怖や狂気に近いように見える。

ある目標のためにとった行動が自分自身を追いつめてしまう強迫型のキャラクターとは異なり、偏執型のキャラクターはすでにその偏執性自体によって〝汚れた魂〟とならざるを得ない。強迫型のキャラクターがどうにかして理想郷に到達しようと努力するならば、偏執型のキャラクターは地獄に連れて行かれないように必死でもがくのだ。

犯罪：誇大妄想がもたらしたヒーローの宿敵

偏執型のキャラクターがある規則や規範を破る時のキーワードは「許してなるものか」になるだろう。偏執型のキャラクターは、自分の内部から聞こえてくる声が自分を傷つけるのではないかと恐れ、これを防ぐためなら方法や手段を選ばず、人を傷つけることにも抵抗がない。

すなわち、ヒーローの宿敵、アンチ・テーゼ（antithesis）として登場させるのに不足のない特性をもつ。DCコミックスでいうとバットマンの宿敵であるジョーカー、マーベル・コミックなら『スパイダーマン』のグリーンゴブリンがこれに該当する。特にジョーカーとグリーンゴブリンは精神的に不安定な面が強調されるが、これは妄想性パーソナリティー障害（パラノイア）そのものである。ジョーカーとグリーンゴブリンは共に、自己認識と宿敵を打倒する名分に誇大妄想を抱いているが、監督の演出と俳優の演技によってキャラクター解釈に違いが生まれた。しかし、相手に対する執着と、自分だけが相手を理解しているから相手を倒すのも自分でなければならないという論理は一致している。ティム・バートン監督の「バットマン」でジョーカーを演じたジャック・ニコルソン、サム・ライミ監督の「スパイダーマン」３部作でグリーンゴブリンを演じたウィレム・デフォーは、これを見事に表現してみせた。

偏執型の性格に関連するキーワード

＃誰も信じられない　＃信じるのは自分だけ　＃GOODOMENS

＃なぜ信じないんだ」みんな出ていけ　＃妥協が不可能なヴィラン

統合失調質——静かで変わり者の〝アウトサイダー〟

もの静かだが独特で、時に少々異質に見える統合失調質（schizoid）の人物は、親密な関係に対する欲求が欠如しているという特徴をもつ。したがって、統合失調質のキャラクターの内面とその葛藤を描くことは、クリエイターの力量によっては非常に難しい課題となりうる【4】。

統合失調質の人物は外の世界にあまり関心がなく、自分だけの王国を作って小部屋に閉じこもることで満足し、人目につかず暮らしている。彼らは感覚的または身体的な対人関係の経験（夕暮れ時に海辺を散歩する、愛を分かち合うなど）の喜びを感じたことがなく【5】、一人でいることが多い。統合失調質の人物は社会的シグナル【訳注：表情やしぐさなど、社会生活における非言語的コミュニケーションのこと】なしに一人ですることにおいては頭角を現すことがあるが、それは例えば数学や組み立て作業、コンピューター・プログラミングのような分野である。

クリエイターがこのようなキャラクターを設定する時に留意すべきことは、彼らが外部の人々の目に留まらないくらいに極めて弱い結びつきしかもたない外の世界（実際の領域）との関係と、豊かに構築された内面世界、すなわち幻想領域との対照性だ。外界から隔絶された幻想の世界にいることが多いクリエイターたちなら、自分と似た姿をした統合失調質の人物を見えない領域から呼び出し、こちら側の世界に住む人々にうまく紹介できるだろうか。

他人との関係に関心がない

アウトサイダー、あるいはオタク。内向的な性格に見えるが、内向的な性格にもさまざまな理由がある。回避型（第3章で詳述）の人々が自分への評価を恐れて内向的な姿を見せるとすれば、統合失調質の人は他人との関係に関心がない。人間関係の形成に関心がなく、感情表現が不足しており、社会生活に顕著な困難を抱える。

程度が軽いケースでは人目を引くことなく静かに趣味を楽しんだり、ペットを飼って一人で過ごしたりすることを好むが、重篤なケースでは情緒が欠落し、対人関係に無関心で極度の夢想に浸るようになる。

児童期や青少年期から兆候が現れる場合があり、女性より男性に多い。人づきあいはよくないが、一人でする仕事では頭角を現すこともある。強いストレスにさらされると、統合失調症に発展する可能性もある。

行動特性

無気力で非活動的。怠けて見えることさえある。実際に疲れを感じやすく、言葉遣いもゆっくりで淡々としている。他人の感情をよく読めず、注意を払わない。自身の感情表現も抑制的で冷淡である。

人に対する関心が少なく、社会的なコミュニケーションが要求される際には非常に表面的なレベルでのみ参加し、誰かと親密な関係を築くことは難しい。自分のことを素直で内向的な人だと考え、一人暮らしに満足している。社会的成功や名声にも関心がない。

無意識の行動と欲求

感情を認識することや共感することが難しく、自分自身の経験や問題を極めて形式的で無味乾燥に描写する傾向がある。本人は自分を理性的で合理的だと考えているが、感情能力の欠如によるところが大きい。

なぜ統合失調質の性格になるのか？

偏執型の性格と同様、基本的な信頼の欠如と関連があると考えられる。偏執型の性格では、両親の虐待的な態度が防衛的な（他人を疑って攻撃する）行動を引き起こすと考えられるが、統合失調質の性格では親の無関心かつ非情緒的な態度によって、他人に関心がなく情緒的なやりとりが難しい人間性が育まれることが考えられる。

親の無関心や放置

幼少期に両親から拒否され、十分に受け入れてもらえなかった経験がある可能性が高い。特に乳児期（0～2歳）は親（主たる養育者）のアイコンタクトとスキンシップなどから親の感情を理解し共有することで情緒的発達がなされる時期だが、この時期に情緒的飢餓を誘発するほどの【6】親の無関心や放置は、子どもの感情表現と感情理解に問題を引き起こす恐れがある。おのずと対人関係に関心がなく、一人だけの世界に浸る傾向が見られる。

無味乾燥な対人関係と深い内面世界との乖離

感情を理解することが困難であるため、対人関係スキルに劣り、どうせ理解できない人々と一緒に過ごすよりは一人で過ごすことを選択する。しばしば空想の中で果たされない欲求を解消しようとするが、それが独特で独創的な芸術的才能として現れることもある。単調で乾いた対人関係と奥深く豊かな内面世界との乖離に、「統合失調質」という用語の意味を解くカギがある。このような自己分裂性によって、自分が誰であり何を求めているのかに対する確信がなく、そのことがさらに他人との関係形成を難しくする。

オタク、引きこもり系の主人公。引きこもりになる理由は二つあるが、社会で傷つき他人の評価を恐れるタイプ（回避型）と、統合失調質のように性格上、一人で過ごす方が楽というタイプがある。

映画「カットバンク」では、モンタナ州のカットバンクという平穏な町で二人の男女が動画を撮影していたところ、偶然にも町の配達員が殺害される瞬間に遭遇し、その場面を撮ることになる。配達員の死により、ダービー・ミルトン（マイケル・スタールバーグ）は予定していた小包を受け取れなくなる。しばらく家の外へ出ないまま隠遁生活をしていた彼は、小包を受け取るために積極的に死を解明しようとする。ダービー・ミルトンの秘密の行動を通して配達員の死とそれに絡んだ事情が明らかになり、同時にダービー・ミルトンが事件を暴く過程で人に危害を与えてまで受け取りたかった小包とはいったい何なのか、興味をかき立てられる。ダービー・ミルトンの小包は青いカバンの模型であり、彼が作っているフィギュアを完成させる最後のピースだった。町の誰とも交流がなかった彼は、家の中に自身だけの完璧な家族を作っていたのだ。彼は映画の全編を通して、出会った人々の情緒的表現に反応を示さず、彼自身もまた感情を表現しなかった。彼の関心はただ小包だけにあった。

統合失調質──静かで変わり者の“アウトサイダー”

統合失調質の性格が病に発展する時

統合失調型パーソナリティー障害や統合失調症に進行し、さらには妄想性パーソナリティー障害を引き起こす。統合失調質の人物が自身の性格的特質によって持続的に問題が発生する場合には、統合失調型パーソナリティー障害の診断が下される。統合失調型パーソナリティー障害は、妄想性障害や統合失調症の初期症状として現れることもあり、大うつ病性障害(うつ病)を発症することもある。最もよく併発するパーソナリティー障害は、統合失調型パーソナリティー障害、妄想性パーソナリティー障害、回避性パーソナリティー障害だ【7】。

親密な関係および一切の社会的シグナルの拒否

彼らは幼少期から多様な形態の関係形成に失敗する中で、成人になって親密な関係(家族を含む)に対する興味を失い、いつも一人でいることを望んでいる。そうしているうちに家族に何かが起こった時、どうしたらよいか分からなくて慌てたり、またはそんな時ですら無関心にやり過ごしたりする。

情緒的表現の不在

他人の感情に無関心であるだけでなく、自身の喜びや怒りのような感情をうまく感じられない。彼らは自分の内面世界にしか関心を傾けない。誰かが自分をほめたり非難したりしても、何も反応しない。

心理的要塞を破壊しようとする時

このようなタイプのキャラクターは、かなり長く典型的な類型として大衆文学に取り入れられてきた。幼少期に受けた大きなショックによって口を閉ざしてきたが、どこかに非凡さがあって主人公を助ける重要人物になる人や、隠遁生活を送る達人のような人たちだ。分業化と分断が高度に進んだ現代社会では、彼らは極度に臆病または内向的だから他者と交流したがらないのだという誤解を受けやすく、彼ら自身もあえてその誤解を解こうとしない。

彼らは自ら城郭のように心理的要塞を築きあげ、その中で安全に過ごそうとする。自分のことをまわりの世界の参加者ではなく、観察者だと考えている【8】。彼らは誰かがこの要塞に侵入したり破壊しようとしたりしない限りは、特別な動きを見せないだろう。このキャラクターを動かすためには非常に劇的なことが起きなければならず、もし彼らが動揺するとすれば直前に、あるいは慢性的に彼らを脅かす要因が存在することが条件となる。

韓国・ソウルのある大学で指導教授に爆発物が送られてきた事件【訳注：2017年に韓国延世大学の工学部で起こった爆発事件。容疑者は被害者の研究室に所属する大学院生であり、私怨による犯行であることが判明した】のように、普段全く問題を起こさなかった人が就職を控えて挫折を味わうことで、側から見れば結果と動機の間に明確な関連性が見いだせない重大事件を犯すケースもある。もし彼らが重要な犯罪の目撃者や証人になったなら、平穏が侵されるという理由で協力しないかもしれない。残念ながら、社会関係をうまく形成せずに家庭を作らず、家族の構成員になることを諦めたり、家族から見捨てられてホームレスになったりすることもありうる。

映画「ホーム・アローン2」に出てくる鳩おばさんは、典型的な統合失調質パーソナリティー障害のホームレスのキャラクターである。彼女は過去の恋愛経験の失敗から、社会から孤立して鳩と一緒に生活している。主人公のケビンは、最初は鳩おばさんの冷たくて無口な様子に驚いて悲鳴をあげて逃げ出すが、愛されて育った子ども特有のポジティブな態度で彼女に接しようとする。結果的に、〝温かいハグ〟という最も親密で人間的な交流をすることになる。

統合失調質のキャラ設定：貧弱な情緒体験、遺伝は関係するか？

親との関係、養育環境

親の形式的で硬直した態度、情緒的無関心が前提となる。忙しすぎて子どもと過ごす時間がないケースや、兄弟が多く生まれた順番が真ん中くらいであるケース、親自身の情緒表現が欠如しているケースなど、親からの情緒的親密感を得られない可能性が高い状況が必要とされる。その一方で、貧弱な情緒体験に比して内面世界を発達させる時間は多い。幼い頃から本や漫画、アニメ、映画、ゲームなどに没頭した経験があるかもしれない。

統合失調質パーソナリティー障害は遺伝と関係があり、家族の中に統合失調症や統合失調型パーソナリティー障害の人がいる可能性がある。

苦手な状況、葛藤の要因

他人との密接なコミュニケーションが要求される状況に耐えられない。本人の過度な理性的（非情緒的）アプローチによって、親密な関係を望む人との間にトラブルを誘発する恐れがある。

自分だけの生活が邪魔される時、心理的な平静が保てない。特に、大切に育んできた内面世界に干渉されたり無視されたりした場合、大きなショックを受ける恐れがある。

統合失調質に関連するキーワード

#独りがいい　#一人ぼっち　#隠遁者　#こんな時どんな顔をすればいい？

統合失調型——空想の世界に生きる〝オタク〟

統合失調型は「統合失調質」と「回避型」の深化型であり、二つの性格と似た特徴をもつ。統合失調型（schizotypal）の性格の場合、程度がさらに激しく現れ、統合失調質の人々が自分の内面をあまり表現しないのに対し、統合失調型の人は風変わりな考えや行動を外部に表出させる傾向がある。過去には統合失調症に分類していた症状を細分化し、現在は統合失調症に脆弱な傾向をもつ統合失調型の性格と統合失調症スペクトラム障害を分けて診断している。統合失調型の人物は現実を超越する超能力的な世界に心酔しがちで、現実において社会的関係を結ぶのに必要な感情表現、共感、親密感に対する欲求がかなり限定されている。そのため、自らの想像世界に浸ることが多い。

彼らの超能力的思考は、仮想の新しい世界を構築するファンタジー、SF作品と似ている。また、彼らが見せる「誰かが私を傷つけようとしている」という偏執的な態度はミステリーやスリラー作品と類似することがある。しかしファンタジー、SF、ミステリー、スリラーの作家たちは自分の想像を現実として認識しないが、統合失調型の人物は自分の想像を現実として認識したり、現実を自分だけの方式で解釈したりするところに違いがある。

作中で統合失調型の性格の人物を扱う時の劇的な効果は、彼らの「どこに飛躍するか分からない」という特性によって面白味とスリルを与えられることだ。統合失調型の人物を通して、話の結末に作家が望むどんでん返しを加えることができる。

風変わりな言動と空想に満ちた内なる世界をもつ

風変わりな言動を常習的に行い、対人関係に深刻な困難を抱える。社会生活に不適応であり、激しいストレスを受けると一時的に幻覚、妄想などの統合失調症の症状が現れる。妄想性、偏執性、回避性、境界性などのパーソナリティー障害とともに現れる可能性がある。

統合失調型の人物は社会的に孤立し、対人関係に困難を覚え、特異な思考と空想に満ちた内面世界を発達させる。女性より男性に若干多く、遺伝的影響が強い。

行動特性

風変わりで逸脱的な言動と予測不可能な行動。学校や職場などの社会生活を維持することに困難があり、結婚などの親密な関係を維持できない。他人との相互作用を好まないが、平凡に見えない活動には積極的に参加する（オカルト、心霊など）。

日常生活であまり接することがない奇妙な言語を使用して独特な概念と用語を話すが、自分の内面世界が反映されたそれなりの論理構造をもっている。自分だけの世界を生きながら、ひどい場合には混乱しているように見えるほど、思考があちこちへ飛び回る。このような傾向のために他人の理解と共感が得られにくく、孤立の原因になる。

無意識の行動と欲求

自らを孤独で価値のない人間であると認識し、離人症を含む解離性障害を患うこともある。離人症とは、行動する自分とそれを観察する自分の二者に自我が分裂するように感じる状態のことである。しばしば、他人の考えが読めたり超能力があったりというような超現実的な思考に陥り、そのような行為に執着する。

なぜ統合失調型の性格になるのか?

統合失調型の性格（統合失調症を含む）は、遺伝的要因が最も重要であることが知られている。統合失調症患者の家族や親戚にはこの類型のパーソナリティー障害が現れる確率が高く、双子研究においても一卵性双生児の一致率が二卵性双生児よりも高いことが分かった。

統合失調型パーソナリティー障害と関連して、韓国の研究チームが脳の特定部分との関連性を世界で初めて解明したことがある。ホ・ジウォン准教授（高麗《コリョ》大心理学科）とクォン・ジュンス教授（ソウル大学病院精神健康医学科）の関連研究だが、脳科学・精神医学分野の世界最高の権威をもつ学術誌『JAMAサイキアトリー（JAMA Psychiatry）』オンライン版に掲載された。

韓国のドキュメンタリー番組「세상에 이런 일이（この世にこんなことが）」に出演するような風変わりな人々は、統合失調型パーソナリティー障害を患っている可能性が高い。研究チームは、統合失調型パーソナリティー障害を患う21人と、対照群として抽出された一般人38人を対象に、点で構成されたアニメーションを見せた。その結果、統合失調型パーソナリティー障害の群では、おいしいものを食べる時や好きな人と一緒にいる時に活性化される「快楽中枢」が有意に活性化されるという現象が確認された。一般人には動く点のようにしか見えない画面が、統合失調型パーソナリティー障害群には人が動く様子に見え、そこに大きな楽しみを見いだすということだ。要するに、一般人なら興味を感じない念力や予知夢のような荒唐無稽な話が、統合失調型パーソナリティー障害の人々の脳には快楽を感じさせるということだ[9]。

ホ・ジウォン准教授は、「特異なことに興味を惹かれてのめり込み、他者との交流を避ける自閉スペクトラム症の人々とは違い、彼らは他人と自分の関心分野を分かち合おうとする欲求があるため、他人の嘲笑の対象になりやすく、うつ病を併発する場合が多い」と指摘した[10]。

親との不安定な愛着関係

幼少期に親と安定した愛着関係を結べなかったこととの関連性が認められる。彼らの受け身的な気質は、親の愛情と関心を引き出せず、共感能力や対人関係スキルなどの習得を難しくする。または、親の無関心と無視のせいで対人関係への意欲をくじかれ、それが内面世界に没頭する原因になったことも考えられる。

家族歴と遺伝的要因

統合失調症の家族歴などの遺伝的要因や、児童期、青少年期の大うつ病性障害（うつ病）が原因となる可能性がある。親の無関心のような一般的な養育方式のみでは、このような深刻なレベルに発展することは難しい。したがって、統合失調型パーソナリティー障害をもつ人物の親族には、統合失調症関連の病気をもつ人がいる可能性が高い。

統合失調型の性格が病に発展する時

社会的に孤立し、奇異な言動を見せる。不可解なことを言うオタクキャラのイメージ。

連結思考が行き過ぎた時

偶然起こった事件を自分にとって特別な意味があると解釈し、他の人には見えない関連性を自分の想像の中で見いだし、それを確信する。連結思考が行き過ぎると自分に超次元的な能力や未来の予知能力などがあると信じ、それに関連する活動に没頭する。そして、自分が接する情報を歪曲し、妄想による確信をする。

他人には通じない特異な言語で表現し、周辺の人たちが自分に害を及ぼそうとしているという疑いをもち、社会性をもつことへの欲求が低く家族以外と関係を結ぶことに困難を覚える。有名人では〝パンサンおばさん〟ことファン・ソンジャさんがいる。彼女は韓国のあるケーブルテレビ番組でチャネラー、すなわち宇宙人と話せる人として出演し、風変わりな言動で有名になった。宇宙の創造主が使うという言語を操って宇宙人とコミュニケーションを図るといい、「パンサンケランカラン（「人間たちよ！ 何が知りたいのか」という意味）」【訳注：韓国語ではなく架空言語】というフレーズをヒットさせた。彼女は宇宙神が自分を媒介して地球人に助言してくれると主張し、本を3冊も書いている。チャネラーとしての活動以外では、平凡な生活を送っている女性だという。

症状がひどくない時には、独特の内面世界を土台にして芸術や創作活動に没頭し、良い結果を導き出すこともできる。「エイリアン」シリーズの美術監督ハンス・ギーガーは幼い頃から奇怪な想像を絵で表現することが好きで、このような習慣が映画史に長く残る〝クリーチャー〟の誕生につながった。

実在するオーストラリアのピアニスト、デイヴィッド・ヘルフゴットの人生を描いた映画

「シャイン」で、デイヴィッド（ジェフリー・ラッシュ）は常に一人でつぶやきながら、思考があちこちへ飛び回る様子を見せる。気が小さく内向的だったデイヴィッドは、父親の過度な執着から受けるストレスと家族から捨てられたというショックから、幼い頃の無意識状態に退行し、精神科病院で数十年を過ごすことになる。

関係妄想的思考と偏執的思考

関係妄想的思考の場合、映画「愛してる、愛してない…」のアンジェリク（オドレイ・トトゥ）はたまたま出会った隣の家の男、ロイックが自分を愛しているという妄想に陥る。それによって妊娠した彼の妻を流産させ、彼に被害を与えた人々を攻撃するなどの犯罪を重ねる。アンジェリクは画家の父親（おそらく母親とは離婚している）に一人で育てられ、いつも仕事で忙しかった父親からの愛を埋め合わせるために創り出した、自分だけの奇妙な習慣をもっていた。

偏執的思考は、誰かが自分に対する悪いうわさを広める、もしくは自分に害を及ぼそうとしているというように考える。また、自分の周辺にいる特定の人物に対して疑いを向け、想像の中でこれを確信する。さらに自分だけがこの事態を解決できると思い込んでしまうと、正当性を前面に押し出して特定の人物に危害を加える危険性がある。

ホアキン・フェニックスが主演した映画「ジョーカー」は、保護と治療を必要とする精神疾患をもつアーサー・フレックが、いかにして社会的混乱を引き起こすジョーカーという人物に変質していくのかを見事に描いた作品だ。「ジョーカー」の物語は、観客がアーサー・フレックの認識そのままに、想像を現実として認識するような効果をもたらす。また、周囲の人々との関係を通して、しきりに危機に直面する様子を描き出す。映画は、危機の中で最も恐ろしい選択をするアーサー・フレックの姿を通して、社会システムの問題と人間の暗い内面を浮き彫りにする。「ジョーカー」が観客の心をかき乱して不安にさせるのは、私たちの社会が統合失調型パーソナリティー障害の人々を無視しているためだ。ホアキン・フェニックスの「ジョーカー」は、統合失調型パーソナリティー障害の人物を通して私たちが無視している真実や社会システムの問題を明るみに出し、彼らと私たちの間にそれほど大きな違いはないのだということをよく表現している。

映画「タクシードライバー」では、主人公のトラヴィス（ロバート・デ・ニーロ）はベトナム戦争に参戦し、名誉除隊【訳注：軍隊における除隊資格の一つ。軍人として立派に勤め上げ、問題行動を起こさなかった人物に与えられる】をする。不眠症に苦しみながらタクシー運転手として生計を立てていたトラヴィスは、次第に「社会の悪を処断して誰かを救済しなければならない」という強迫観念にとり憑かれる。荒唐無稽な内容を怪しげな口調で話し、異常行動を見せるようになったトラヴィスは、結局、モヒカンにして拳銃を準備し、上院議員の暗殺を企てるまでになる。

統合失調型のキャラ設定：うつ病、変わった言動、内面世界

親との関係、養育環境

設定上、家族に統合失調症患者がいるなどの養育環境に言及する必要がある。または、児童期、青少年期に受けたトラウマによって、うつ病を患うなどの経験が必要とされる。その他には情緒的な交わりが少なく冷淡な家族の雰囲気、子どもに対して無関心で子どもを無視する親の養育態度、内面世界に没頭するだけの環境と条件が求められる。

映画「シャイン」のデイヴィッドは、父親の反対によってアメリカ留学を断念し、深刻なうつ病を患った。臆病な気質、父親の強圧的で冷淡な養育態度、内面世界に没頭させる媒体としてのピアノという三拍子がそろい、デイヴィッドが統合失調型パーソナリティー障害になった原因を構成している。

苦手な状況、葛藤の要因

統合失調質の性格と同様に、社会的交流を求められる状況が統合失調型の性格にとって苦手な環境となりうる。統合失調質の人々が社会的コミュニケーションを敬遠し、できるだけ静かに過ごそうとするならば、統合失調型の人々は自身の風変わりで独特な言動によって社

会的葛藤を誘発する可能性がある。とりわけ自分の内面世界を無視された時には、激しい怒りを表出することもある。

統合失調型に関連するキーワード

#この世にこんなことが（韓国のドキュメンタリーTV番組） #風変わりな自然人
#自分だけの世界 #天然

第2章

感情的で他人に影響を及ぼそうとする——〝他者コントロール型〟B群の性格スペクトラム

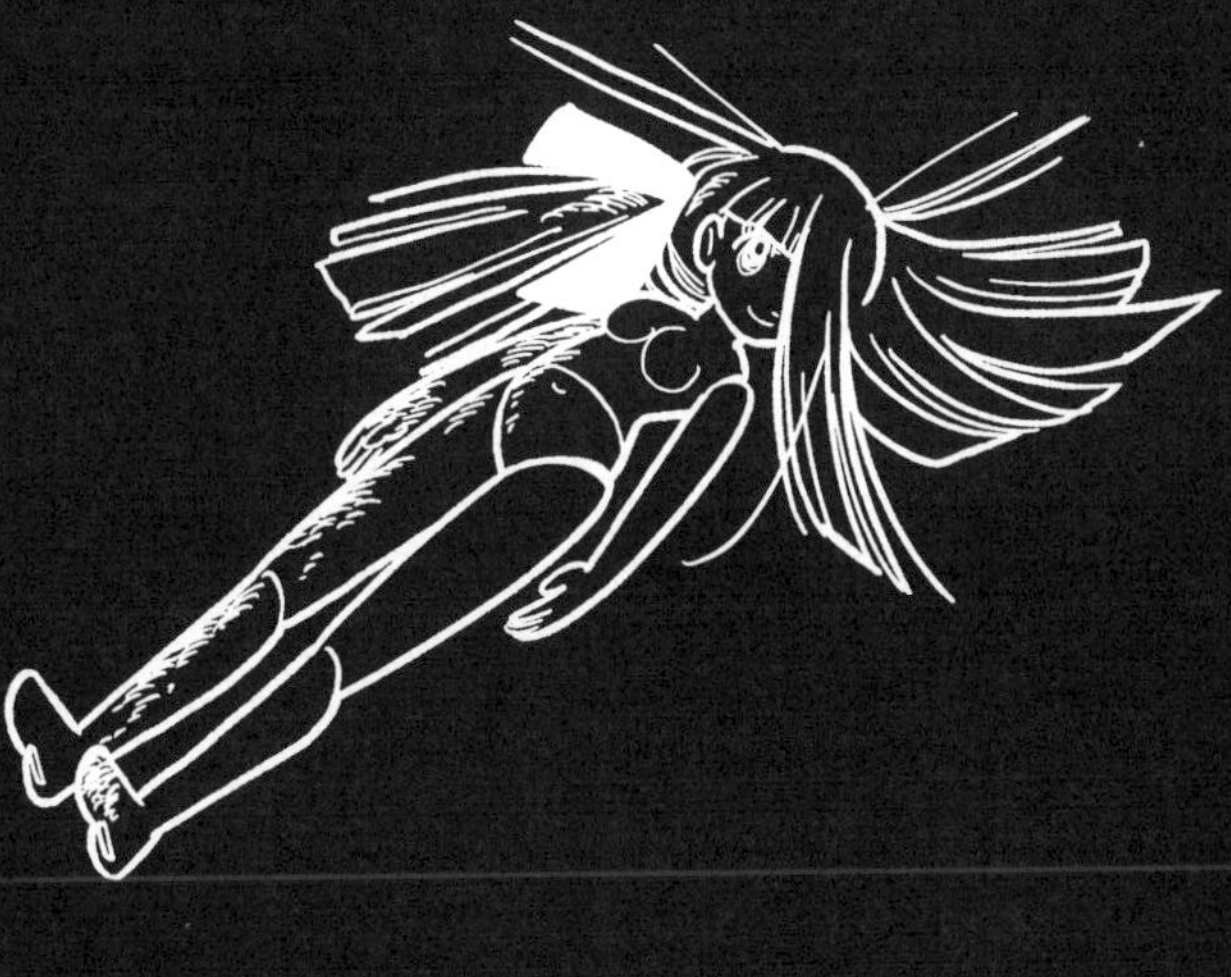

第2章

感情的で他人に影響を及ぼそうとする――"他者コントロール型"B群の性格スペクトラム

性格スペクトラムB群は、対人行動において特異性を見せるタイプであり、「この人、どうしたの？　ちょっと問題があるんじゃない？」などと感じさせる人々だ。いかなる理由であれ対人関係に積極的に介入し、他人とのコミュニケーションに重要な意味を付与する。

この性格スペクトラムの特徴は、絶えず他人に影響を及ぼそうとするという点だ。反社会型の性格は自分の目的のために他人を利用し、自己愛型の性格は他人を「自分を輝かせる道具」のように扱う。また、演技型の性格は関心を引くために他人を操ろうとする。境界型の性格に見られる衝動的な行動もやはり、他人の承認と愛を求めるところから来ている。

反社会型の性格

反社会型の性格スペクトラムの長所は行動力である。彼らはやりたい、しなければならないと思ったらすぐさま行動に移す。優柔不断な性格（例えば第3章で詳述する依存型の性格）の人物は、反社会型の人物に非常に魅力を感じる。軍、警察、消防、医療など行動力が必要な職業群においては大変な長所として作用しうる。適正レベルの共感能力と順法意識、責任感さえ備わっていれば、一般的な職場でも必要とされる人材だ。

演技型の性格

このタイプの長所はなんといっても演技力である。彼らは他人への関心が高く、他人に認められるために何をしなければならないのかを本能的に知っている。それは承認欲求に由来するものではあるが、他人の感情を操って自分の意思を受け入れさせることは、大きな才能ともいえる。芸能人に適した性格で、とりわけ俳優として大成することがある。芸能界でなければ、営業方面でも頭角を現す可能性がある。ただし、自己制御能力が備わっていればの話だが……。

自己愛型の性格

非常に自尊心の高いタイプだ。自己陶酔的といっていいほど高い自尊心は、自分の仕事に対する自負心にもつながる。自分の価値が崇高な信念につながり、自分に対する行き過ぎた確信によって他人を搾取しようとしないならば、どんな状況にも屈せずわが道をゆく孤高で魅力的なキャラクターとなりうる。

境界型の性格

脆弱な自我像と衝動性からかなり病理的な性格類型であるが、時としてその衝動性が劇的な変化をもたらすこともある。もちろん本人にとってはそれが破壊的な結果につながりうるが、ドラマという観点からは、ストーリーのダイナミズムや反転をもたらす要素として活用できる。読者が容易に状況を予測できないようにし、ストーリーに緊張感を与えるのにも使いやすい特性をもっている。

反社会型――われこそが正義の〝無法者〟

反社会型（antisocial）の性格は、自分の利益のためなら社会を維持するために万人が守るべき法と規則を守らず、攻撃的な行動を見せるタイプだ。犯罪、捜査物のクリエイターたちが好む悪役の性格である。

自分だけの社会規範のようなものはあるが、実際の現実社会の規則には関心がなく、他人を排除することをためらわない。そのため自分が他人に対して、時に自分の身近な関係や社会にいかなる害悪を及ぼしうるかについて関心をもたない。ただ、外部の事象が自分にどのように影響するかについてのみ関心がある。自分を社会の構成員として考えるのではなく、社会と自分を区分し、自らを社会の外部にある存在として捉え、自分を優先する。

しかし、多くの作品で反社会型のヴィランを設定する時、あまりにもステレオタイプに描かれる傾向があり、心理学者の立場からは残念な気持ちになることがしばしばある。劇中で犯罪者の犯罪衝動について「彼は元々ソシオパスだから」と単純に説明するのは、人物描写が平面的になるばかりか、人物設定の理由づけが不十分であると思われる。

心理学用語でいうところの「よく機能した人」「適応的な人」であっても、皆若干のパーソナリティー障害に近い特性（反社会性、妄想性パーソナリティー障害など）と若干の神経症に近い特性（不安、うつ病障害など）を抱えて生きている。この点を念頭に置くならば、作家が反社会的な人物を描く際、また正義の人物を描く際であっても複合的な様相を付与できるだろう。

自身の目標のためには他人は意に介さない

ソシオパス。嘘、攻撃性、無責任、性的逸脱、犯罪のアイコン。自分の行動が他人に被害を与えることや、法や規則に反するということを分かっていながら気に留めない。程度が軽ければリーダーシップと推進力のある性格として、魅力的な性格に映ることさえありうる。軍人、警察や事業家、政治家、教授などのエリート集団にしばしば見られる。韓国ドラマ「悪霊狩猟団：カウンターズ」の大物市長シン・ミョンフィ（チェ・グァンイル）のように優れた手腕をもつ政治家であると同時に、自身の目標の邪魔になる対象は排除し、自分のせいで苦しむ人々のことは意に介さないような人物として描くこともできる。また、映画「チェイサー」のチ・ヨンミン（ハ・ジョンウ）のように、殺人を楽しむ連続殺人鬼として描かれることもある。

通常、反社会性パーソナリティー障害の診断は成人に下されるが、児童期・青少年期から窃盗、暴力、家出などの問題行動を示すことが多い。かなり論理的で、妄想などの症状はない。100人に1〜2人程度と、意外にもよくいるタイプであり、女性より男性の方が多い。本章で詳述する自己愛型の性格と同時に現れることもある。

行動特性

衝動的で強圧的な行動をとる。身の危険や処罰に萎縮せず、自らが望むことを貫徹する。他人の権利と社会的規則、慣習、道徳を無視するため、犯罪につながる可能性が高い。しかし、反社会型の人全てが犯罪者になるわけではない。基本的に他人を信頼せず、敵対的で攻撃的な態度を見せ、自分の行為が家族や同僚、友人などにどれほど否定的な影響を及ぼそうとも気に留めない。その結果、多くの人々が彼らに脅威を感じる。物事がうまくいっている時には礼儀正しく好意的だが、うまくいかなくなると怒り、復讐心に燃えて急に攻撃的になる。知能の高いソシオパスは、自分の意図を隠すことができる。それが自分の利益に合致する場合にはなおさらだ。

無意識の行動と欲求

自分だけの正義を主張し、何ごとにおいても他人に勝とうとする。力をもたないことは過ちであり、力をもつ者が正義ということだ。力、権力、金などを正義と考え、これらを利用して他人の権利を無視し、私益を追求する。その反面、外部の環境を脅威と認識し、常に警戒している。自分の攻撃性を他人のせいにし、暴力的な振る舞いは相手に対する当然の報いと考える。連続殺人犯のユ・ヨンチョル【訳注：2003年から2004年にかけて韓国で20名を殺害した連続殺人犯。2005年に死刑判決を受けている】や、連続殺人グループ至尊派《チジョンパ》【1990年代にキム・ギファンらを中心に結成された。8名のメンバーによって性的暴行・殺人などが行われたが、その残虐で猟奇的な犯行が話題となった】がその例だ。

なぜ反社会型の性格になるのか？

遺伝の可能性が約50％

研究結果によると、犯罪に手を染める傾向がある人、精神障害、反社会性パーソナリティー障害の40～50％に遺伝の可能性が見られる。養子研究においても、遺伝と環境の影響の間に明確な差は見られなかった。共感能力の欠如は、反社会性パーソナリティー障害の重要な特徴である。

共感とは「他人の感情と苦痛を共に味わうこと」であるが、彼らは他人の心に全く関心がない。研究では、彼らの脳において感情調節の中枢的役割をする辺縁系（Limbic system）の体積がそうでない人々に比べ18％程度少ないことが明らかになり、これによって衝動統制と意思決定を調節する前頭葉回路（Prefrontal cortex）の活性が低下し、衝動的で攻撃的な行動を見せるという医学的な推論が可能である。

母親との信頼関係の欠如と虐待

親、とりわけ母親との基本的な信頼関係の欠如が、反社会型の原因として挙げられる。子どもに最も信頼を与えなければならない母親による虐待的で暴力的な養育は、他人に対する攻撃的で破壊的な態度を呼び起こす。

ドラマ「ベイツ・モーテル」は映画「サイコ」の前日譚のシリーズであるが、劇中のノーマンの母子関係では、不適切な密着と虐待が繰り返される様が描かれている。ノーマンの母親であるノーマは、息子ノーマンに対して異性と性的関係を結ぶと地獄の火の中に落ちると言い、息子を過剰にコントロールし、少しでも気に入らないことがあると「男らしくない、能力がない」などの暴言と侮辱を日常的に浴びせる。父親の死後、ノーマンと一緒に過ごす唯一の養育者は母親であり、このドラマは養育者との関係が個人にどのように悪影響を及ぼしうるのか、極端な形で示している。ノーマが死んだ後にも、母親の影響はノーマンにのしかかる。ノーマンはノーマの人格をもつようになるが、ノーマの人格がノーマンの邪魔になる人間やみだらなことをする人間、特に女性を殺してしまえと叫ぶ。そしてノーマンがこれにいくら抗おうとしても、毎回屈服してしまう。

力で人を思い通りにできるという確信

反社会型の人物設定に説得力をもたせるには、幼い頃の虐待的養育という側面を盛り込むとよいだろう。単なる親の無関心や無責任な態度くらいでは、反社会性パーソナリティー障害を発症することは稀である。ひどい暴言と体罰、全ての問題の原因がお前だというような敵対的な親の態度は、他人に対する強い不信はもちろん、世界全体を敵対的に認知し、それに対して攻撃的な行動をとるように仕向ける。

幼い頃は親の虐待に耐えているが、その理由は親の方が強い力をもつと考えるためだ。したがって、自分が力をもつようになれば他人を意のままにできると信じ、そのため過剰なまでに力を追求し、力によって全てを正当化する信念体系を発達させる。

作品中で反社会型の人物を描く時、その原因や幼少期について必ず言及しなければいけないわけではないが、人物設定の段階では、これらをふまえた多角的なアプローチが必要とされる。その人物の過去によって個人の思考体系や弱点、行動パターンを設定することで、個々の作家がオリジナリティーのある人物を創造できるからだ。

反社会型の性格が病に発展する時

精神障害的症状がほとんど現れないため、病気であるとは考えにくい。力の論理で自身の行動を正当化するので、自分が悪いとすら思わない。徹底的に自分の利益を追求する過程で社会的成功を収めるケースも多いため、明確な犯罪に手を染めない限り、彼らを止めるすべはない。

自分の利益のためなら

自らの利益を追求し、その利益を邪魔する要素を取り除く過程で罪を犯す。そのため心理学者たちは、「ひどいことをしたのに反省を知らない犯罪者には、匿名の陰に隠れることなくカメラの前で社会から非難を浴びることも必要だ」と話す。潜在的犯罪者たちに警告のメッセージを与え、犯罪を予防する効果があるからだ。反社会型の犯罪者は、犯罪衝動を自らコントロールすることが非常に難しい。したがって、社会的な処罰によって外部から強力に統制することも犯罪防止策の一つとなりうる。

反社会型のキャラ設定：自分の目的達成のためなら

親との関係、養育環境

親の虐待的な養育と、それを正当化できるような設定が要求される。何の理由もなく自分の子どもを虐待する親は稀だからである。親の側に反社会型の性格や、度重なる挫折によって攻撃的になったというような前提を設ける方がよい。あるいは、目的を達成するためにはいかなる手段も正当化するというような教育方針も、反社会型性格の形成につながるだろう。

韓国ドラマ「ペントハウス」の劇中では、自分の利益のためには他人を踏みにじり、利害のために協力をする大人たちが登場する。彼らの子どもたちも親と同じ姿で競争に勝ち、自分の利益のために友達をいじめ、時には教師や他の大人たちまでも脅迫する。青少年期の脳は、感情と本能をつかさどる辺縁系に比べて、それらを統制して総合的な意思決定をする前頭葉の方が発達が遅い。そのため衝動性をコントロールすることが難しいが、「ペントハウス」のような親と一緒に過ごす子どもの前頭葉の発達は阻害されるよりほかない。

その他にも、生活が困難なレベルの貧困や無分別な暴力にさらされるなどの環境も、子どもの反社会的行動を予見する上で重要な要素となる。

苦手な状況、葛藤の要因

「力こそ正義だ」という自身の信念体系に反する出来事や人物の存在に不快感を覚える。自分の利益追求を阻害する要因が現れるとすぐにこれを取り除こうとするため、このような行動が暴力や犯罪につながりかねない。

映画「ノーカントリー」のおかっぱ頭の殺人鬼アントン・シガー（ハビエル・バルデム）は、人を殺害する時に自分だけの規則を適用し、自身が立てた計画を必ず遂行する。彼は殺人を実行する前にコインを投げて決めるのだが、表か裏かを当てられなかった人は殺されることになる。映画の序盤で彼が主に使用する凶器は「キャトルガン」という酸素ボンベがついた空気銃で、通常は家畜を殺す際に使われるものだ。彼はこれを被害者の頭に撃ち、出血を最小限に抑えつつも確実に殺害する。映画を見ているうちに、彼は自分の体に血液がつくことを極度に嫌っており、また自分のターゲット以外の副次的な被害を最小限にするためにキャトルガンを使っていることが分かる。また、キャトルガンの使用は、彼が殺人と家畜の殺害を同じように捉えていることを意味し、そのことがさらに不気味さを増幅する。映画では彼がなぜ殺人を行うようになり、またなぜ自分だけの特殊な規則に従って殺人を行うのかについて、特に説明されない。しかし、この人物が終始落ち着いた態度で、自分だけの規則を適用しながら不必要な殺人を続けていくところを見れば、もはや彼の殺人を止める方法はないように見える。人の命について考えず、現実社会のルールも重視せず、自らのルールを最優先に考えるアントン・シガーは、観客に深い印象を与える悪役の一人だ。

特定の状況での行動

犯罪：「なぜいけない？」

彼らが社会常識を破る時に抱く考えは「なぜいけない?」だろう。彼らは、近道があるのにあえて遠回りする必要はないと考えている。法と規則を守る人々のことを生真面目で融通が利かないとこき下ろし、自分たちはただ「状況に応じて柔軟に、使える力を行使しているだけ」と言い繕う。

第1章で紹介した偏執型のキャラクターが自分のルールに従って他人に制裁を加えるためにに中傷コメントをつけるとすれば、反社会型のキャラクターはただ面白いという理由で中傷コメントをつける。自己愛型のキャラクターが相手を踏みにじって優越感を得るために集団いじめを計画するとすれば、反社会型のキャラクターはいじめの相手が苦しんでいようがいまいが関心はなく、自分が思うままに権力を行使できるという実感を得るために集団いじめの中心に立つ。

彼らの内面には、強迫型（第3章で詳述）のキャラクターのような秩序がない。ただ、悪を犯した時に瞬間的に得られる快感がある。彼らは罪悪感がないので、処罰を受けても更生することがない。私たちのまわりによくいる「酒を飲むと壊れる」タイプと同じだ。衝動を自制できないためすぐにカッとなり、酒に酔って他人に絡んでけんかしたり、物を壊したり、身近な人を感情的に追いつめる。私たちがニュースで見かける「通り魔」の容疑者たち、新型コロナウイルスのパンデミック以後、アジア人に対してヘイトクライムを犯す人々。彼らはいずれも反社会型の性格である可能性が高い。まさに、われわれの身近にある悪である。

ただし、知能と衝動性という面において、二つの分類が可能になるだろう。知能が高くなく、衝動性の高いグループについてはいわゆる〝町内のトラブルメーカー〟がこれに該当し、10代の頃から警察の世話になっていた可能性が高い。彼らは教訓を得られないまま、本格的な処罰を猶予される10代をそのままやり過ごしてしまう。軍隊に入隊したり就職したりした時に初めて本格的な問題を起こすが、以後の人生も特に変わらず生きていく。

知能が高く衝動性も高いグループでは、教訓を得ることはないものの、処罰は受けたくないために巧妙にバレないような線引きをして衝動を解消することになる。彼らは自分を魅力的にみせる方法をすぐに習得し、他人の目を欺きながら、これにだまされた人々を対象に自らの欲望を解消する。

このような人たちを「スーツを着た蛇（snake in suit）」と呼ぶこともある。イギリスのドラマ「ＳＨＥＲＬＯＣＫ／シャーロック」におけるモリアーティ（アンドリュー・スコット）が代表的なキャラクターであり、政治家や大企業のトップ、有名芸能人らのうち性犯罪や経済犯罪、麻薬犯罪にかかわった人々はこのような部類だといえる。

自身の欲望だけを満たそうとする快楽犯罪

韓国で起きた〝母娘３人殺害犯〟として知られるキム・テヒョン（当時25歳、男性）は一度しか会ったことのない被害者をストーキングした末、被害者とその妹、母親までをも殺害した容疑で起訴された。自分が被害者に好意を示したのに応えてもらえなかったという理由から、好意が憎悪に変わり、被害者をストーキングした。彼の容疑は殺人、窃盗、特殊住居侵入、情報通信網侵害、軽犯罪処罰法違反などの5つに及ぶ。彼は被害者が出勤しない日を把握した後、その前日に住居に侵入して殺害することを決意し、犯行当日にスーパーで凶器を盗んだ。金を払って凶器を買うのが嫌だったというのが窃盗の理由であり、その後インターネットで「頸動脈」などの検索ワードを用いて急所について調べたと供述した。その後、彼はクイックサービスの配達員を装って被害者の自宅を訪ねている。被害者の帰宅時間が遅いことを知っていたため、あらかじめ侵入して犯行を準備する算段だった。

「家に男がいたとしても犯行に及んだはずだ。その時はそれほど裏切られたという感情と傷ついた気持ちが大きく、時間が経つにつれ鬱積した怒りが大きくなり、犯行に及んだ」。彼は犯行動機をこのように述べている。初期の供述では、「(被害者だけでなく)家族を殺害する考えがあった」と供述したが、「偶発的な犯罪だった」と供述を変えた。被害者の妹を先に殺害したところ「もう逃れることができず、捕まるかもしれないと思って犯行を継続する外はなかった」という。被害者の妹と母親を殺害した後、自宅にとどまった犯人は、被害者が帰宅して家に入ってくるともみ合いになり、ナイフで脅して携帯電話を奪った。それから再びもみ合いになり、被害者がナイフを奪うと再び奪い返した挙げ句殺害した。

その後も引き続き被害者の自宅にとどまり自殺を図ったが、深刻な自傷には至らなかった。彼は事件の2回目の公判で、左腕の自傷の痕を裁判官たちに見せたりもした。全般的にいかなる反省や後悔も見せない態度をとり続けた。むしろ、彼は自分の犯行とそれによる世間の関心を恐れず、逆に世論に注意を払って楽しんでいるように見える。取材陣のカメラの前で足を止めた時、自らマスクを外してひざまずいた行為も極めて自己中心的であり、自己顕示的な行動だった。

彼の殺人は、自分のルールに従わなかった被害者に、身勝手に死という罰を与えたものである。犯行について詳しく計画していることから強い妄想性がうかがわれ、復讐を必ず達成しなければならないという自己の欲望を満たすための快楽犯罪だったといえる。メディアがわれ先にと殺人の理由を尋ね、反省はしているのかと非難した瞬間にも、彼は罪の意識や恐怖を感じることなくその瞬間を楽しんだものと推定される。

反社会型に関連するキーワード

#whynot?　#なぜいけない？　#拳がルールだ
#俺がそう言ってるんだからそう思え
#反省なんて臆病者のすることだ　#何が怖くてそんなに泣くんだ

演技型――愛情に飢えた〝目立ちたがり〟

　華やかな照明の下、舞台の上の私の声と身ぶりを驚嘆の目で見つめる人々。舞台の上で人々の称賛と拍手を聞くと、われを忘れてうっとりしてしまう。ただ、公演は決まった時間に終わる。誇らしげに舞台に立っていた人も照明が消えるとステージを降り、人波に紛れて日常生活を送るものだ。ところが、日常生活でも仮想の舞台と照明を作り、他人の関心を誘導する性格の人物がいる。まさに、演技型、ヒステリー型（histrionic）とも呼ばれるタイプだ。

　彼らはいつも自分が注目されるように努力し、まるで1時間にわたって舞台上で喜怒哀楽を表現する舞台役者のような劇的な演出効果をもたらす。自分の陰部をＳＮＳに掲載することさえいとわず、自傷騒動や、性的に非常に解放的な態度を見せるなどの行動を起こす。他人からの関心を重視し〝見せる私〟〝表現する私〟に気を使うため、家族や友人、同僚など周囲の人々は疲労感を覚える。演技型の人物を通して物語を展開すれば、劇的な効果を存分に与えられる。安易に他人の関心を引こうとして起こす行動の裏で、彼らの心はますます空っぽになり、信頼関係を築くための努力をしないため、人間関係の充足感を得られにくい。物語の中で描かれる演技型の人物の欲望と挫折、そして苦痛を通して、読者や観客は「自分はいったいどんな人間だろうか」と自己のアイデンティティーに対する省察を促される。

他人の関心と愛情を得るために努力する

目立ちたがり。他人の愛情と関心を引きつけるための努力。華麗な装いと魅惑的な言動。時にはこのような言動と感情表現が行き過ぎて「演技的」という印象を与える。そのためこの類型は「演技型」「ヒステリー型」と呼ばれる。軽度の場合には魅力的に見え、少々軽薄だという評価を受けるくらいだが、深刻になると情緒不安定と行き過ぎた劇的な行動を見せる。

映画「風と共に去りぬ」のスカーレット・オハラ（ヴィヴィアン・リー）は、男たちの注目を集めるためなら手段を選ばない。男たちを誘惑しては拒絶することを繰り返すが、本当の愛を見つけられず、愛と歓心を求めてさまよう。映画「シカゴ」のロキシー・ハート（レネー・ゼルウィガー）は、自分を愛してくれる夫のことまでも自身の欲望の手段として利用する。ロキシーは自分を舞台に立たせてくれるという男と不倫をした挙げ句、その男が自分をだましていた事実を知ると怒り、拳銃で殺害する。自分が犯した殺人の罪を夫にかぶせようとするが失敗し、刑務所に入ることになる。それでもまだ諦めず、刑務所に入ってからは弁護士のビリー（リチャード・ギア）とともに無罪を勝ち取るため、無垢な被害者を演じる。さらに、夫の子を妊娠したと言って同情を引こうとするが、これも全て計算しつくされた演技にすぎない。

演技型の性格は、文化によって情緒的表現や対人関係の行動様式、また性別によって許容される表現方法が異なる。演技性パーソナリティー障害の場合、性別の区別なく発生するという研究結果にもかかわらず、女性に多く診断される傾向があり、潜在的なバイアスが作用している恐れがある【1】。大うつ病性障害（うつ病）、境界性パーソナリティー障害、反社会性パーソナリティー障害、依存性パーソナリティー障害を併発する確率が高い。

行動特性

このタイプの人物は他人の関心を引くために絶えず努力するため、初めは魅惑的に見える。しかし、関係を安定的に持続するための信頼、忍耐、献身などにはあまり興味がない。時として、離れていった人の関心を引き留めるために〝演技〟することはできるが、特定の対象から望み通りの関心が得られた後は態度を翻し、また他の人々の関心を得ようと努力する。

彼らが性的に積極的で奔放なのは、性的な誘惑と行動こそ、容易に他人の関心を引きつけることができると知っているからだ。しかし、これは関心を得るための手段であり、性的行動そのものにはあまり興味を感じていなかったりもする。

感情と思考を表現する能力がある。刺激追求の性向が強く、衝動的な行動をする。他人の愛情と関心に飢えていて、これを得るためには嘘をつくこともためらわない。関係が続くほど絶え間ない承認を要求するため、相手が負担を感じる。関心が得られないと思うと憂うつになり、不安になる。感情の起伏が激しく、誰か見ている人がいる時ほどエスカレートする。派手な服装や誇張された行動、小さな刺激に対する過剰反応、極端に非理性的な感情表現、時として過剰な非難や苦痛を訴えるが、これらは全て他人の関心を引くためである。

無意識の行動と欲求

他人の関心を集め、愛されたいという強烈な欲求がある。しかし、そうやって始まった関係は非常に表面的なため、すぐに新しい愛を求めて離れていく。彼らは誇張した演技的な自分の姿と実際の自分の間の乖離に気づけず、意味のある充実した人生を送ることが難しい。

なぜ演技型の性格になるのか?

母親から愛情を得られなかった

一般的に、エディプス・コンプレックスとの関連から説明される。〝男根期〟(4〜6歳)になると、子どもたちは異性の親のことを異性愛の対象として見ることになるが、この時期に異性の親と同性の親の関係から生じる複雑な心理的作用のことを「エディプス・コンプレックス」という。例を挙げるなら、男の子は母親を愛し、父親に嫉妬心と恐怖を感じる。父親に対するこのような感情を解決するために「同一視」という防衛機制を用いて父親の社会的役割（性的役割を含む）を受け入れることになる。ここで家族の形態および関係によってさまざまな相互作用が現れるが、これらがその後、子どもたちの異性関係に影響を及ぼす。

女性の演技性パーソナリティー障害の場合、〝男根期〟に母親から愛情が得られなければ、代わりに父親の愛を欲して過度な愛嬌（嬌態）を見せるようになり、ここで父親から肯定的な反応が得られると、このような行動様式が性格に固定されるのだ。

父親からの愛を求める過剰行動

男女ともに、母親からの愛情不足が原因で父親（または父親の代替者）の愛を求める性格が形成される。父親がほとんど処罰を与えず、子どもの過剰な行動に肯定的に反応する場合、これが強化反応を起こしその人特有の行動様式になる。

彼らが過剰な行動で異性を誘惑する理由は、実は母親による関心と世話の欠乏から始まっているため、異性が実際に関心を示して関係が深くなると、慌てたり回避したりする。

演技型の性格が病に発展する時

恋愛や性的関係において感情的な親密感を得ることが難しいため、ひどい場合には表面的な異性関係だけを繰り返し、空虚な人生を送る。同性の友人との関係がたびたび悪化し、常に自分に関心を集めようとするが、うまくいかないと憂うつになったり怒ったりする。

持続的に関心を与えてくれた恋人との別れは、自分自身が恋人にどのように接してきたかということに関係なく、彼らに途方もない喪失感を与える。別れた恋人を引き留めようと、自傷や自殺などの極端な行動を起こすこともあるが、大抵の場合死そのものを目的にしないため、実際の行動よりも大げさに表現する可能性が高い。かといって、その行動の結果が常に危険ではないとは言い切れない。

自身の心理的葛藤を顧みずに病理的行動を続けると、表面的な関係を結び、関係の悪化が繰り返された結果、身体に症状が現れることもある。これを「身体化」といい、「転換性障害」「変換症」とも呼ぶ。身体的に何の異常もないが苦痛を感じ、他人の関心を誘導するために無意識にそのような症状を利用することもある。

演技型のキャラ設定：愛に飢え、拒否されることを恐れる

親との関係、養育環境

母親からの愛情不足が必要条件となる。母親がいなかったり、職業上の理由やうつなどの精神的問題から子どもに十分な愛情を与えられなかったりという前提条件をあらかじめ用意しておく。父親は子どもを愛しているが表現が下手で、子どもの不適切な行動に適切に対応できない性格である可能性が非常に高い。

父親もまた愛情や関心を向けてくれない場合には、幼い頃から父親代わりになる人（父親と年格好が近い男性）に父親との関係を模した関係を築こうとし、年配の男性を誘惑することもある。

苦手な状況、葛藤の要因

常に自分に関心をもって愛してくれる人を必要とし、拒否されることに対する恐怖心が大きい。自身の誘惑がうまくいかず、誘惑した相手が先に離れていくなどの行動を見せれば、心理的に非常に不安定になる。

〜映画「ＳＨＡＭＥ－シェイム－」では、主人公ブランドン・サリヴァン（マイケル・ファスベンダー）

の妹シシー（キャリー・マリガン）は、深い関係を忌避する兄とは異なり、恋愛関係に没頭する。映画では兄妹間の短い会話を通して、二人が幼少期に両親の適切な養育を受けられず、両親との関係性によってブランドンは関係形成に困難を抱え、シシーは過剰に親密感を求めるようになったことを暗示する。シシーは、「別れよう」と言うボーイフレンドにすがりつきながらも、ステージ上の自分の姿に惚れた既婚者である兄の上司と衝動的に性的関係を結ぶ。その他にも、兄に対して寂しいから抱きしめてほしいと媚び、過剰な身体接触をしたりもする。これに対してブランドンは、硬い表情で妹の行動に耐えるだけだ。映画の後半には二人が激しく言い争うが、ブランドンがカッとなって家を出た後に戻ってくると、浴槽で手首を切ったまま血を流しながら倒れているシシーを発見する。幸い、病院で治療を受け、シシーは再び意識を回復する。

「SHAME—シェイム—」では、シシーは演技型の性格とともに依存型の性格の特徴を見せる。まるで一人では何もできないかのように周囲の人に頼りながら、関心を引くために容姿を飾りたてて媚びを売り、同時に過剰なほどの苦痛を訴える。シシーの誇張された感情表現、不適切な性的誘惑、表面的な対人関係、終始愛情に飢えた姿は、演技型の人物をよく表している。この映画は、ニューヨークという巨大な都市に住むブランドンとシシーの二人の兄妹を通して、表に見える美しさや華やかさと対比しながら、内面の空虚さに苦しむ現代人の問題を巧みに描き出している。

注目されること、自分の主張が他人に影響を及ぼすことは、演技型の性格の人にとってなんとしても満たしたい願望だ。有名になるためなら、悪質コメントを書き込むこともためらわない彼らにとってインターネット上の悪名は、有名でないことよりはるかに価値がある。ツイッター（X）などで有名な〝トロール〟や〝荒らし〟と呼ばれる人々は、自分が批判したり非難したりする相手が本当に憎いというよりは、それらの対象を攻撃して他人から注目を浴びる自分に心酔し、トロール（trolling／本来はゲーム内で使われる表現だったが、現在はインターネット空間で他人を攻撃する行為を意味する。〝荒らし〟もまたトロールの一種）を止められない。彼らは自分の投稿をリツイート（リポスト）した人々が背を向ければ、今度は彼らの悪口を言う。彼らは一貫性のない態度を恥じることなく、何よりも人々の関心を引くことを重視する。

漫画『ピーチガール』の悪役キャラである柏木紗絵は、典型的な演技性パーソナリティー障害の登場人物で、主人公の安達ももの行動をことごとく邪魔する。もものまね、ももの恋愛の妨害、彼氏との関係の邪魔など、悪名高い紗絵の行動は日本の漫画史上でも有名なほどだ。このような彼女の行動理由には正当性がないため、読者は余計にももの境遇に感情移入し、紗絵を憎むことができる。後に作者は、外伝『裏ピーチガール』で柏木紗絵の視点からストーリーを進め、紗絵がなぜあのような悪女になったのかを読者に見せてくれた。彼女は幼い頃に両親が姉と兄をひいきしたため、愛に飢えた少女だった。そのせいで他人の心を利用しつつも愛を渇望するという、二面的な性格をもつようになったのだ。結局紗絵は、唯一自分を助けてくれた幼なじみとももも、そしてボーイフレンドの助けによってようやく真の友情と愛を悟り、救済される。

映画「エスター」の主人公であるエスター（イザベル・ファーマン）は、優しくて賢い子どもを演じてみせることで、養父母に好意をもたせて養子として引き取られる。その後、養父母のコールマン家を掌握するようになるが、彼女は実は子どもではなく、脳下垂体の問題から正常に発育できなかった成人であった。エスターは子どものふりをしながら、養子縁組に行った先の家庭で父親を誘惑し、それが失敗に終わると彼らを殺害することを繰り返していた殺人鬼だったのだ。

特定の状況での行動

犯罪：格好の舞台、SNS

映画「氷の微笑」のキャサリン・トラメル（シャロン・ストーン）はミステリー作家で、男性たちを誘惑しては殺してしまう。そして、この事件を調査する刑事までも誘惑して関係を結ぶ。古典的な演技型のキャラクターのことを〝ファム・ファタール（femme fatale）〟といい、非常に魅力的だが不安定で危険な人格をもち、自身と相手を破滅に追い込む魔性の人物のことを指す。しかし、キャサリンのようなキャラクターはもうあまりにも古臭く、視聴者もこのようなキャラクターは〝クリシエ《お約束》〟のように感じて、評価しないかもしれない。

現代の演技型の人々は、より良い舞台を求めて旅立った。それがまさにインターネット、特にSNSである。SNSは、時空を超えてよりドラマチックな装置で自らを作り編集し、披露できる場所になった。フィードバックが即座に得られ、波及力も世界規模である。YouTuberたちは登録者数と「いいね」を稼ぐためなら、どんなことでもやってのける。

本格的な舞台に上がってドラマチックな公演ができなくても、ドラマチックなスターの熱狂的ファンになったり、コメント、DM（ダイレクト・メッセージ）などでスターの日常の一部を独り占めしたりすることはできる。そんな人々にとって、SNSは格好の場になる。インターネット上の演技型の人々は、有名人の裏話を熱心に口にしたり、政治的陰謀論を暴くためにクラウド・ファンディングで資金を集めたりする。また、自身の投稿やフォロワーが一定数を超えたら「〇〇をする」という刺激的な公約を掲げ、その過程そのものを皆の興味を集めるゴシップネタにする。人々の関心を引くためなら、彼らにできないことなど何もない。

演技型に関連するキーワード

＃showmustgoon　＃チャンネル登録といいいね　＃赤い靴（韓国ドラマ）　＃私だけ見て

自己愛型――自己中心的で傲慢な〝サイコ〟

自己愛型（narcissistic）の人物は、自分を客観視できず、自分自身はもちろん他者からもまた自分のことを有能で魅力的だと思ってほしいと願うタイプだ。しかし、このような願望はしばしばくじかれる。十分な時間と物理的な努力を注いで理想的な自分の姿を実現するのではなく、虚像によって自身を理想化しているからだ。自分だけが脚光を浴びたがり、失敗は他人のせいにする。そんな、感情や行動面での配慮が足りない彼らに対して、周囲の人々は距離を置きたがる。したがって自己愛型の人物は、自らの意図とは異なり社会的関係において孤立することが多い。この事実を直視することは肯定的な自己イメージを崩すため、これを認めようともしない。

しかし、フィクションの中で自己愛型の人物が扱われる時は、外形的に十分に魅力的に見え、一つの分野で立派に成功を収めた人物として描かれることが多い。これは読者や観客に自己愛型の人物設定を受け入れやすくし、魅力的な人物の裏側にある、別の側面をさらに効果的に表現するためだ。また、自らの性格的な欠陥を正し、内面的に成長するためには反省的な態度と自己の客観視が必要になる。作家が自己愛型の人物を描く時、ストーリーの展開によって人物に関する情報と視点をどのように提示するか決める必要がある。多くの作品では自己愛型の人物を外形的に魅力的に描いてきたことから、別のアプローチをすることも差別化された作品を作る一つの手段になるだろう。

自己中心的で共感能力に欠ける

ナルシスト、お姫様病。うざったい。「自己愛」を意味するナルシシズム（narcissism）は、池に映し出された自分の姿を愛するあまり、溺れて死んでしまったというナルキッソスのエピソードに由来する。自己愛は自尊心を支える土台になり、人は自尊心を守るためにおかしな行動に出ることもあるが、行き過ぎた自己愛は病になる。

自分のことを客観的事実や他人の評価よりも著しく過大評価する。自分がまわりの人たちとは違う特別な存在だという考えが根底にあり、非常に傲慢な姿を見せる。自己中心的で共感能力が不足しており、一方的に行動するため、周囲の人々と争いになって人から避けられたりもする。それでいて他人の否定的な反応に傷つきやすく、肯定的な自己イメージを維持するために記憶の忘却や無視など、安易で手っ取り早い方法を選択する。

50〜75％の割合で男性に多く、思春期にありがちだが（いわゆる〝中二病〟）、必ずしもパーソナリティー障害にまで発展するわけではない。自己愛性パーソナリティー障害は、境界性パーソナリティー障害をよく併発し、反社会性パーソナリティー障害が重なるようなケースでは、希代のサイコパスとして猟奇的な犯罪に手を染めることもありうる。

映画「プラダを着た悪魔」に登場するファッション雑誌『ランウェイ』の編集長ミランダ・プリーストリー（メリル・ストリープ）は、ファッション業界で優れた業績を収めた人物である。自己愛型に加え、強迫型の性格特性を備えた人物として、他の人なら気づかず通り過ぎるような細部にまで気を遣う。仕事ではAからZまで完璧を追求し、常に優れた成果を収める人物だ。しかし、このような厳格さは自分と一緒に働く人々に対する態度にも表れ、秘書として働くことになったアンドレア（アン・ハサウェイ）に非常にきつい態度で接する。最初はいろいろな試行錯誤をしていたアンドレアは、気難しく他人を厳しく評価するミランダに認められるほど、ミランダの秘書として仕事を完璧にこなす。しかし、秘書の業務を遂行する中で偶然、ミランダのプライベートの不幸な姿を目撃し、ミランダの華麗な成功の裏に隠された闇について知ることになる。映画の最後にアンドレアは〝第2のミランダ〟になることを諦め、華やかさはなくてもささやかな楽しみのある人生へと再び戻っていく。

行動特性

自分が世間の法則よりも上に君臨するという強い思い込みが、彼らの動機である。自信過剰で、自己中心的で傲慢だ。世間のルールをあざ笑い、他人の権利を無視する。他人との関係は自身の優越感を確認するための手段にすぎない。極端な場合には、誇大妄想に発展することもある。

自分の価値と能力を誇張し、失敗を都合よく解釈し、自身の行動を正当化しようと常に躍起になる。自尊心が傷つくと羞恥心や憂うつ感を覚えることもあるが、自身の行動の正当化を通してすぐに解決してしまう。しかし、自己愛型の性格でかつ反社会的な傾向が高いケースでは、自分の価値を傷つけた人に怒り、重大な犯罪に手を染めることもありうる。

映画「アメリカン・サイコ」のパトリック・ベイトマン（クリスチャン・ベール）は、反社会型と自己愛型の性格が合わさった人物であり、アメリカの上流階級で裕福な人生を享受するいわゆる〝ヤッピー〟である。会社に出勤するシーンが頻繁に出てくるが、実務を遂行する様子はなく、秘書にレストランの予約や友人への電話を指示するだけだ。毎朝、運動と美容パックを欠かさず、ルックスの管理に余念がない。レストランのスタッフには親切で、社会問題に興味があるように振る舞うが、実際には全く関心がない。また、他人が見ていないところでは弱者に対する辛辣な言動をためらわない。

パトリック・ベイトマンは物質至上主義が創り出した怪物のように描かれるが、最も印象的なのは、彼が友人たちと誰の名刺のデザインが最高かを競って対決する場面だ。他の人にとっては重要でないこと、すなわちちっぽけな、名刺に金の縁が入っているかどうかや印刷の品質や紙の感触を必死で評価し、自分よりも優れた名刺をもっていた友人を追いかけて殺害しようとする姿は滑稽ですらある。この他にも「アメリカン・サイコ」ではパトリック・ベイトマンが毎朝自分の姿に見とれる様子と、小さなことでも簡単に自尊心が傷つき、殺害を日常的に行う姿を通して自己愛型の人物をよく描写している。

無意識の行動と欲求

自分が他の人より優れているという確信があるため、あらゆる種類の失敗を受け入れられない。また、言い訳や自己弁護が多く、自分の失敗を美しい言葉で取り繕う一方、仲間外れの対象になることさえ「君たちのレベルが低すぎて私を受け入れられないのだろう」と都合よく解釈してしまう。

映画「アイアンマン」のトニー・スターク（ロバート・ダウニー・ジュニア）は、幼い頃に両親の死を経験し、莫大な資産とともに一人で成長した人物だ。「アイアンマン」のトニー・スタークと「アメリカン・サイコ」のパトリック・ベイトマンは、どちらも裕福な上流階級であることと、ナルシシズムに酔う姿が共通している。しかし、決定的に違う点は、トニー・スタークは自分のセーフティ・ネットだった両親を失った傷を克服したがっているという点だ。また、その克服を社会環境の変化、技術の発展にまで拡張した。一方、パトリック・ベイトマンは自分だけに視線を向けているという点で異なる。トニー・スタークは自身が抱く誇大な自己イメージを現実世界で実現するべく努力する反面、パトリック・ベイトマンは他人を排除することによってこれを簡単に成し遂げようとした。「アイアンマン」と「アメリカン・サイコ」は、似たような背景をもつ自己愛型の人物が、英雄になる過程と殺人鬼になる過程をそれぞれ見せてくれる。

なぜ自己愛型の性格になるのか？

親の過剰な愛情

精神力動理論によると、新生児期の子どもたちは親からの無条件の支持と世話を自分の能力によるものだと勘違いする第一次の自己愛を経験する。しかし、成長するにつれ、対象（親、特に母親）と自分を分離し、自分を愛してくれる親のことを愛する「対象愛（object-love）」に至る。これを通して自分は愛される価値があると感じながら、第二次の自己愛を発達させるが、これは他人を愛し、他人からの愛を土台に自分の価値を実感するという成熟した自己愛の形である。

自己愛性パーソナリティー障害は、成熟していない第一次の自己愛の形で表れる。子どもの成長には関心を傾けず、子どもの欲求を何でもすぐに満たしてやるような両親の過剰な愛が、誇大な自己イメージの形成につながりかねない。

自己愛の裏に隠れた脆弱な自尊心

一方、精神分析学者であり自己心理学（self psychology）を構築したハインツ・コフートは自己愛の裏に自尊心の脆弱性があると分析した。コフートは、親の情緒的な冷淡さと過度な成功の強調が自己愛型の性格を形成する原因だと主張する。愛情に飢えている子どもは、親の愛を得ようとして成功体験にしがみつくことになる。また、何かを成し遂げるたびに親に認められることで、結局自分の価値は他人よりも優れた能力にあると信じるようになる。

普通、ラブコメディー小説やドラマでは、男性主人公が自己愛型の人物として描かれる場合が多い。彼らは外見から財力などの全てを持ち合わせているのに、ヒロインだけ手に入らなくてあわてふためくのだ。現実では見られない希少種のような男性主人公とヒロインの間のすれ違いとゴールインの様子を愉快に描写するために、幼児的な自己愛型の特性を活用する。自分のことしか愛せなかった男性主人公がヒロインに出会うことで自意識を拡張し、その過程を通して、自分の財力によって他人や社会に良い影響力を与えようとする人物に成長するのである。

自己愛型の性格が病に発展する時

自己愛性パーソナリティー障害の人々は、特有の傲慢さで対人関係に困難をもつ。「プラダを着た悪魔」のミランダ・プリーストリーのように実力と社会的地位があれば対人関係ぐらいは問題にならないが、実力や地位の裏付けがない自己愛は王子様病（お姫様病）にかかった負け犬にすぎない。その種の人間に辛抱強く付き合ってくれるような友人はいない。自分の優越感を確認するために対人関係を必要とする人々にとって、孤立は耐えがたい体験だ。

自尊心が崩壊すると、通常は知性化【訳注：第4章で扱う防衛機制の一つ。受け入れがたい事実に対して、もっともらしい理由をつけて自分を納得させようとすること】を通して解決するが、到底合理化できないような状況に陥ると重度のうつや怒りに発展する恐れがある。

自己愛型のキャラ設定：他人の軽視、能力のない人への軽蔑

親との関係、養育環境

子どもを溺愛して幼い頃から望むものを全て与えた場合、子どもたちはそれを自分の能力のせいだと勘違いして成長する。文字通り、世間知らずの王子様、お姫様タイプ。しかし、世

間の人々はママやパパではなく、自分も王子（姫）ではない。そんな現実を目の当たりにして挫折し、うつ病にかかることもある。

あるいは愛情がなく冷淡だが、子どもの成功には非常に敏感な親に養育されたケースもこれにあたる。コフートの説明通り、両親の愛情を得ようとして成功と能力に執着することで、自己愛型の性格が形成される。他人を軽視し、特に能力のない人を軽蔑する。自分の欲求を満たすために他人を利用し、搾取する姿がこのタイプの特徴である。韓国ドラマ「ＳＫＹキャッスル〜上流階級の妻たち〜」や「ペントハウス」の親子のように。

韓国の人気ドラマ「ＳＫＹキャッスル〜上流階級の妻たち〜」と「ペントハウス」では、共通して問題のある親たちとその親の影響を受けて苦しむ子どもたちが登場する。親は子どもたちが他の子を踏みつけてでも優位に立つことを願う。親のゆがんだ欲望をそのまま受け入れて実現しようとすることで心がねじ曲がった子どもたちは、結果的に他人ばかりか自分自身をも破壊していく。

苦手な状況、葛藤の要因

自分の能力または価値を脅かすような状況が苦手である。または、そのような状況を作る人との間に軋轢が生じる。自己愛型の人物の〝自己愛〟を支える客観的根拠が貧弱であるほど、ささいなことにも自身の価値が脅かされると思い、過剰な自己防衛をしたり相手を攻撃したりする。人々が自分を理想的な人物として高く評価することを願うが、それに対する自身の努力が伴わない場合には、他人とのトラブルが絶えない。

チームワークによってプロジェクトを成功裏に終えた時、全ての手柄を自分が取ろうとする。また、一緒に働いた仲間に対しては低評価を下すことを繰り返すため、社会的評判がよいはずはない。自分がもっているものは当然本人の努力で得たものであり、他の人々のことは自分が有利になるように活用すべき道具のように考える。

もし誰かが自己愛型の人物に恨みを抱き復讐を考えているとしても、基本的に他人に関心が向けられていないため、本人の社会的地位が高ければ高いほど気づきにくいだろう。没落した後にも自分の人生を省察する時間をもたず、全てを外部のせいにしようとするなら、自己愛型の性格的特質はさらに強固になり、別の不適応な精神疾患に発展することもある。

特定の状況での行動

犯罪：他人を見下し、自分の価値を確認する

日常の中で自己愛型の人物を探すのは極めてたやすいことだ。境界型の人物は危険で近寄りがたいとするなら、自己愛型の人物はうざったくて迷惑だから近寄りたくないという感じだ。中流・上流層やエリートの中には、生まれもった社会階層や運によって自分が手にした

ものを、まるで全て自分の能力によって獲得したかのように考える人がいる。彼らは自分たちの利益が侵害されることを不快に思い、自分が定めた基準に合わない人が社会的成功によって自分たちの領域に入ろうとすれば、〝公正性〟云々を理由にして怒る。

彼らの犯罪は社会現象にリンクする。例えば偏執型の人なら、「商品が規格に適合していないではないか」と言って顧客センターに電話し、マニュアルを問いただそうとするだろう。それに対して、自己愛型の人は単に顧客センターで仕事をする人々を見下そうとする。ソウル大学で働く清掃員たちの「綱紀を正す」という理由で、スーツを着て試験を受けさせた某教員のような人々がその例である【訳注：2021年6月、ソウル大学で清掃員が過労死した事件の裁判の過程で、清掃員に対しスーツの着用や英語の試験を強要するなどのパワハラ問題が発覚した】。彼らは、個々人を取り巻く社会的地位がその人の価値を表すと考えるため、社会的資源には制限があるべきで、自分自身は当然それを手にする価値がある人間だと考える。反社会型の人が他人を利用しながら結果として法を犯すことになっても反省せず、自分の非倫理的な行動を気にもとめない性格破綻者であるとすれば、自己愛型の人は、他人を見下すことと引き換えに自分の価値を確認しようとする卑劣な人である。一部の政治家や高級官僚は、自身の権力が国家と国民からもたらされたのではなく、完全に自分が振り回すことのできる武器のように捉えている。

だが、心の奥底の物差し自体がゆがんでしまって直らない反社会型の人々とは異なり、自己愛型の人々は自身に対する肯定的なイメージを維持しようとする欲求が強い。そのため、自己愛型の人々は権力をふるう際にも、自己イメージが傷つかないかどうかを優先的に考える。もし、反社会型の人物と自己愛型の人物が対立関係であるとか、戦略上の協力関係であるなら、まさにこの点で二者を区別し、また面白く描写できることだろう。

アメリカのドラマ「ダーティ・セクシー・マネー」は百万長者のダーリング家にかかわって苦労する弁護士が主人公の話だが、この家の人たちは全員が未熟な自己愛型の人である。好き放題に生きるために違法行為ギリギリの行動を繰り返す家族と、これをどうにか取り繕おうとして途方に暮れる主人公の苦難を見守るのがドラマの大筋であるといっても過言ではない。ちょうど、新聞の事件・事故欄をにぎわす韓国の財閥2世、3世たちの様子が脳裏に浮かぶ。

自己愛型に関連するキーワード

#mememe　#俺が浮気してもお前は俺のことだけ見ろ
#ラッパー気取り

境界型――衝動的で不安定な〝自己破壊者〟

圧倒的な魅力の持ち主。私の空っぽな心を瞬く間に包み込み、愛の情熱に火をつけた彼女。しかし、その情熱はあまり長く続かず、彼女のせいで私の日常は徐々に崩れていく。

「愛してる、私を愛して」

彼女は絶えず私に愛を確かめ、私が少しでも返事をためらうと、暴言とともに物を投げつけてくる。彼女の名前はベティ。彼女にとって、この世はとても息苦しい[12]。

映画「ベティ・ブルー 愛と激情の日々」の主人公ベティ（ベアトリス・ダル）は、非常に衝動的で感情の起伏が大きい人物である。恋人であれ隣人であれ、誰かが少し何かを言っただけで怒りを抑えられず、自傷行為をしたり、相手を威嚇したりする。映画の後半では、ベティが妊娠したと思い込み、のちに想像妊娠だったことに気づいて苦しむ。そこから攻撃性が自分に向かい、異常な行動を日常的に行うようになり、最終的に自分の目を刺して精神科病院に入院する。

境界型（borderline）の人物が登場する小説や映画では、人間の性的な欲望を誤った方法で解消し、恋愛関係に執着しながら（eros）、日常も恋愛関係も全て破壊する（thanatos）ストーリーが展開される[13]。境界型の人物は身体的には成熟しているが、精神的には未熟である。読者や観客は、彼らの予測不可能な欲望追求と破壊的な姿を通じてひそかなスリルを味わう。ひとことでいうなら、「魅力あふれる狂人」を表現するのに適した性格類型だ。

予測不能で不安定かつ衝動的

境界性パーソナリティー障害は、パーソナリティー障害の中でも不安定で衝動的な感情、執着と破壊的な行動様式をもち、ロマンスものやスリラーの主人公としてよく登場するタイプだ。女性の割合が75%ほどを占める。成人期の初期から持続的な不安定性を見せ、深刻な情緒的問題や自傷行為、摂食障害、薬物依存などにより頻繁に病院の世話になる。

〝境界〟とは〝神経症と精神障害の境界〟という意味で、正常と異常の境界を意味しない。概して神経症はうつや不安、無気力などの感情調節の問題を伴い、精神障害は現実検討能力【訳注：現実の状況や出来事を客観的かつ正確に認識し、理解し、評価する能力のこと】の問題（例：白い机のことを白装束姿の鬼だと主張する）を伴う。境界性パーソナリティー障害は、この2種類の症状が両方現れる。予測不能で多様な突発行動と不安定で衝動的な感情表現が特徴である。

不安定な自己イメージのために、自分に対して混乱を覚える。一人でいる時には虚しさや憂うつさを感じ、酒を飲みすぎたり、薬物に依存したり、浪費行動に走ったりするほか、誰彼かまわず性的関係を結ぶこともある。ストレスがひどい場合には、一時的に現実認識に障害を来したり、衝動的に自傷や自殺を試みたりすることもある。境界型の性格が見せるさまざまな症状のため、双極型、自己愛型、統合失調型の特徴と誤認される場合が多く、その分、境界型＋双極型、境界型＋自己愛型などの複合的な性格に発展する可能性が高い。

精神分析学者のオットー・カーンバーグの論文「Borderline Personality Organization（境界パーソナリティ構造）」によると【14】、第一に、自分と他人に対する明確で一貫した感覚の欠如により、アイデンティティーが混迷している。第二に、別離を経験する時、自分が感じた否定的な感情を他人によるものとして認識する「投影」（第4章で詳述）のような原初的防衛機制を頻繁に使用する。最後に、現実検討能力の欠如によって職場や家庭内で困難に直面する可能性が大きい。

心理的機能が正常な人は、自分と他人に対して一貫性のある見解をもっているが、境界型の人物はそうではない。同一の対象に対して極端な見方（天使―悪魔、救世主―クズ）を同時にしたり、終始異なる評価を下したりする。

行動特性

衝動的で突発的な行動。睡眠パターンが不規則で、入眠や目覚めを調節するのに困難がある。他人にけんかを売ったり、事故の誘発、自傷、自殺未遂のように自分と他者の生命を脅かしたり、常習賭博、飲酒、窃盗、性行為など、自己破壊的な行動をとる。

とりわけ対人関係において、激情と怒りが交錯する矛盾と混乱に満ちた姿を見せる。気分が著しく不安定であり、捨てられるという恐怖と相手に対する依存および執着が同時に起こる。このような関係において自傷や自殺未遂などの行動に出ると、取り返しのつかない連鎖反応が起こることもある。

彼らの極端な行動様式は、二分法的思考【訳注：物事を白と黒でしか判断できないような思考パターンのこと】という認知的誤りの結果だ。このような考え方は、相手を極端に理想化したり、一夜にして敵視したりする。また相手の態度について、自分に対する受容でなければ拒否であると解釈し、自分の状態も天国でなければ地獄であると受けとめる。

〰〰〰〰〰〰〰〰〰〰〰〰〰〰〰〰

映画「17歳のカルテ」は、境界型の人物がストーリーテラーとして登場する独特のスタイルで、観客は境界型の人物の思考と視線を通じて世の中を眺められる。これを可能にしたのは、境界性パーソナリティー障害と診断され、精神科病院に入院していたスザンナ・ケイセンの手記を原作として描かれているためだ。映画の中でスザンナ・ケイセンを演じたウィノナ・ライダーが見せる危なつかしい姿には、それなりの理由がある。また、衝動性を抑制できずに苦しむ姿も同時に描いている。しかし、自分よりさらに衝動的かつ破壊的で自由だが、結局病院を離れられないリサ（アンジェリーナ・ジョリー）を通して自身を客観視することになり、スザンナは衝動性をコントロールし、内面的な成長を遂げる。自分を苦しめるだけだと思っていた親のことを理解し、自分自身との和解にも成功する。この映画は、理解することが難しい境界型の人物について深い理解を促し、多少の困難があっても人間は回復し、成熟できるという希望的な結末を見せてくれる。

映画「危険な情事」のアレックス（グレン・クローズ）、そして妻と子どもたちが不在の間にパーティーで出会ったアレックスと一夜を過ごしたダン（マイケル・ダグラス）。ダンに対するアレックスの執着と狂気によって、結局は破局へと突き進む。映画「顔のない女」では、過去の恋人を忘れられず精神科の治療を受けていたジス（キム・ヘス）が、医師ソグォン（キム・テウ）と医師と患者以上の親密な関係に発展する。ソクウォンは職業倫理に反してまで理性を捨ててジスを求めるが、この欲望は恐ろしい結末を招く。

無意識の行動と欲求

彼らには「捨てられたくない」という強い欲求がある。これは不安定な自己イメージと関係するが、自分に確信が持てない混乱した自意識は、他者からの愛と承認を必要とする。しかし、彼らの不安定な自己イメージは、健康で成熟した愛ではなく、執着と破壊的行動につながる。

韓国ドラマ「ペントハウス」のチョン・ソジン（キム・ソヨン）は、自身がもちえなかったもの、失ったものを絶えず渇望している。これは幼少期に両親、特に父親に認められたかったのにかなわなかったという経験から、不安定な自己イメージを抱きながら成長したためだ。ドラマの中でソジンの父と母は、ソジンが少しミスをしただけでも責めたて、自分たちのことはもちろん、子どもの人格形成にもあまり関心がない。ひたすら成功を追い求め、他の誰かを踏みつけにしてでも自分だけが成功すればよいと考えて行動する。ソジンが両親に認められるには、手段や方法を問わず、表面上だけ繕えばよかった。ソジンは大学同期のオ・ユニ（ユジン）の恋人を横取りして結婚したが、その結婚生活は不幸だった。夫に執着しながらも、ペントハウスを建てたチュ・ダンテ（オム・ギジュン）を誘惑する姿は、境界型の人物の衝動性をよく示している。ドラマが進むにつれ、ソジンの執着は夫からダンテに移り、（これら全ての行動はソジンだけの過ちではないが）ソジンが周囲の人と結ぶ関係は全て破滅的な結果へとつながる。

ＨＢＯのドラマ「ゲーム・オブ・スローンズ」の原作としても有名な小説『氷と炎の歌』のサーセイ・ラニスターは、権勢を誇るラニスター家の長女であり、七王国の王妃として何一つ不自由ないように見えるが、いつも満たされず、自分がもっていないものを渇望する人物だ。王である夫とは政略結婚で結ばれた仲で、お互い相手を寄せつけず別の恋人をもつ。そのためサーセイは夫との間には子がおらず、双子の弟であるジェイミー・ラニスターと関係をもち、もうけた子が３人いる。ジェイミーは優れた剣術家だが、姉サーセイの欲望をかなえてくれる人物で、サーセイに完全に服従しているように見える。ジェイミーが自分の望む結果をもたらしてくれる時にはサーセイはジェイミーを自分の伴侶として扱うが、そうでない時には呪いの言葉を投げつけ、大騒ぎする。サーセイとジェイミーの関係は、境界型と依存型の人物が深く関わり合うと、どのような破局を迎えるかをよく表している。小説の中で、この二人は何があっても（国境を越えても、たとえ他の人と結婚しても）絶対に別れられない関係であり、死だけが二人を別つことができる。サーセイとジェイミーの関係を通して、お互いを不幸にしながらも別れられず、絶えず不幸な関係を繰り返すカップルについて理解を深められ、個人の内面の脆弱性がどのように他者の脆弱性と絡み合って相乗効果（否定的、肯定的）を生み出すかについて知ることができる。

なぜ境界型の性格になるのか？

家族歴の影響

境界型の性格は、家族歴の影響が大きい。このような子どもの親は、うつ病およびその関連障害がある場合が多く、特に衝動性および情緒調節と関係のあるセロトニンの機能が有意に低い状態にある。また、扁桃体の過活性化や前頭前皮質活動の低下も境界型の性格の原因として挙げられる。

母親との関係

愛着形成期における親(特に母親)との悪い関係が原因として挙げられる。安定的な愛着の条件は、主に母親(主養育者)の信頼できる養育態度だ。信頼は、養育者の責任ある一貫した態度によって形成される。特に養育者の精神的虐待や混乱を招くような養育態度、例えば、ある時非常によくしてくれたかと思えば、急に冷たく辛辣に豹変するような態度は、不安定な自己イメージと情緒反応を誘発する。

分離はできても、個体化ができなかった時

境界型性格の不安定な自己イメージは「分離—個体化」段階の問題から始まる。分離と個体化とは、子が親から自然に分離され、独立した自我を形成していく過程のことをいう。最初のうちは、子どもたちは母親と自分が別の存在という事実を認識できないが、次第に認知と情緒が発達・分化していき、独立した自我を発達させる。

母親との関係によって愛着と信頼が十分に構築されれば、分離後に独立した健康な自我を発達させることができるが、そうでない場合、分離はされても個体化がなされていない状態になり、不安定な自我をもつようになる。自分に対する確信がないため、依存する対象を探し、今度はその人から捨てられるかもしれないという不安に苦しむのだ。

境界型の性格が病に発展する時

情緒的に安定しておらず、常に不安で人間関係に病的に執着する様子を見せる。自分のイメージや自分に対する感覚に持続的な不安定性がある。自己イメージが劇的に変化し、将来就きたい職業、性的アイデンティティー、気の合う友人のタイプや価値観が一瞬にして変わったりもする。病理的な状態が日常化している。

不安定な自己イメージと慢性的な空虚感に衝動性が加わり、自己破壊的な行動に及んだりもする。大変な努力をして得られた結果が目の前にある時に、自らその結果を覆したり、賭博や暴飲、暴食をしたり自傷行為をしたりもする。状況の悪化が繰り返され、それが深刻なストレスにつながると幻聴や幻覚などを体験し、自殺によって自ら終止符を打つようなことにもなりかねない。

境界型のキャラ設定：他人から捨てられる恐怖

親との関係、養育環境

うつ病関連の障害や情緒調節の問題をもつ親、または、母親が子どもに安定的な愛を与えることができない環境が必須となる。親の虐待は妄想性パーソナリティー障害と反社会性パーソナリティー障害の原因になりうるが、境界性パーソナリティー障害の場合は、親の言語的、精神的虐待と関係がある。特に、子どもを自分の感情の捌け口にするような精神的虐待は、子どもの自己イメージ形成に大いに悪影響を及ぼす。

苦手な状況、葛藤の要因

境界型の人物の自己破壊的な行動を触発するのは、別れや他人からの拒絶反応、責任ある仕事を任された時などだ。境界型の人物たちは、このような出来事から共通して、他人から捨てられる恐怖を覚える。したがって、このような状況に直面したり直面することが予想されたりすると、境界型の人物の思考や感情、行動に深刻な混乱を来す。

特に、境界型の人物が頼っていた異性と別れた（捨てられた）後、深刻な抑うつ状態および現実認識に障害を来し、心理的な危機に陥る恐れがある。また、日常的な生活と役割遂行に困難を覚え、これによる問題（生活苦、孤立など）が起きることもある。ストレスを受ける事件が起きれば症状が発現し、悪化する速度も速くなるため、積極的な医療介入（入院や隔離治療など）が必要になる。

境界性パーソナリティー障害は解明することが難しく、個人によって、また時期によって現れる様相が異なる。したがって、治療には困難を伴う可能性が高く、また不安定な自己イメージと世の中に対する認識によって、治療者との間にしばしばトラブルが起こることも予想される。

特定の状況での行動

犯罪：極端な怒りと憂うつ感を行き来するジェットコースター

境界型の性格の人たちは、学校によくいる「あの情緒不安定で、ちょっとおかしい子?」の役割を引き受けている。青少年期には、誰もが怒濤の感情変化を経験する。しかし、境界型の青少年の情緒的な逆機能【訳注：特定の状況において、期待されるものとは逆の結果や作用を引き起こすこと】は、極端な怒りと憂うつ感の間を行き来するジェットコースターのようなものだ。このことが彼らを不安定にし、そのような状態が続くことで彼らの青春に不穏な影を落とす。不安定さが衝動性につながり、青少年期から酒やタバコ、薬物に手を出すこともある。また、内面の緊張を緩和するために、身体に傷をつけて自傷行為に及ぶこともある。年齢のわりに空虚感が強く、慢性的に人生に物足りなさを感じ、アイデンティティーの確立に困難を覚える。

自傷をする人たちは苦痛を感じるためではなく、その後に感じる不思議な安定感と実在しているという実感を味わいたくて行為に及ぶという。自身の虚しさと不安感を忘れようとしてもがき、周囲に助けを求める。このように危なっかしい境界型の人が送るＳＯＳに応答した人たちは、手を差し伸べても改善のきざしが見えず、そればかりか大きくて重い心の荷を負わせようとし、ついには自殺をすると言って脅してくる彼らから結局は去っていく。

社会の中で彼らは〝自分自身を粗末に扱うことで他人を脅かす人々〟である。警察署に電話をかけて自殺すると泣きわめいて自殺騒動を起こし不適切に怒りを表したり、エスカレートしてもみ合いになったり、常習的クレーマーとしてブラックリストに載っている可能性がある。境界型の性格は、大半が気分障害を伴う。20％に大うつ病性障害があり、40％程度に双極性障害があり、神経性の摂食障害を患うケースも多い。

境界型の人が罪を犯し、社会的規範を破る時のキーワードは「助けて。助けて。消えて。だけど帰ってきて私を救って」になるだろう。彼らが犯す反社会的行為は、自己破壊行動の延長、または自身が望む人との関心をつなぎ止めるために深く考えず、あるいは結末を分かっていながら選択した可能性が高い。そのために結局、望んだもの全てを失うとしても。彼らが決心さえすれば、自分自身を燃やし尽くすことでも喜んで受け入れる。

境界型に関連するキーワード

＃助けて助けて私を救って　＃私には自分を破壊する権利がある
＃私は獣にも劣る人間ですが、生きる権利はあるんじゃないですか？
（映画「オールド・ボーイ」）

第3章

不安を感じておびえる――
〝不安と焦燥〟C群の性格スペクトラム

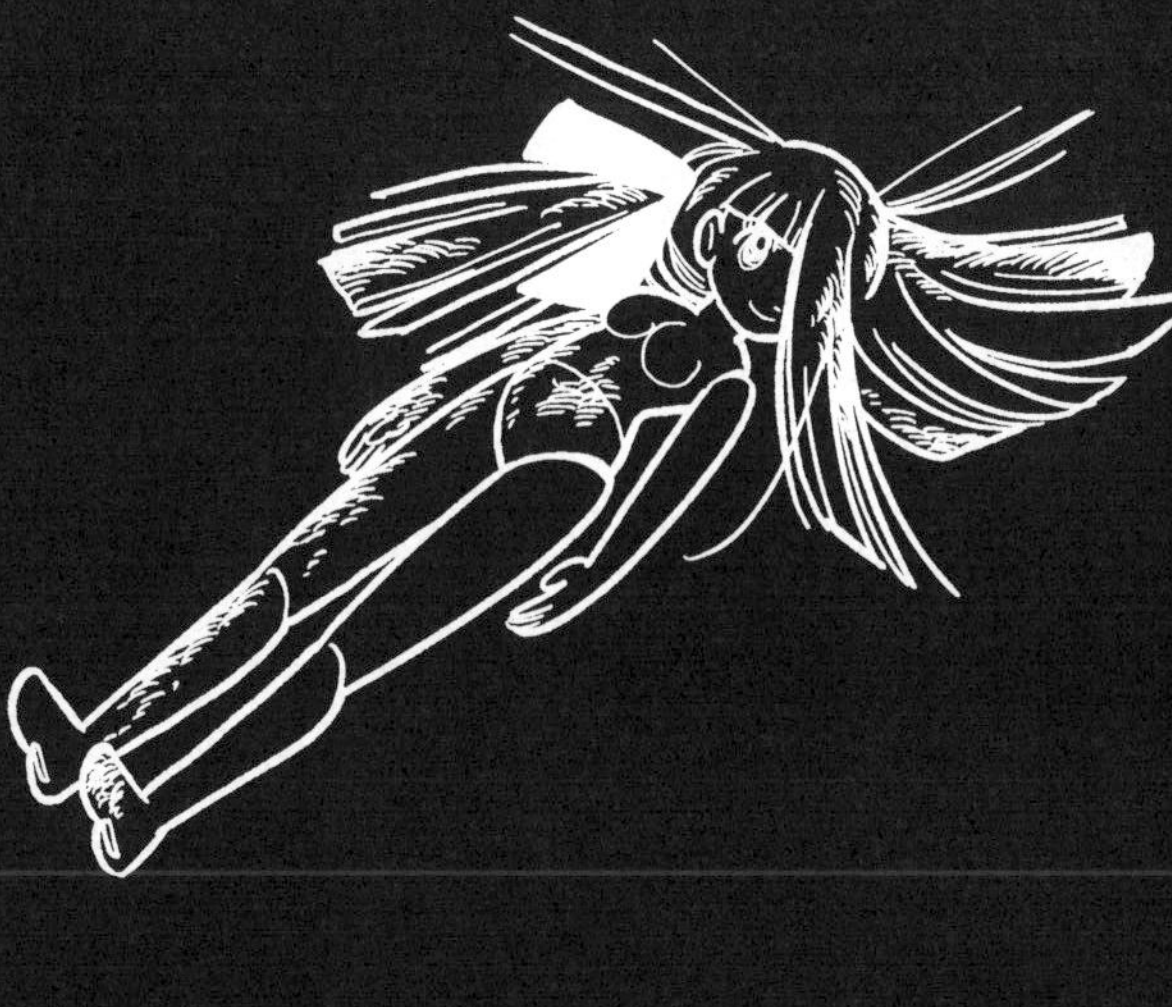

第3章

不安を感じておびえる――〝不安と焦燥〟C群の性格スペクトラム

C群の性格スペクトラムは目立たず、外からは適応的に見えるが、本人はとても苦労するタイプだ。もの静かで自分の仕事をうまくこなすが、ちょっと気にかかる感じの人。C群の性格の特徴は「極度の不安」だ。彼らの行動は、不安のレベルを低くするという動機から理解すればよい。

強迫型の性格

このタイプの性格の最大の強みは完璧主義である。どんな仕事をしても徹底的に、要求されるよりはるかに高い水準でやり遂げなければ気が済まない。もっとも、それは一般的な水準をはるかに超越しているため、他の人を疲れさせるだろう。高度に緻密さが要求される先端産業や、安全管理分野の専門家に適性がある。1円単位まで合わせる必要がある財務会計の方面でも能力を発揮するだろう。

回避型の性格

回避型の性格の強みは、豊かな内面世界と想像力だ。評価に対する不安から社会的交流を回避する代わりに、彼らは内面世界に向かう。その結果、他人にはできない思考、試みなどを一人でやってのける。統合失調型の想像力が「自分の思い通り」ならば、回避型の想像力は「きれいで美しい」。文字通り幻想である。

依存型の性格

依存型は、信頼できる助力者になってくれるタイプだ。依存欲求さえ満たされれば、金や名誉などに目もくれず、いつまでもそばにいて助けてくれる。ただ、彼らの犠牲を当然のことと思って利用しようとする人がいれば、彼らの盲信的な忠誠（依存、愛）は悲劇の引き金になりかねない。

強迫型——見た目と中身のギャップが魅力の〝完璧主義者〟

強迫型（obsessive-compulsive）の人物は、物語を展開させる上で一定の規則性を与えられるため、作家に重宝される類型の一つだ。強迫型の人物は、自分と自分を取り巻く状況をコントロールしようとする。そのため、普通の人々が認識できないほどの小さな変化にも非常に敏感に反応する。例えば、名探偵モンクやシャーロック・ホームズのようにミステリーや推理小説で事件を暴いていく主人公は強迫型の性格である場合が多い。私たちが彼らの敏感な視線と感覚で世の中を眺めれば、非常に多くの情報に気づくことができるだろう。

また、強迫型のキャラクターが作家たちに愛される理由は、表面的に見える〝立派な〟姿ないしは卓越した姿とは異なり、自身に対する嫌悪と極度の不安を内面に抱いているからだ。人物を立体的で魅力的に描くことにおいて、強迫型の性格は人物設定の一種の〝チート〟であるわけだ。

確実で完璧でなければ耐えられない

完璧主義者。コントロール・フリーク。細かな規則に執着し、確かな規則と手続きがなければ耐えられない。理性と道徳を重視し、自分勝手で衝動的な行動を嫌悪する。自分の行動が完璧だという確信がないと、行動をためらう傾向がある。

強迫性パーソナリティー障害は、女性より男性に2倍ほど多く診断され、親密な関係を不快に思う回避型（本章で詳述）の性格と同時に発現しやすい。

北欧のみならず韓国でも小説と映画が人気を博した『幸せなひとりぼっち』のオーヴェは、強迫型の性格を分かりやすく見せてくれる人物だ。オーヴェは毎朝6時15分に起きてコーヒーを淹れて町を視察する。ドアに鍵をかけたかどうかを確認する時も、毎回同じように3回ずつ確認する行動を繰り返す。解雇される前まで鉄道会社で43年間働き、「サーブ」というメーカーの車だけを運転する。16歳の時に鉄道会社で働いていた父親が線路で列車にひかれて死亡し、その後のオーヴェの人生で唯一の愛情の対象だった妻が病気で世を去ってからは、毎日彼女の墓を訪れている。そして、妻のいない人生に絶望して命を絶とうとする。

しかし、無愛想で頑固な老人オーヴェが家で自殺を試みるたびに、隣人がしきりに邪魔をする。

そして、周辺の人々を遠ざけ続けた彼は、次第に彼なりのやり方で隣人を気にかけるようになるのだ。オーヴェは妻だけを愛する人物ではなくなり、亡き妻の望み通り、周囲の人々を近づけるようになった。そうやって妻が自分に与えてくれた愛の意味について、もう一度心に刻み込むのだった。オーヴェはその強迫型の性格と、長い人生の中で培った経験と知恵を身につけた老人として、独特な人物像を見せてくれる。

行動特性

厳格、厳粛、真摯、頑固、保守的。けちで所有欲が強い。融通性、想像力に欠ける。具体的なことと細部の組織化に関心を傾け、規則と手続きに厳格だ。柔軟性や自発性は乏しいが、勤勉で能力があるように見える。感情表現が抑制的で共感能力に劣る。

自分のことを公正で勤勉、信頼できる人物だと考えている。家族、同僚など自分を信じて頼る人には非常に献身的になれる。表向きは慎重でバランスのとれた人のように見えるが、自身の世界が崩壊すると耐えがたい結果を招く可能性が高い。

無意識の行動と欲求

強迫型の人々は反動形成（reaction formation）を主な防衛機制として使う。自分の中にある望ましくない衝動を抑圧し、それとは反対の情緒、行動、態度を表すことだ。つまり、厳格で保守的な態度を堅持する人物の内心は、不道徳で、社会で認められにくい欲求がある場合が多い。

映画「アメリカン・ビューティー」の主人公レスター・バーナム（ケヴィン・スペイシー）の隣に住むフランク・フィッツ（クリス・クーパー）は軍人で、権威的で保守的な態度で家族に厳しく接する。彼は普段から同性愛者を嫌悪するホモフォビア（homophobia）であり、偶然レスター・バーナムと一緒にいる息子を見て、二人がゲイであると誤解する。しかし、実はフランク自身がゲイであり、自身の性的指向を隠蔽するために結婚し、外面的な男らしさを強調していたのだった。

なぜ強迫型の性格になるのか？

親に認められたくて

フロイトは強迫型の性格が肛門期（2〜3歳）に起因すると分析する。肛門期は子どもたちが排泄の訓練をする時期で、統制感と密接な関連がある。エリクソンはこの時期を「自律性vs羞恥」と命名した。排泄のような自分自身の体をコントロールできる経験が蓄積されれば自律性を得られ、そうでなければ羞恥心を経験することになる。

厳しすぎるトイレトレーニングのように、過剰統制的な養育を受けた子どもたちは、自分を無能力な存在と認識するようになり（低い自尊心）、これを克服して親に気に入られるために自分に足りない能力（統制感）を最大限に身につけようとする。すなわち自分がコントロールできる行動を作り、その範囲を広げていくことになる。

母親が自分から去るかもしれないという分離不安

不安から抜け出す方法として、ある考えや行為に執着することがある。成人後も特定の事件によって不安を感じ、不安から抜け出そうとして強迫的に行動する。記憶に残っていない幼少期の不安から、成長期以後の強迫的行動の説明がつくこともある。

乳幼児期に代表的に経験する分離不安は、母親（主養育者）が自分から離れていくかもしれないという不安だ。母親（主養育者）と安定的な愛着関係を形成できなかった人は慢性的な不安を感じ、不安から抜け出すために（母親が自分から離れないように）さまざまな行動を試みることになる。例えば、ほめられようとして熱心に掃除をしたり、規則や秩序をよく守ったりといった行動だ。

チックやトゥレット症候群が見られる

不安の強度が増し、神経学的疾病としてチック（Tic／自分の意志と関係なく繰り返し発される音声や行動）やトゥレット症候群（tourette syndrome／音声チックと行動チックの両方がある場合）が現れることがある。一般的にチックとトゥレット症候群は学齢期の児童に現れ、青少年期に自然に消えることもあるが、成人になった後も持続するケースもある。不安を内在化している強迫型性格の場合、チックとトゥレット症候群の症状を同時に見せることもある。

強迫型の人物は、対人関係を築くのに苦労する。したがって社会生活に不適応な姿を見せ、憂うつと孤立感を味わうだろう。これは自分の強迫性をさらに強化する悪循環につながり、最悪の場合、自己嫌悪に陥り親密な関係形成に失敗することによって、自分および他人を攻撃する可能性が高い。

映画「恋愛小説家」のメルヴィン・ユドール（ジャック・ニコルソン）は、ロマンスを極度に嫌悪する恋愛小説家だ。彼は強迫症状がひどく、他人に対する嫌悪を隠さずに表現する。この他にも歩道ブロックの縁を踏めなかったり、動物や他の人が自分の体に触れることを嫌がったりする。そのうえ、飲食店に行く際にも自分の食器を持っていくなどの強迫性障害の様子を見せ、隣の家に住む画家のサイモンが同性愛者であることを知ると彼への嫌悪を隠さない。メルヴィンは強迫性障害によってさまざまな紆余曲折を経るが、特定の対象への愛着を形成することで、この関係を通じて他の人々、そして世の中との友好的な関係を築くことになる。

しかし、強迫性障害が不幸な愛着関係によって形成され、悲劇的な結末を迎えることもある。映画「王の運命—歴史を変えた八日間—」での思悼世子《サドセジャ》（ユ・アイン）の場合も衣冠を身につけることに困難を覚える「衣帯症」という強迫性障害によって、思悼《サド》に服を着せた女官と内官たちを無数に殺害する。ついには父親の英祖《ヨンジョ》まで殺害する計画を立て、父子関係は決定的な破局を迎えることになる。そしてこの歴史的事実は、３００年が過ぎた後のわれわれさえも知るところとなった。

強迫型のキャラ設定：日常のルールが破られると不安を感じる

親との関係、養育環境

保守的または頑固な態度をもつ親による厳格な養育が必要条件となる。親が教育者、宗教家、軍人である場合などは、親に認められるために親の頑固で厳格な態度を内面化する。だが、心の片隅では自ら無視した欲求によって不安感を強く感じるようになり、不安が刺激される状況に直面すると、より硬直した姿を見せる。

第一子（長男）は、完璧な子に育てたいという親の期待のため、強迫型の性格をもちやすい。このような場合、子どもが両親の要求に従っても称賛や抱擁、笑顔などの情緒的補償はあまり与えられない。また出生順位と関係なく、兄弟の中に病気や障害をもつ者がいる場合、自分の特定の行動と家族の事故または死が時期的に合致する場合、子どもはそれを自分の過ちであると思い、自らを罰する。そのような意味で、強迫型の人物は内面の罪悪感によって外部をコントロールしようとするのだ。

苦手な状況、葛藤の要因

予期せぬ状況を忌避し、当たり前だと思っていた日常的な規則が破られる時に不安を感じる。そのような状況を作った対象との関係が揺らぐこともあり、自分が構築した世界が完璧ではないということからくる喪失感や憂うつ感を経験することもある。

あらゆる物語についていえることだが、強迫型の人物についても、ストーリーの序盤と終盤に見せる姿は変化している必要がある。もしストーリーの序盤に強迫型の人物を魅力的でかっこよく描いたとすれば、後半に差しかかるほど、その人物の不安定な内面や誰かから捨てられたという記憶によって混乱する姿、対人関係に問題がある部分を描く必要がある。もちろん、その反対でも構わない。例えば、序盤に強迫型の人物がもつ強迫的思考と行動を好ましくない視点から描いたなら、物語の後半ではその人物の強迫的な特徴によって事件を解決したり、危機を免れたりするなど、むしろよい部分に光をあてるようにすべきだ。

特定の状況での行動

日常：表面的には完璧で模範的

強迫型の人物の強迫性を分かりやすく知らせる工夫としては、外から見ると完璧で模範的なその人が「表面的には何ごともないように日常生活を営むために」どのように生きているかを綿密に示す必要がある。その人は、自身の強迫性を他人に悟られないために、完璧な人を演じているだけかもしれない。この過程で必然的に伴うストレスを解消するため、自分だけの逃避場所や趣味の生活、さらには別のペルソナをもっていることもありうる。したがって、有名な強迫型のキャラクターの多くが二重生活をしていたり、実際の身分ではなく自ら作り出したペルソナの姿で極端なことをやってのけたりしているケースが多い。

彼らの強迫性は、自分の専門的な仕事を完璧に遂行するために必須の要素でもあるが、二重生活を隠すためにも必要な特性であり、資質でもある。身分を隠して活動するスーパーヒーローや連続犯たちにとって、この特性は真の自分ともう一人の自分を同時に維持するために絶対に必要なのだ。

葛藤：秘密を守って生きるために為さなければならない全ての事柄

強迫的なキャラクターが繰り返し重要な事件を起こして物語を導いていくためには、葛藤を起こさずにいる〝冷却期〟に日常生活を送る社会人としてのペルソナ、すなわち一般人としての人生が必要とされる。この二重生活を維持するために、その強迫性をうまく利用して自身と他者の人生をコントロールすることは、ストーリーの進行に緊張感を与え、起承転結を生み出す原動力になるだろう。

このような二重生活を送りながら、キャラクターの性格が明確に区分される登場人物として、DCコミックスのスーパーマンとバットマンが挙げられる。この二人には共通して、幼い頃に保護者を失ったせいで生じたトラウマと、特定の対象を恐れるという弱点がある。しかし、雰囲気や目的意識、性格においては正反対の人物だ。特にバットマンは、幼い頃から成人期の初期にかけて体験したほとんど全ての事件が、彼にとっての強迫性の原因であり、また結果であるといえる。

犯罪：完璧主義が他人を苦しめ、自己破壊に至る

強迫的なキャラクターがある規則や規範を破る時のキーワードは、「なぜそこまで」になるだろう。その人物のもつ強迫観念が、その犯罪手法を極端な方向に追い込む可能性があるのだ。実際に、検挙されるまでに時間がかかった連続犯罪や、残酷な犯罪手法を見せた事件に

おいて、犯人の強迫性がプロファイリングまたは現場検証で明らかになった事例がある。

犯行後、自分が現場にいたという証拠を消すために数時間から数十時間現場に滞在し、物理的証拠を破壊する、あるいは（隠匿や遺棄のための）遺体の損壊をすることだ。自分の犯罪証拠が目の前にあり、逮捕の恐れからもすばやい逃走が優先される、極めてストレスがかかる状況下において、常識では理解できない行動だ。だが、強迫型の人にとってこのような状況は逮捕されないため、あるいは意図した犯罪を完成するために現場を偽装しようとする強迫観念と、安全を確保したいという本能が戦う高度な心理的葛藤の最前線である。この過程を描写することで、受け手を物語へ強力に引き込み、そして物語の起承転結に具体性と論理性を付与することができる。

強迫性はある人の超人的な面を際立たせることもあるが、一方で低劣で卑怯な面を見せ、爆発後の超新星のように自分の内側から崩れていく、人物の悲劇性を見せることができる。自身を追い込んでいく高度な実行力と完璧主義は、同時に他人を苦しめ、自分自身を破壊する時にも適用される。別れを告げた元恋人の決定を受け入れられず、その人のＳＮＳや私生活をストーキングする強迫型の人物の陰湿さ。自身のゆがんだ性的欲求のために、身分や意図を徹底的に隠した上で、児童や青少年、知能の低い人だけを選んで接近する性犯罪者。完璧な人生が崩れたと感じる上級職・専門職の離職者や、事業に失敗した自営業者、入試に失敗した成績優秀な受験生が盗撮や賭博、薬物乱用に陥ることなどが、その代表的な事例だ。

強迫型に関連するキーワード

#完璧主義　#遂行あるのみ　#一か八か　#うまくいかないならいっそ壊してしまえ
#逃げたところに楽園などあるはずがない

回避型──臆病で警戒心が強い〝引きこもり〟

物語の中で、登場人物は規則正しく行動しつつも、他者との葛藤が生じるようにしなければならない。葛藤によって人物が自信を失い、そこから回復する過程を描く必要があるため、作家は大抵、ストーリーをけん引する中心人物は「主体性があって能動的なタイプ」に設定する。一方、回避型（avoidant）の性格の人物は受動的であり、他の人物との摩擦を最大限避けて孤立を選択する。したがって、クリエイターが回避型の人物を主人公にする時には、積極的に人物の内面に関するエピソードや悩み苦しむ姿を描くことが求められる。

能動的な人物を前にして葛藤したり、回避型の人物同士が連帯する構造を設定したりするのもよい。映画「ラースと、その彼女」の主人公ラース（ライアン・ゴズリング）のように、孤立から抜け出して社会的関係を形成していく過程を描くのも優れたアイデアだ。世間の価値を拒絶するアウトサイダーたちの人生と愛を描いた韓国映画「彼とわたしの漂流日記」や、オランダ映画「Blind（盲目）」などもよいアイデアだといえる。

不慣れで新しい経験より、慣れていることの方がいい

一人ぼっち。恥ずかしがり屋。一人でいることが好きなのにはさまざまな理由があるが、回避型の場合には、他者とのコミュニケーションに対する恐れが原因だ。彼らは、自分に対する他人からの否定的な評価を最も恐れる。

慣れない状況や新しい経験を恐れ、不安を回避するため、自分が慣れ親しんだ環境にとどまろうとする。他人と対面する状況を避け、できるだけ社会的責任を負わないようにする。

強烈な愛情への欲求があるが、拒絶される恐怖がより大きいため、不安と悲しみ、挫折感などの否定的な感情をよく経験する。うつ病と不安障害(対人恐怖症など)を伴う場合が多く、少数の親しい人々に過度に依存するという依存性パーソナリティー障害を併発することもある。

子どもの頃からかなりの恥ずかしがり屋であり、見知らぬ人や新しい状況を恐れ、友人なしに一人で過ごした場合が多い。青少年期から成人期初期によりはっきりと現れるが、成人期以後、次第に緩和される傾向がある。

映画「ラースと、その彼女」の主人公ラースは内向的で、過度に人づきあいを避けようとするあまり、人に会うことすら最低限にしようと、父親が亡くなった後には兄と兄嫁に家を譲って自分は

納屋で生活する。職場でラースに好感をもつ同僚マーゴ（ケリ・ガーナー）にも全く反応を見せず、兄夫婦と一緒に食事をすることさえ面倒がる。

ある日、ラースに怪しい箱が配達される。それは成人用ドールで、ラースはドールを「ビアンカ」と呼び、まるで生きている人のように扱う。兄夫婦はそんなラースが心配で、ビアンカと一緒に病院を訪れる。医者はビアンカに接するラースを見て、彼が妄想を抱いているのは確かだが、治療の必要な精神疾患ではないという。さらに、兄夫婦にラースがビアンカに接するように、彼女に対して生きている人のように接してほしいと伝える。そこで兄夫婦は町の人たちとラースの職場の同僚たちに会い、ビアンカを人間のように扱ってほしいと頼む。

その後、町ではビアンカは本当に生きている存在として受け入れられるようになった。最初はぎこちなかった町の人たちも、ビアンカを通してラースが少しずつ人々と交流する様子を見て、さらに愛情を注ぐようになる。ビアンカと一緒にラースが定期的に病院を訪れる中で、医者はラースの心の中にある深い傷を知る。自分のことを産んでくれた母親が亡くなったことが原因で人々との交流を避けるようになり、他人の肌に触れるだけでも痛みを感じるという事実についてだ。

この映画は、強い回避性をもつ人物が自分の内面の傷に気づき、人とのつながりを回復していく過程を描いている。ドールを生きている人間のように考える妄想の段階があったとしても、ラースのまわりの人々の温かく献身的な態度と、ラース自身の地道な努力によって現実に直面できるようになったのである。

行動特性

恥ずかしがり屋で用心深く、警戒心が強い。話し方はゆっくりで不自然であり、よく口ごもる。概して目立つ行動はしないが、時として浮き足立ってすばやい衝動的な行動が現れる。潜在的な脅威を恐れ、大したことではなくても過敏に反応し、他人の嘲笑や非難を心配する。極端な場合には引きこもりになるほど萎縮することもある。

情緒が表に出にくく、内面の豊かな幻想と想像によって発散する。他者との交流と愛情への欲求は、彼らの場合、詩や音楽等の手段で表現されたりもする。

自意識は強いが、自尊心が足りない傾向がある。他人の否定的な評価を恐れるのと同じくらい、自分の成果を過小評価し、自分を孤立させ、人生が空虚だと考える。

「彼とわたしの漂流日記」では、女性のキム氏（チョン・リョウォン）は外見のせいでいじめを受け、そのショックで引きこもりになる。外での生活どころか家族とも会わず、狭くて暗い部屋の中だけで暮らしている。彼女が世の中と向き合う唯一の方法は、インターネットとカメラだ。インターネットでは仮想の自分を作って他人に愛される人生を楽しみ、カメラでは年に2回、民防衛訓練日【訳注：朝鮮戦争休戦中の韓国において、空襲・災害を想定して定期的に訓練が行われる日のこと】に全てが止まった世界を観察するのが趣味である。この映画の面白さは、「自ら好んで社会から隔絶して暮らす人同士が、互いのことを認識した唯一の人物だったらどうするのか」という問いにある。

男性のキム氏（チョン・ジェヨン）は、自殺を図った末に漢江《ハンガン》の小さな無人島「パム島」に閉じ込められることになる。初めはパム島から抜け出そうと足掻いてみるが、失敗に終わる。女性のキム氏は、ちょうど民防衛訓練日に世界が止まった様子をカメラに収めている時、パム島に閉じ込められた男性のキム氏を発見する。彼女は男性のキム氏を長い間見守っていたが、メッセージを送るために3年間の引きこもり生活を終え、とうとう家の外に出て漢江まで走る。

とはいえ、女性のキム氏は劇的に部屋から飛び出したわけではない。再び部屋に戻るが、その過程を通して少しずつ変化していく。その後も、男性のキム氏は地面に大きくメッセージを書き、女性のキム氏は人目を避けて漢江《ハンガン》に行き、瓶に入ったメッセージを放り投げてやりとりをする。二人が短い英語のメッセージを通してゆっくりと関係を築いていたところ、工事のためパム島に人員が派遣されることになり、男性のキム氏はパム島からも追い出されることになる。自分の暮らしていた世界から隔絶されたパム島で初めて平穏を見いだした男性のキム氏は、再び絶望し、死を決意し63ビル【訳注：ソウルの汝矣島《ヨイド》にある高層ビル】に行くバスに乗る。

やや遅れて女性のキム氏が彼に会おうとして追いかけるが、寸分の差で女性のキム氏は男性のキム氏が乗ったバスを見送ってしまう。しかし、その時ちょうど民防衛訓練が始まり、道路上の全ての車両が止まる。女性のキム氏はバスに追いついて、男性のキム氏と出会える。

映画は二人が初めて互いに名前を明かして挨拶するところで終わり、物理的・心理的に閉じ込められた二人が知り合い、やりとりしながらお互いの存在を通じて少しずつ回復していく過程を扱っている。一人の立派な人物が世界を変えるのではなく、一人がもう一人の世界を理解し、慎重に交流しながらお互いを救済していく物語である。

無意識の行動と欲求

他人の評価を恐れるあまり、現実では満たされない欲求と願望を幻想（想像）によって充足させる。幻想は他人と会うことも、他人の否定的な評価を恐れることもなく願望を成就させることができる。孤立によって安心感が得られる反面、社会的交流の欠乏から生まれる寂しさは、幻想で満たしていく。このような幻想は、優れた作品を生み出すことに昇華されることもある。

映画「ネバーランド」は、童話劇「ピーター・パン」を書いた原作者が劇を書くまでの過程を描いている。劇作家のジェームズ・バリ（ジョニー・デップ）は、社交的な付き合いを不快に感じる人物だ。唯一の家族である妻とも密接なコミュニケーションがとれず、最小限の社会的関係だけを構築しながら文筆に励む。自分が書いた劇が観客にどんな評価を受けるか気になって、舞台で劇が上演される間、カーテンの後ろに身を隠して観客の反応を見ている。その一方で、自分が注目される状況になると、どう振る舞えばいいか分からない。

散歩の途中で偶然に出会ったシルヴィアと子どもたちがジェームズの感性を刺激し、とりわけピーターという子から特別な印象を受ける。そしてその子の名前からとった「ピーター・パン」という童話劇を書くことになる。しかし、映画の中のピーターのセリフにもあるように、「ピーター・パン」の「ピーター」はジェームズ自身であり、大人になるのを止めた自身のことを「ピーター」という人物として具現化したのだ。

ジェームズが「ピーター・パン」の童話劇を完成してまもなく、シルビアが病気で亡くなるが、彼女は子どもたちの後見人としてジェームズを指名していた。ジェームズは子どもたちの後見人になることを決意する。子どもたちを通して自己を客観化することになり、子どもたちのために自分がもつ回避性から抜け出して積極的に関係を築こうとしたのである。

なぜ回避型の性格になるのか？

内向的で臆病な気質は家族歴に起因する

極めて内向的で臆病な気質は、家族歴がある程度作用するものと見られる。気質的に恥ずかしがりで抑制的である。外部の脅威に過度に敏感な場合、小さな脅威にも交感神経系が興奮することがある。日常で頻繁に起こる不快なことにも高い緊張を見せ、警戒心をあらわにする。

親の過度の介入がもたらした羞恥心

過度な羞恥心と罪の意識を誘発する養育態度が、回避性パーソナリティー障害の原因になる。おおよそ2歳頃に始まるトイレトレーニングは、自分の身体を統制できるという自律性を身につけるが、親による行き過ぎた厳格な介入は、羞恥心を引き起こす（エリクソンの「自律性vs羞恥」の段階）。また、子どもは4歳頃から認知能力と身体能力が発達し、行動の自主性を獲得しようとする。これに対する親の行き過ぎた制限は罪の意識を呼び起こし、主体的ではない、他人の評価に敏感な性格を形成する（エリクソンの「自主性vs罪悪感」の段階）。

否定的な自己イメージが関係を回避させる

否定的な自己イメージに関係する羞恥心。幼い頃に経験した羞恥心は「自分にはできることがない」「何をしてもうまくいかない」といった否定的な自己イメージにつながり、他者からの否定的な評価が怖くて人間関係や新しい状況を回避することになる。これは持続的に社会的関係を回避することにつながり、自分に対する不信感から苦痛を訴える。自分への不信感から他人に注目される状況を避けるようになり、たまに耳にする否定的な評価にも過敏に反応する。これを避けるために孤立と回避を選択することになり、この繰り返しがパターン化される。

オランダ映画「Blind（盲目）」の中で、マリア（ハリナ・ライン）は、アルビノとして生まれ、幼い頃に受けた虐待によって顔と体に深い傷跡がある人物だ。自分を眺める人々の視線が苦痛で、全身を服で覆っている。

後天的に視力を失っていくルーベン（ジョレン・セルズラックツ）は、事実を受け入れられず、その苦しみから物を破壊するなど、あらゆる行動を見せる。母親が自分のために雇ってくれた本を読み聞かせてくれる人にも乱暴な振る舞いをして、マリアを除いて皆、耐えきれずに辞めていく。つらい幼少期を過ごしたマリアは、ルーベンをうまくコントロールし、視力を失った人生に適応できるように手助けをする。母親はおとなしくなった息子を見て、マリアが美人であるとだますことさえして、ルーベンをさらに彼女に従わせようと嘘をつく。そうするうちにルーベンは視力を取り戻す手術を受けることになり、母親はマリアに立ち去ってほしいと頼む。視力を徐々に回復していく中でルーベンはマリアを捜しだそうと努力するが、偶然訪れた図書館でマリアの声を聞いて彼女に気づく。

しかし、視力を回復したルーベンが自分の外見を愛するはずがないと思ったマリアは、ルーベンから離れる。ちょうどそのタイミングで、不幸にもルーベンの母親も持病で亡くなってしまう。一人残されたルーベンは、母親が最後に教えてくれたマリアの手紙を読みながら、マリアが人々を避けるようになった経緯と、自分に対する愛を確認する。

これに対しルーベンは「真の愛は目に見えない」と告白し、自ら目を損傷して再び視力を失う。そしてそのまま、マリアが帰ってくるのを待ちながら映画はエンディングを迎える。

回避型の性格が病に発展する時

自己主張ができず、極度に内省的な姿を見せる。社会的関係の形成に困難を覚え、うつ病や不安障害、特に社会不安を経験する可能性が高い。対人関係への高い緊張と自己不信が持続し、社会不安の症状が悪化すれば、引きこもりになって自らを完全に孤立させることもある。引きこもりまでいかなくても、回避性のある人物は職業を選択する際、人とあまり接触しなくてもよい職種を選択する。長い時間一人でいると幻想がひどくなり、妄想障害につながりかねない。映画「ラースと、その彼女」のラースのように、心理的葛藤が幻想に投影される可能性がある。

回避型のキャラ設定：社会的責任に対する極度のストレス

親との関係、養育環境

羞恥心と罪の意識を強調する養育態度。親が子に高すぎる基準を要求する場合、子どもは自分自身の行動が基準に満たないという事実から羞恥心を味わう。親の完璧主義的性格や、周囲の高い期待を満たさなければならない場合（家の跡取り、家の将来を担う長男、障害のある兄弟をもつ人など）はこのような養育を受けることがある。

苦手な状況、葛藤の要因

望まざる対面や、望まざる社会的責任を負わなければならない状況（回避したいが回避できない状況の圧迫）に、回避型の人々は深刻なストレスを受ける。また、他人の否定的な評価は回避型の性格をもつ人々をさらに萎縮させる。

幼児期や青少年期に、他人の評価によるトラウマ的な事件があったかもしれない。「彼とわたしの漂流日記」の女性のキム氏のように、アイデンティティーを形成し、他人の視線に敏感になる青少年期のトラウマは引きこもりの原因にもなる。

幼い頃に虐待や保護者を失うといったトラウマ的事件を経験することで、他人に対して高い緊張感をもつようになり、これが性格に染みついて回避型の性格として固定されることもある。「Blind（盲目）」のマリアや「ラースと、その彼女」のラースのように、幼少期のトラウマによって自分は役に立たない存在だと考え、他人の存在が心の傷を思い起こさせるため、対人関係自体を回避することもある。

ジャンルもの【訳注：サスペンス、ミステリー、ファンタジーなどのジャンルが明確な、大衆的要素の強いフィクションのこと】において、回避型の性格はその種族的特性や事件の悲劇性、キャラクターの孤独を強調する装置として用いることができる。サブカルチャーのジャンルでは、「寿命もの」と呼ばれることがある。寿命の短い存在と永遠に生きる存在が関わり合った時、必然的に発生する悲劇。寿命が短い方が先に死んで去っていき、永遠を生きる存在が独り寂しく残される様子を描くのだ。むしろ回避的な人生を送ってきた長寿の人が、自分より短命な存在と短くも激しく、美しい関係を結び、その人と死別したのち、静かに思い出に浸って余生を過ごす姿を描くこともできる。

アニメーション映画「さよならの朝に約束の花をかざろう」では、数百年にもなる寿命を少年と青年の姿で生きる種族のイオルフが登場する。彼らは静かに隠遁しながら機織りをして生活する。ある日、長寿のイオルフ族の血を得ようと侵略してきた軍人たちによって村が破壊され、主人公のイオルフ族の少女マキアは村から逃げ出す。その途中で自分のように親を失った人間の男の子を見つけ、彼の母親になることを決意すると、人間の世界に出て孤軍奮闘する。

全てを失った彼女にとって、友人のレイリアの名前からとった息子エリアルを育てることが唯一の人生の目的であり、喜びとなる。マキアは故郷では孤児として育ち、泣き虫で意中の男性に告白もできない気の小さい少女だったが、息子のエリアルのためならどんなこともやってのける母親に生まれ変わる。マキアはエリアルのために、絶対に泣かないという誓いを立てる。

しかしエリアルが成長すると、いまだに少女の姿であるマキアはこれ以上母子の関係を演じられなくなり、彼らは数年単位で住まいを転々としながら、兄妹を装って生きていく。思春期に入ったエリアルは、同年代にしか見えないマキアに母親として接することを拒否し、結局自立して軍人になる。さまざまな出来事が起こり、歳月が流れ、相変わらず少女の姿であるマキアは死を目前に控えたエリアルを訪ねる。エリアルはマキアの姿を確認した後、安らかに息を引き取る。マキアは淡々と息子の死を受け入れるが、最後には泣き出してしまう。そして彼女は、再び旅に出る。

特定の状況での行動

犯罪：可能性は低い

回避性パーソナリティー障害のある人たちは、対人関係や慣れない状況を回避するため、罪を犯すことや犯罪にかかわる可能性は比較的低い。彼らは大きな利益を追求するよりは、損害を最小化することを目標にして生きる。自己中心的ではなく、周囲の環境も自分が調整可能な範囲で能動的に変えようとする。他人から拒絶されることを恐れ、一定の距離を置いて他人を気遣い、親切な態度を見せる場合も多い。その一方で見知らぬ人に心を開けず、また自分を積極的にさらけ出すこともできずに、意図せずしてたびたび誤解を受けることもある。

自分が傷つきやすいので、他人がどのように傷つくのかもよく知っている。したがって、集団に問題が生じた時、安定的で保守的な解決策を提示できる人物だ。彼らが示す解決策は集団の誰も傷つかない賢明な戦略として、誰か一人の犠牲を伴わず、無理のないものである可能性が高い〔15〕。彼らは犯罪者というよりは環境と集団を守る人物であり、積極的に自分を支持してくれるパートナーに出会えれば、自身の内在する長所を最大限に発揮できるだろう。

回避型と関連するキーワード

#壁の花　#アウトサイダー　#近寄らないで　#自分にそんな価値はない
#ヤマアラシのジレンマ　#傷つきたくない

依存型——認められるためなら何でもする〝盲信的支援者〟

依存型（dependent）の人物は、内的な不安を解決するための方策を他人に見いだす特性がある。依存型の人物が呼び寄せる最も暗い結末は、自分を搾取しようとたくらむ人物との関係性において、相手に認められ愛されるために、社会的に害悪を及ぼすことにまで手を染めることだ。

彼らはボスのためなら殺人を犯す暴力団員でもあり、愛する人の虚栄のために盗みを働く泥棒、教祖の言いなりとなり猟奇的なことをする狂信者でもある。ドラマや映画では、「自分はなぜこの任務を遂行するのか」という少しの思慮もなく、ヴィランの手足になって主人公の脅威となる脇役として主に登場する。省察も変化もない人物には、視聴者（読者）が自分ごととして感情移入するのは難しい。

依存型の人物は主に脇役やエキストラとして登場するが、クリエイターが彼らの内面の奥深くまで入り込んで表現できるならば、いかにして人間が力をもつ他者とその状況にコントロールされるのかを描くことができる。依存型の人物は、誰もがもっているが表には出さない〝脆弱さ〟を全身で体現している。

依存型の人物は、頼る対象がない状況でより大きな恐れや不安を感じ、依存する対象を探そうとする。韓国ドラマ「刑務所のルールブック」のトルマニ（アン・チャンファン）は、組織の命令によってキム・ジェヒョク（パク・ヘス）を悪辣にいたぶる。あることがきっかけでジェヒョクのカリスマ性に圧倒されたトルマニは、ジェヒョクの忠実な下僕となり、この上ない忠誠心を見せる。トルマニは、自分自身で何かをしたことがない人物であり、自分に何かを言いつける人を必要としていたのだ。

心理的不安感に苦しみ、これをすばやく解決するために行動をとることにおいては強迫型の性格と似ている。しかし、強迫型の人物が自身とその周囲を完璧にコントロールすることで不安を解消しようとするのとは違い、依存型の人物は他人に完全に頼ることで不安を解消しようとする。依存型と強迫型は、自律性において相対する存在だ。そのため、クリエイターたちは依存型の人物を通して人間の弱さを効果的に表現できる。これは人物をめぐる状況に振り回されたり、愛着をもつ対象に圧倒されたりするストーリー構成を通して描かれる。人間が主体的に悩むことを止めた時に何が起こるか、その様子を描くことができるわけだ。

他人に依存し、保護を求める

マザコン。決定ができない。他人に過度に依存し、保護を受けようとする。何ごとにも自信がなく、独立した生活が送れない。自分のことをあまりにも弱い存在だと考え、何においても自分で解決できず、頼れる人を探す。頼るべき対象を見つけると、その人に非常に従順な態度を見せる。

彼らは社会生活に消極的であり、責任を回避したりする。また、最初から責任を負わなければならない立場には立たず、何かを決定することに不安を感じる。ストレスのある状況では無気力になり、涙を流す。慢性的な疲労を感じ、少し気を遣うだけでも休息を必要とする。疲れることを恐れて新しいことに挑戦できず、性的な興味も失いやすい。

パーソナリティー障害の中で最も一般的な部類であり、男性よりも女性の方が多く診断される。境界性、回避性、演技性、統合失調質、統合失調型のパーソナリティー障害を併発することが多く、うつおよび不安障害、拒食症などの摂食障害を併発することもある。

韓国のスリラー映画「オルガミ〜罠〜」のドンウ（パク・ヨンウ）は結婚して妻がいるが、母親（ユン・ソジョン）が風呂で裸で身体を洗ってくれることを当然のことに思っているマザコンの男性だ。

母親が幼い子どもの体を洗ってあげるのは当然のことだが、私たちは成長の過程で自他を区分する時期になると、一人で風呂に入ることはもちろん、他のことも自分でしようと思うものだ。そこで自分にご飯を食べさせてくれ、風呂に入れて寝かせつけてくれた母親からの分離を試みる。しかし、「オルガミ〜罠〜」のドンウは、母親との分離に失敗した人物だ。「失敗した」と表現するわけは、映画の中でドンウの妻スジン（チェ・ジウ）は姑が夫の入浴を手伝う状況を見て驚き、夫に変だと伝えると、ドンウは一人で風呂に入ろうとしたら母親が悲しんだと、全て母親のためなのだと説明するからである。

これはあまりに行き過ぎた事例だが、マザコンは男性として家を継ぐという家父長的価値観と、韓国における長年の男児優遇思想、息子を産んでこそ人間だという扱いをされた母親たちが生み出した依存的性格類型の一つだ。マザコンは、母親と妻の間で翻弄されて意思決定ができず、葛藤を生む。そのうえ、育ててもらった家族からの分離もできないため、結婚して築いた家庭の家長として独立した役目を果たせない。

自分の欲求を子どもに投影し、子どもが依存せざるを得なくするような形態は時代の変化に伴い少しずつ変わってきたが、親子が密着する病理的関係は現代の韓国社会でも続いている。現在は息子であれ娘であれ一人っ子である場合が多く、子どもの入試、軍隊、就職、結婚生活、果ては信念までをも管理する「ヘリコプターペアレント」【訳注：上空を旋回するヘリコプターのように、子どもにつきまとい干渉する親】と「カンガルー族の子」【訳注：成人後も親から独立できず、同居して暮らす人】になることもある。

行動特性

弱そうな姿を見せ、相手の支持と保護を誘導する。彼らが求める対象は、信頼ができ、自身の衣食住を保障し、大人としての責任を負わなくてもいいように保護してくれる人である。このような保護者に恵まれると、依存的な性格の人は社交的で温かい人、協力的な人のように見える。

愛情と保護が足りないと、萎縮して緊張し、憂うつになる。また、依存していた相手に捨てられると大きな挫折を感じ、現実への適応に困難を感じる。したがって、依存対象が自分を拒絶しないように従順で献身的な姿勢をとる。必要以上に謝罪をしたり、しきりに機嫌をとったりする。依存対象と別れると一時的に激しい混乱を来すが、まもなく別の依存対象を探して似たような関係を形成する。

基本的に純真である。簡単に説得され、利用され、他の人の良い部分だけを見ようとする。健康器具なども簡単に買うタイプだ。時には自分の依存欲求を隠すために、病気や不幸な過去などを利用することもある。

コン・ジヨンの小説『봉순이 언니（ポンスン姉さん）』で、主人公の家に家政婦として入ってきたポンスン姉さんは本当に優しい女性だが、あまりにも純粋で人の話をすぐに信じる〝恋多き人〟だ。まわりの男たちに簡単に心を許し、身も心も病んでしまうが、またすぐに恋に落ちて家を出る。かなりの年月が経ってから、主人公は地下鉄で物乞いのようになったポンスンと出くわす。その瞬間、希望に満ちたポンスンの目つきを背後に感じながら、主人公は地下鉄から降りる。

映画「嫌われ松子の一生」では、人望の厚い教師だった松子（中谷美紀）が予期せぬ事件によって解雇され、家を出る。松子は絶えず自分を愛してくれる男を探し回り、殺人を犯して刑務所に収容されるところまで行く。出所後は美容師として働き堅実な人生を夢見るが、自分を解雇に追いやった昔の教え子とかかわり、夜の舞台歌手、麻薬密売、売春などに徹底的に利用され、挙げ句の果てに見捨てられて引きこもりとしてこの世を去る。

無意識の行動と欲求

依存型の人物は、捨てられることに対する極度の不安から、重要な他者（significant others）や依存する相手に極端に献身的な態度をとる。また、自分の無能力を相手からの承認と世話によって解決しようとする度を越した依存行動によって、相手に負担を与える。したがって、搾取される関係を維持したり、ひどい場合には過度な依存性によって関係維持が難しくなることがある。

なぜ依存型の性格になるのか？

気質的脆弱性

生まれつき病弱で幼い頃から親や周囲の人の保護を受けて育つと、依存型の性格になりやすい。また生物学的には、情緒の調節と欲求などに関与する大脳辺縁系の過敏さが過緊張と恐怖を引き起こし、依存的な傾向を生むこともありうる。

親の過保護

親による過保護が依存型の原因となる。子どもの自律性と主体性を認めず、一方で依存行動に対しては見返りを与えた場合、他人に対する依存的な行動様式を発達させることになる。不安が多く、せっかちな親、または完璧主義の親は、子どもの自律的行動を我慢することや、待つことができない。そのため、子どものすることを代わりに行って重要な決定を下すことが多い。これに慣れた子どもは自尊心が非常に低く、歳を重ねても主体性をもって自分の人生を能動的に生きられず、親の欲望を実現するための道具として生きることになる。

親の全面的な後押しにより、表面上は早いうちから社会的、経済的に成功したように見えるが、自ら成し遂げたのではない。それゆえ、小さな危機にも動揺して、自ら危機に対処せずに全面的に頼ることのできる対象を探してさまよう。

自律性と主体性を経験させない養育

自律性と主体性を経験しにくい養育方式が、依存型の性格を作る。子どもの独立心を育てようとして一人で寝かせるが、子どもが何かしようとすると全て代わりにやってしまう親がいる。このような養育は分離不安とともに自己統制感を失わせ、何ひとつ能動的に決定できず、歳をとっても全て親に依存する人間にしてしまう。

依存型の性格が病になる時

依存していた相手の拒絶や別れによってうつ病または不安障害を経験する可能性があり、頼る対象を見つけられず、薬物依存などに陥る恐れがある。

依存型のキャラ設定：自分は無能で何もできないという考え

親との関係、養育環境

過保護な親。子どもの病気や虚弱体質のために過保護にならざるを得ない場合と、親の性格（完璧主義など）のために子どもの自律性を認めない場合に分けられる。また、気質的に不安が強く、幼い頃に両親（主養育者）と離れていた経験が非常に苦痛であり、分離―個別化がなされないほどに安定的な愛着形成が難しい状況なども、依存的性格の原因として設定できる。

病弱だった幼少期の経験によって世話を受けることに慣れてしまい、成人後も身近な人に自分の身体的な弱さを訴えて世話を要求する。身体的な弱さを表に出さない場合でも、重要な意思決定を親に任せ、あるいは無能で何もできないという考えから、歳をとっても幼い頃のように両親に経済的、心理的に依存する行動を修正しない。

苦手な状況、葛藤の要因

依存していた対象が彼らの過度な依存に疲れて去っていくと、深刻な心理的混乱を来す。依存型に境界性パーソナリティー障害が伴う場合、相手が離れるかもしれないという不安から衝動的で危険な行動をとることもある。

自分を搾取する相手（反社会型、自己愛型の性格）や気まぐれで精神が不安定な相手（演技型、境界型の性格）とかかわると、相手に献身するしかない依存的な性格の持ち主にとっては、地獄の門が開くことになる。自身の劣等感は、他人に認められさえすれば解決できると信じている。したがって、他人に認められるためには方法と手段を選ばない。

反社会型であり自己愛型のカルト教祖と依存型の人物が出会うと設定する場合、彼らが互いに影響を及ぼすことでドラマチックに悲劇が展開される様子を見せることができるだろう。

小説『氷と炎の歌』、ドラマ「ゲーム・オブ・スローンズ」のジェイミー・ラニスターは剣術に秀で、顔もハンサムで話術にも優れており、物語の中でも読者の間でも人気が高い。ジェイミーは、姉のサーセイ・ラニスターの欲望を実現するのに障害となる人物を殺害する。境界型の人物であるサーセイからの極端な評価に苦しみながらも、「運命」という鎖に縛られ、彼女との関係から絶対に抜け出せない人物だ。サーセイを満足させること以外は自分が何を望んでいるのかもよく分からず、魅力的な要素が多い人物ながらもサーセイとともに自身を取り巻く世界を破滅に導いていく。

タリー家の次女でキャトリン・スタークの妹であり、アリン家に嫁いだライサ・タリーは、純粋で家庭的な少女だ。ピーター・ベイリッシュに片思いしているが、ピーターがキャトリンを愛していることを知ってライサはがっかりする。ところが後日、ピーターがキャトリンに玉砕して酔いつぶれているところを見つけてライサは彼のベッドに潜り込み、自分をキャトリンと勘違いした彼と一夜を過ごして妊娠に至る。しかし、これを知った父親のホスター・タリーによって無理やり中絶させられ、身体に大きな傷害を負ったまま、年老いたジョン・アリンと結婚することになる。その後、流産を重ねてやっと得た息子ロビン・アリンを非常にかわいがり、ジョン・アリンが貴族の風習通り彼をラニスター家に従者として送ろうとすると、ピーター・ベイリッシュの誘いに乗ってジョン・アリンを毒殺し、タリー家の摂政になって息子を過保護に守りながらピーターにすがりつこうとする。しかし、ピーター・ベイリッシュはライサの息子に対する盲信的な愛と依存を利用して、自分の欲望だけを満たした後、彼女を殺してしまう。

特定の状況での行動

犯罪：ガスライティングに弱いタイプ

映画「嫌われ松子の一生」の松子のように、自分を搾取する人物にかかわって犯罪に手を染めるケースもあり、また犯罪性のある事件の犠牲者にもなりうる。そして、依存型の人物はガスライティング（gaslighting）【訳注：相手から間違った情報を思い込まされる精神的虐待の一種】に最も脆弱なタイプだ。近年メディアやマスコミでよく言及されるガスライティングは、被害者が被害事実について明らかにしようとすると、加害者がその行動を妨げるという特徴がある。加害者は被害事実を被害者の過ちにし、被害者が敏感すぎるせいだと考えさせる。被害者自身の考えと不快感を全て疑わせ、加害者が望む通りに行動したり黙認したりするように仕向けることがガスライティングの核心だ。依存型の人物は他人に依存し、また自信が不足しているため、ガスライティングの犠牲者でありながら二次的な犯罪の協力者になる可能性がある。

長い間、家庭内暴力の被害に遭い「学習性無力感」【訳注：回避や抵抗し難いストレスにさらされ続けた結果、ストレス状況から逃げることを諦めてしまうこと】状態に置かれた被害者。特に、加害者の配偶者がこのような有害な関係から抜け出せず、加害者の影響下に置かれているケース、あるいは、子どもたちが加害者の虐待を傍観し、ひどい場合には加害者に加担してしまうというケースも多く見られる。親族間における性暴力事件で、被害者が犯罪被害を家族に知らせた時、加害者の肩をもって「お前さえ我慢すれば済むことなのに」と言って通報を阻むようなケースが少なからず発生する。このような場合、加害者以外に被害者を抑圧する人は、加害者に依存する他の家族である場合がほとんどだ。

しかし、しばしばこのような病理的な依存関係を極端な方法で打破する場合がある。それは、長い間虐待されていた妻が夫を殺害するようなケースだ。刑務所で服役中の女性殺人犯の大多数が夫を殺害した人々であり、長い間虐待的な関係から逃げられず、ある日夫の就寝中、あるいは酒に酔うなどして力を行使できない状態の時に、「動機は計画的だが機会という側面では偶発的な状況」で殺害を敢行することになる。一般的に夫が妻を暴行して殺害すれば、偶発的犯行という理由で故意性が立証されないとして、暴行致死、傷害致死などになって、法理として殺人の嫌疑は否定される場合が多い。その反面、妻が夫を殺害すると、その動機が計画的だったという理由で殺人罪に問われ、長く服役することが多い。夫を殺害した妻たちは、犯行を後悔していないが夫のことはまだ愛しており、対象を殺すことで抜け出せた不健全な結婚生活についても幸せな時期はあったと供述するなど、矛盾する感情を抱いている場合が多い。

依存型に関連するキーワード

#私を置いていかないで　#この人なしでは生きていけません
#君がいないと僕は死ぬ　#利用されてもかまわない　#あなたの意のままに

第4章

防衛機制――人間の本能と感情を処理するための武器

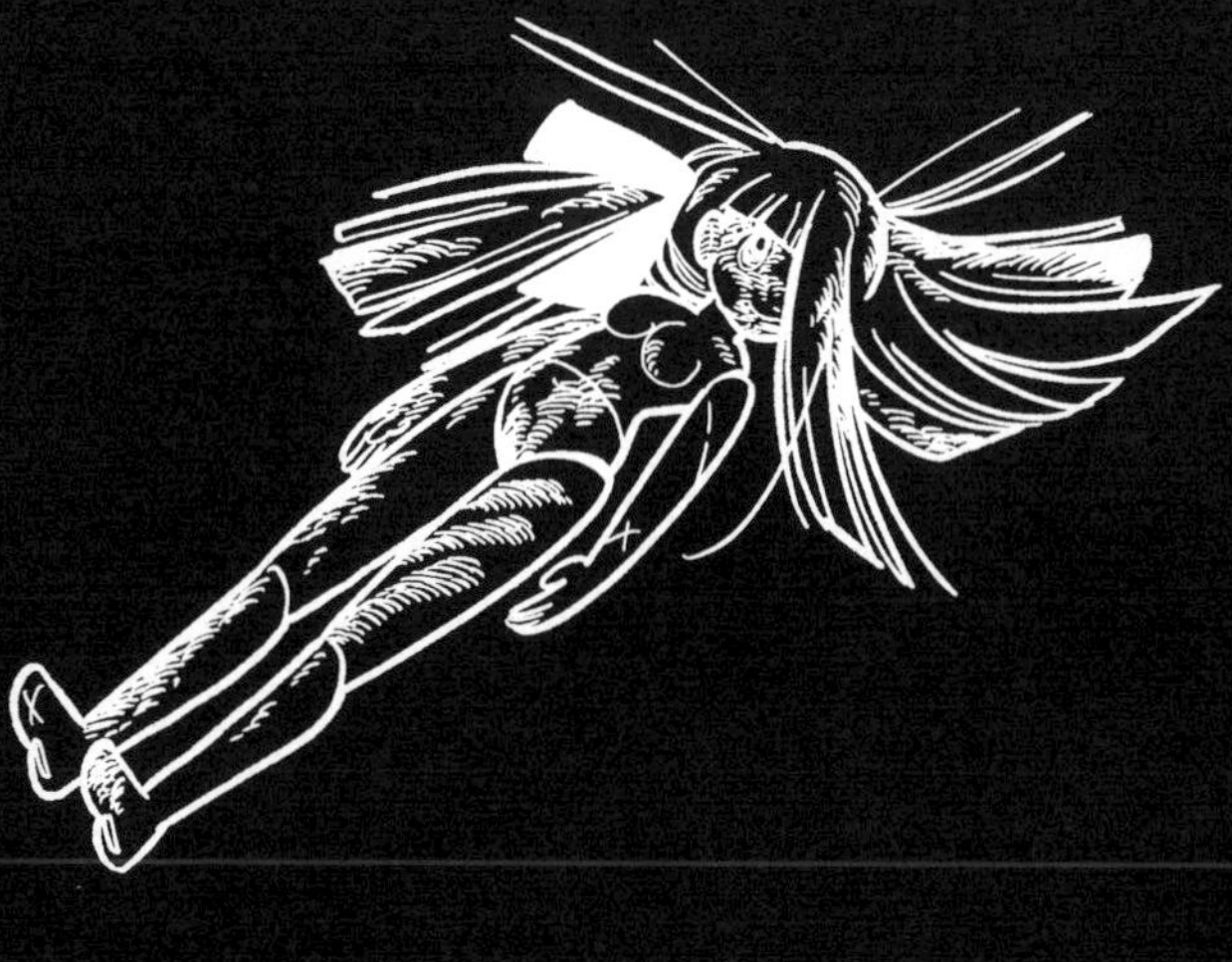

第4章

防衛機制――人間の本能と感情を処理するための武器

防衛機制とはフロイトが提起した概念で、個人が不安や苦痛を経験する状況において自我を保護するために、無意識的に用いる思考および行動のメカニズムのことをいう。

個人によって性格の構造的特性、追求する価値、欲望などが異なり、それによって主に用いる防衛機制が異なる。したがって、防衛機制を理解することで、キャラクターや状況を構想する際に立体的かつ目に見える領域（人物の心理描写と行動）と、見えない領域（人物の性格的特徴、欲望などの無意識的領域）を読者が納得できるように設定することが可能になる。また、文化や属する社会集団によって、どのような感情が容認、または拒否されるかが異なる。そして、個人が影響を受ける文化と社会集団によって防衛機制の発現される方式や使用頻度も異なる。

防衛機制は本能と感情を制御する主要な手段であり、無意識に作用し、病理的な症状の現れであると同時に適応的なメカニズムであることもある[16]。防衛機制は、精神疾患をもつ人から成熟した人格をもつ大人まで、人間なら誰もが心理的な不快感を即時的に解消するために使用するものだ。成熟した人だからといって、毎回成熟した防衛機制を用いるわけではない。

しかし、未成熟な防衛機制をたびたび使用することは、自身の可能性と限界を把握し正確な現状認識・判断をする上で足かせとなる。そのため、クリエイターが防衛機制を把握することは、さまざまな登場人物間の葛藤、人物の成功と破滅の過程などを効果的に描くのに役立つだろう。

投影——自身の欲望と感情を他人に押しつける

「私を怒らせようとして、あの人がわざと私の肩にぶつかってきたんだ」
「あの女性が短いスカートをはいているのは、自分を誘惑しようとしているんだ」

投影（projection）。自分では認められない自身の欲望や感情の原因を他の人々に探そうとするという、よくある防衛機制の一つである。主に劣等感や罪の意識、恐怖、怒り、性的欲望などの自分を苦しめる感情に当てはまり、一時的な場合もあるし、持続的な場合もある。持続的な場合には、特定の対象に対する偏見や固定観念となり、根拠のない強固な価値観として作用する。

投影は日常や社会のあちこちで発生するが、自身の欲望と感情を「人間」や「韓国人」のような自身が属する集団に拡大したり、自身と反対側にいると考える集団にかぶせたりもする。投影対象が「神」のような抽象領域にまで及ぶと、投影に明らかな妄想が加わり、現実検討能力を初めから放棄した「妄想的投影（delusional projection）」になることもある。

投影はしばしば大小の葛藤を起こすが、投影が危険なものになるのは行為者の暴力に対する理由や正当性を被害者に見いだそうとする場合だ。これは映画「ソウ」のジグソウの行為を見ればよく分かる。ジグソウは偏執型と反社会型の性格をよく表す人物だが、自分が末期がん患者になったことへの怒りを、自身から見て〝生きていること〟に感謝できず人生を浪費していると考える対象に投影し、彼らを拉致して自身が考え出した恐ろしいサバイバル・ゲームを受けさせる。自分の死という問題が被害者によって生じたわけではないのに、それらしい論理を打ち立てて彼らに自分の苦痛の数倍、数十倍を押しつけようとする。ジグソウはあたかも自身が〝神〟にでもなったかのように〝報復〟の論理を展開する場面があるが、自身の無力感を最悪の方式で抜け出そうとしているだけで、よく分析すれば論理の飛躍が著しい。

投影を主な防衛機制として使う人は、自分の感情と欲望を明確に自覚してはいるが、これを自分のものと認定できないほど自己イメージが狭く硬直しており、人格的な成熟に困難を来す。つまり、これとは反対に自分の欲望と感情、他人からもたらされる刺激をそのまま受け入れられるなら、人格的な成熟にプラスに作用する。

投影と正反対に作用する防衛機制の「投射（introjection）」は、他人の感情と行動を自分のものとして受けとめて模倣することで、投影とは異なり自身の感情と欲望を最初から無視するという違いがある。投射は主に特定集団に所属したい時や、子どものように他人に全面的に頼って安定感を得たい時に、自己認識を放棄して行われる防衛機制である。

　自分が恐れる対象の特徴を自身のものとして受け入れ、無意識的に恐怖を解消しようとする。例えば、幼い頃に暴力的な父親によって苦しめられた人物が大きくなり、自分もまた子どもに暴力的に接する父親になるようなことだ。投射も投影と同じように人格的な成熟の妨げになるが、自身の固有の感情や欲望を抑え込むという違いがある。人間は成長過程で、乳幼児期には自然に自分の欲望を外部に「投影」する。そうするうちに、青少年期の社会化の過程で、集団の価値や親しい友人の行動的特性を「投射」して模倣する。大人になってからは、自分の欲望と他人の欲望を区別するようになる。したがって、大人になっても分化できない認識が、不安を誘発する状況において未熟な防衛機制を頻繁に使用することにつながるといえる。

- 投影と関連する性格類型：偏執型、反社会型、境界型
- 投射と関連する性格類型：依存型

投影――自身の欲望と感情を他人に押しつける

否認——事実を現実として受けとめない

「いや、彼は死んでない」
「それ、私がやったんじゃないけど」

否認（denial）。防衛機制をよく知らない人でも、側から見て容易に気づくことのできる防衛機制の一つである。「否認」とは、個人が自分の願望との衝突や、価値観に反する出来事によって心理的苦痛を覚える時、起こった事実自体を現実として受け入れないことだ。同じ防衛機制でも起こった出来事を認識はできるが、感情や考えを無意識の領域へと押しやり意識の表面に出てこないようにする「抑圧」に対し、「否認」は起きたこと自体を起きていないように見なすことである。

他人が「否認」という防衛機制を使用していることは、外部から簡単に察知できる。しかし、「否認」を用いる人に現実を正確に認識させるのは困難である。アメリカの精神科医エリザベス・キューブラー＝ロスが提唱した「死の受容における5段階（否認―怒り―取引―抑うつ―

受容)」において、自分や心理的に密着した知人の死に接した時、人々が経験する感情の段階の一番目が否認であることから、それだけ否認が自分を衝撃から守る時によく使われる防衛機制であることが分かる。否認は、当事者が現実的な対応方法を模索するまでの間、一時的に起こるものもある。

演劇「ロッテルダム」のアリスは、両親に自分がレズビアンであることを伝えるメールを書くが、どうしても勇気が出なくて送信できず下書きにしまっていた。それを知っているレラニがアリスのメールボックスからメールを見つけて送信ボタンを押した後、アリスにその事実を知らせる。驚いたアリスは「冗談はやめて」と、そんなはずがないという反応を見せる。この反応が、まさに「否認」だ。アリスは驚きのあまり起きている状況を一時的に否定したが、自分のノートパソコンを見て確認することで事実をようやく受け入れ、レラニに対する怒りを見せる。

「歪曲」は「否認」と同様、起こった出来事を現実として受け入れないが、さらに進んで自分が受け入れられる形に事実を変化させて認識する。例えば、唯一の保護者である父親が子どもに精神的・身体的な虐待を加える時、それを子どものためを思った「愛情の証し」であると考えるようなことだ。そうすることで、自分が子どもを虐待した人間であるという不都合な認識をしなくてもいいからだ。

また、私たちは近しい関係においても相手に対してたびたび不安を抱いたりするが、気質の特性上、人間関係に極度の不安を感じる人もいる。そんな時、自分が感じる不安を相手のせいにしつつ、相手の意味のないささいな行動でさえも自分を裏切るかもしれない重大な兆候であると解釈することがある。

「否認」と「歪曲」は、代案がなく行き詰まった状況で個人が現実をありのままに認識すれば自我が傷ついてしまうと考える時に主に使用されるが、これらは外部の現実を変えて認識するタイプの防衛機制である。客観的に苛酷な現実があり、ストレスを誘発する状況に柔軟に対応できないケースもあるだろう。したがって、二つの側面のうちどちらか一つでも緩和されれば、否認や歪曲といった防衛機制の使用頻度も自然と少なくなる。

ストーリーの進行が一人称の主人公視点で展開される場合、その主人公が否認と歪曲を主な防衛機制として使用することで、ストーリーの後半部で読者に驚くべきどんでん返しを見せることができる。映画「シックス・センス」や「アザーズ」のように中心人物の話を自然に追っていくと、その人物にとって最も重要な事件、すなわち自身の死を否認していたことによって、ストーリー全体に大どんでん返しが起こるという効果がある。

• 否認、歪曲と関連のある性格タイプ：偏執型、依存型

幻想——別世界へ逃避する

「私のお母さんは天女で、私は天女の娘なの。いつかその時がくれば、お母さんが私を捜しに来るわ」

「私にだけ声を聞かせてくれる人形がいるの」

幻想(fantasy)。現実から離れて別の世界に逃避する防衛機制であり、どうしても避けられず向き合わざるを得ない苦痛をいくらか緩和してくれる。私たちの誰もが少なからず現実の世界を飛び出し、本や映画、ドラマを通して異なる世界の別の存在として生きることを想像するが、それを真実だとは考えない。

しかし想像の中に長くとどまり具体的な想像をすればするほど、ますます鮮明に、まるでそれが〝真実〟であるかのように感じられる。そうするうちに、想像から抜け出して現実を眺めた時、現実の自分が想像の中の自分とは違ってみすぼらしく感じられたりもする。

誰もが不満足な現実に耐えるためにしばらく別世界を想像したりするが、幻想を主な防衛機制として使う人は、自らの想像を現実の延長線上と認識する点において違いがある。子どもであるほど、想像と現実を区分できない姿を見せることから、幻想を防衛機制として用いる人は「子どもへの退行」に見える場合がある。

映画「シャイン」のデイヴィッドは、ピアニストとしての成長と父親の過度な執着との間で葛藤していたが、ピアニストとしての成長を選択し、父親によって家族の縁を切られる。幼い頃から父親に導かれてピアノを演奏していただけで同年代の集団と一緒に成長できなかった彼は、家族と断絶した後、ピアノによって自分を証明するために自身を圧迫し、現実的な認知が崩壊するまでに至る。

映画の中で中年になったデイヴィッドは、内面は子どものまま止まっているような姿を見せ、ピアノ演奏に対する純粋な情熱を見せる。デイヴィッドがつぶやく独り言の内容をよく聞くと、父親と一緒にいた幼い頃にとどまり、幻想の中ではいまだに父親と会話を交わしていると見られる。

幻想が外部の現実を変えるという面では「歪曲」と似ているが、外部の現実だけでなく自身の感情、時にはアイデンティティーまでをも変えるという点で歪曲と違いがある。性的暴行や虐待など、自分一人では到底耐えられず、抜け出すこともできない状況に耐えなければならない時、精神的な防護壁になってくれることがある。

しかし、幻想を防衛機制として使う人は、自分の幻想を積極的に実現しようとはせず、周辺の人々にも強制しないという特徴がある。自分が今のままでいても、内面の葛藤を味わうことなく満足できる手段として使う。対人関係の葛藤を避けて親密な関係そのものを回避したい時、あるいはもし表出してしまうと自分自身が耐えられないような、攻撃性や性的衝動を隠したい時によく用いられる。

・幻想と関連のある性格タイプ：回避型、統合失調質、統合失調型

行動化——即時的な刺激を追求する

「俺が危険なことをしようがしまいが、あんたに何の関係がある?」

行動化(acting out)。内的葛藤にまつわる感情から意識をそらすために、即時的な刺激を追求する行動として表れる防衛機制だ。他の防衛機制とは異なり、行動化を防衛機制として用いる人は、自分の内的葛藤が他の人に露呈することを考慮しない。そのため行動化は、他の防衛機制よりはるかに〝目につきやすい〟。

衝動的な行動として表れるため、当事者も行動の結果に耐えられない場合が多い。主に少年の非行、突然キレること、怠惰や倒錯、薬物使用、自傷、性的逸脱などの不適切な行動として現れる。

映画「トレインスポッティング」のマーク・レントン(ユアン・マクレガー)と友人たちはヘロインやアルコール依存、セックス依存に陥っている。面白半分で物を盗んだり、飲み屋の隣のテーブルの人たちとけんかをしたりする。失業によって経済的な困難があり、会社の面接を受けるがすぐに諦めるなど、欲求を先延ばしにすることに困難を感じる。欲求だけでなく、心理的に少しの苦痛でも生じれば、いかなる形であれすぐに解消しようとする姿を見せる。

行動化を用いる人の周囲の人たちは、その予測不能で不適切な行動にしばしば当惑し、また怒りを表す。また、周囲の人が最も大きな被害を受ける場合が多く、行動化を繰り返すほど彼らを擁護することが難しくなる。そのため、行動化を使用する人は孤立し、行動化を使用する人たちとだけ付き合うことになる。

成績のことで父親に叱られた高校生の娘の突発的な家出や、母親の死後に息子が葬儀に出席せずその時間に性的な逸脱行為をすること、自傷行為をするなどの形で、行動化は現れる。行動化を主な防衛機制として使う人は、現実が与える苦痛や緊張から手っ取り早く抜け出すために、他の強烈な刺激を積極的に追求する。

・行動化と関連する性格類型：反社会型

知性化——感情を抑えて統制する

「悲しいかって？ 考えてみたら、その人と別れたことがその人にとっても自分にとってもよかったと思います」
「私は試験を受ける時、赤い靴下をはかないといい結果が出ないんですよ」

知性化（intellectualization）。葛藤状況において葛藤と関連した感情を抑え込んで苦痛の感情を避けることで、思考だけが残るという防衛機制だ。不安と苦痛を感じずに理性的思考を通じて現在自分が経験している状況を抜け出そうとする機制であり、緊急性のある危機的状況では効率的に危機をコントロールできる。

しかし頻繁に使用すると、ある日突然、留保されていた感情に一気に襲われてしまうこともある。また、パニック障害、強迫性障害等を発症し、感情・考えの知覚や呼吸までもが難しくなることがある。状況に見合わない極度の恐怖を感じたり、この状況を抜け出すために何らかの行動をしなければならないなどの、自分だけの〝迷信〟を固く守ろうとしたりする。

ひどい場合には、意識しなくても可能だったはずの呼吸が不可能に感じるようなこともある。個人が葛藤状況で統制感を強く感じるための防衛機制だが、頻繁に使用するとむしろ基本的な統制感までも失わせる。

知性化をよく用いる人は、自分の感情だけでなく、身近な人の感情にも気づきにくいことがある。このような人は、周りの人からはどこか不自然で冷たいという印象をもたれがちだ。あるいは、知性化によって感情を過度に抑える時、現状にそぐわない突拍子もない話をするケースも見られる。前者は強迫型と自己愛型の性格で知性化が起こるケースであり、後者は統合失調質と統合失調型の性格で知性化が起こるケースだ。いずれも姿は異なるように見えるが、感情を排除し、意識的に状況に合わない行動をとるという共通点がある。

映画「恋愛小説家」の主人公メルヴィンは、強迫型の性格に知性化が加わった人物である。愛を告白する時でさえも、感情的に動揺していないように見える。韓国ドラマ「マイ・ディア・ミスター～私のおじさん～」のイ・ジアン（IU／イ・ジウン）の場合は、繰り返される喪失感に対して知性化を用いることで、大抵のことに鈍感で冷静な態度を見せる。しかし、パク・ドンフン（イ・ソンギュン）という人物に出会い、初めて実質的な助けと慰めを得ることで、後半には感情をありのまま表現するなど、知性化から抜け出す姿を見せる。

- 知性化と関連する性格類型：自己愛型、強迫型、統合失調質、統合失調型

転移——欲望を受け入れられず新しい対象と目標を設定する

（外で不愉快な思いをして家に帰ってきて、家族に腹を立ててこう言う）「俺のことを軽んじてるからそんなことを言うんだろ」

「おじさん、大好きです」

転移（displacement）。個人の欲望が現実の自己イメージと合わなかったり、実現する可能性がなかったりする場合に、無意識にその対象や目標の代替をする防衛機制である。例えば、親が怖くて仕方がない子どもの場合、親ではなく動物を怖がることで、恐怖を抱く対象を自分にとって受け入れ可能な対象にすり替えることもある。これだけでなく、誰かを殺したいというような激しい感情が生まれた時にそれを受け入れられず、足の指の感覚が消えるなどの身体的症状としても現れることがある。

転移はややもすると防衛機制全体を合わせた説明にもなるため、ここでは「転移」と「逆転移」を中心に説明しよう。私たちは人生の中で誰かを激しく恨むこともあれば、愛することもある。しかし、自分がかつて強烈な感情を抱いた相手と似た人物に出会ったとしたらどうだろう？　そんな時、私たちは新しい対象に対して以前経験したような強烈な感情を抱くことがある。誰かに魅了されたり、不信感を抱いたりする。そのため、「自分の知っている人に似ている」と言って近づいてくる人のことは、警戒した方がよい。あなたのことをあなた自身として見るのではなく、知り合いのイメージをかぶせてくる可能性が高いからだ。

転移と逆転移は、カウンセリングの現場でカウンセラーとクライアントの関係において起こることがある。例えば父親との関係における経験が、父親と同年代の男性カウンセラーとの関係でも繰り返される可能性がある。優れたカウンセラーの場合、むしろカウンセリング現場で現れたクライアントの「転移」を通じて、治癒的効果を高めることもある。父親によって解決されなかった感情がカウンセラーに転移し、再び意識の上に現れたとすれば、これをいい機会として利用するのだ。注意すべき点は、この時、カウンセラーからクライアントに対する逆転移が起きる可能性だ。例を挙げるなら、クライアントが父親に対する深い憧憬からカウンセラーのことを愛していると言った時（母親や他の家族、友人などの対象でも同様）、魅力的なクライアントが自分のことを理想化し、自分に愛情を抱いているという事実に溺れてカウンセラーがクライアントに対して適切な線を引けなくなるケースである。カウンセリングの場では転移と逆転移が頻繁に起こり、その過程を通したカウンセリングの成功もあれば、悲惨な結果に終わることもある。このため、韓国でもカウンセリング学会やカウンセリング心理学会、臨床心理学会などのカウンセリング倫理綱領に規定を設けて、これを防ごうとしている。それにもかかわらず、私たちはニュースを通じて、患者の転移を悪用して問題になった精神科医や、信徒との不適切な関係を結んだ聖職者の事例をしばしば目にする。

映画「顔のない女」では、境界性パーソナリティー障害で苦しんでいたジスを精神科医のソグウォンが催眠を通じて治療する過程で、ソクウォンのことを夫だと思って愛を求める彼女と性的関係を結ぶ。「顔のない女」では話をさらにドラマチックに展開させようとして催眠という手段を用いているが、治療過程でジスとソクウォンが見せる行動は転移と逆転移が起きる過程を分かりやすく見せてくれる。

日常で転移をよく用いる人に気づく方法はわりと簡単だ。すなわち、同じようなタイプの恋人とばかり付き合う人である。側から見ていると「よくもまた似たような人を見つけたなぁ」と思うほどに、似たタイプの恋人と付き合い、同じ問題で別れるパターンの人がいる。自分が転移を使用していることに気づかずに無意識に発現しているため、自己を客観視して転移を始めることになった経緯を把握し、転移の最初の対象に対する感情を解決しない限りは同じパターンを繰り返すしかない。

- 転移と関連する性格類型：演技型、境界型、回避型

乖離——苦痛を避けて別の存在になる

「新しい僕を見て！」——ジキル博士のセリフ
「僕は大人じゃない！　まだ子どもなんだ！」

小説『ジキル博士とハイド氏』、ミュージカル「ジキル&ハイド」は人間の二重性をよく見せてくれる作品として、現在に至るまで多くの人々に愛される物語だ。理性的で実直な紳士であり、有能な医師であるジキルが実験をして、自分の内面からハイドという邪悪な人物を引き出す。ジキルの場合、二重人格、精神錯乱という診断を下すこともできる。しかし一般的に、普通の人も苦しみから一時的に別の存在になったような、ジキルにとってのハイドのような「乖離」を体験することもある。

乖離（dissociation）。個人が「自分」を統合的に認識することから抜け出すことで、苦痛に直面した時にそこから逃れようと別の存在になることや、苦痛を誘発した事件自体をすっかり忘れてしまうことを意味する。別の存在になれば、これ以上自分は苦痛を感じることはないし、苦痛を誘発した事件から自分自身を一気に引き離すことができる。苦痛を感じないために、むしろ自ら恐怖の状況を探すような矛盾した姿を見せたり、歓喜を味わうために突然宗教的な人格になったり、幻覚性のある薬物に手を出したりもする。周りから見ると、その人がなりたい人物を演じているように見えたりもする。

乖離を経験している人を側から見ていると、その人に普段とは違う異質性を感じる。ぼーっとしていたり、記憶がなかったり、まるで別人になったかのように振る舞っていたりする。一時的なこともあれば、繰り返し起きることもある。

私たちがこれまで見てきたドラマや映画の劇的なシーンでも、乖離の症状をたびたび目にする。愛する人が事故に遭うのを目の前で目撃した人物が、その場で気絶するシーンも乖離の一つだ。また、自分の身体と意識が分離されたような感覚を覚え、外部から自分を見守っているような感じがする時もある。これは「離人症」といい、人口の50〜70%は一生に一回以上このような経験をする。離人症もまた乖離の一つだ。

乖離という症状は、大人と比べて子どもに頻繁に起こり、退行現象として現れることもある。例えば、おむつがとれて一年経った子どもに年下の弟妹が生まれた後、両親の愛を取り戻そうとして弟妹のように再びおむつを着用しようとするような例だ。そして、発達段階で一時的に退行し、もっと幼い子どものような行動と言葉遣いをする。

乖離は個人の人生の中で一時的に、何度でも経験しうるが、深刻なケースでは多重人格として知られる解離性同一性障害や解離性記憶喪失、離人症などの精神疾患につながることもある。

• 乖離と関連する性格類型：演技型、境界型

反動形成——自分の欲求や感情と反対の行動をとる

「ブサイクちゃん！」
「私はと～ってもうれしいですよ！」

反動形成（reaction formation）。自身が受け入れがたい欲求や感情に対し、正反対の行動をとることをいう。嫌いな相手ほどよくしてやるというように、相手に対して否定的な感情をもつことが苦痛で、むしろ親切にする。あるいは、幼い子どもがかわいすぎるあまり、つねって泣かせたり、好きな相手にはよそよそしく接したり、むしろ嫌いな人のように接したりもする。

人だけでなく物や業務などが対象であっても、非常に嫌なことをやらなければならない時に必要以上にうれしそうに行動することや、またその反対の場合もあるだろう。反動形成が他の防衛機制と異なる点は、当事者が自分の感情をある程度認識しており、その感情が外部に気づかれないように、行動に移す時は正反対に振る舞うところだ。

恋愛小説では関係の緊張感を増幅させるために、ヒーローがヒロインを好きなのに実際には反対の行動を見せ、ヒロインを翻弄する。相手を好きなのにそのように行動できないヒーローのように、現実でもよく見ると、身近な人の行動が反動形成であることに気づく。

映画化もされた小説『フィフティ・シェイズ・オブ・グレイ』の中で、ヒーローのクリスチャン・グレイはヒロインのアナスタシアに強く惹かれながらも、自分から遠ざかるようにと言う。アナスタシアもグレイに強く惹かれるが、グレイの言葉に混乱し、携帯電話の電源を切って連絡を絶つなど、彼から離れようと試みる。しかし、その度にグレイは言葉とは裏腹にアナスタシアを訪ねてくる。互いの気持ちを知らずに遠ざかってはまた近づくことの繰り返しが『フィフティ・シェイズ・オブ・グレイ』のストーリーの半分を占める。

私たちの日常でも、自分が誰かに愛されたかったりケアをされたい時、自分がされたいことをそのまま相手にしたり、あるいは必要以上に接してみせたりする。一方、相手の意思や要求、状況を深く考慮せずに実行に移す場合もあり、よい意図をもって行動したとしても必ずしもよい結果につながるわけではない。

他の未熟な防衛機制と同様に、反動形成もまた防衛機制の当事者と相手の双方に混乱と誤解を与え、コミュニケーションにも問題が生じる。「君が本当に望んでいることは何?」

• 反動形成と関連する性格類型：偏執型、強迫型

抑圧——記憶を忘れたり、感情を心の奥に埋もれさせたりする

「あれ？ 私、なんで泣いてるんだろう？」
「理由は分からないけど、子どもの頃のことがよく思い出せないんだ」

抑圧（repression）。全ての防衛機制の土台であり、原型ともいえる。耐えがたい記憶を忘れたり、感情を心の奥底に埋めてしまったりする。古い友人や家族が「あなたにはこんなことがあった」と話しても「そうだっけ？」と覚えていないと言う。

抑圧が単純な忘却と区別されるのは、抑圧の当事者に持続的な影響を及ぼしていることや、時おり思いもよらないタイミングで、自分でも気づかないうちに感情が表出されるというところにある。ベンチに座って木を眺めていたら突然泣き出してしまったが、自分がなぜ泣いているのか全く分からない。持続的なカウンセリングを通して、そのベンチと木が絶交した友人とよく座って遊んでいた場所と似ていると気づくこともある。このようなケースでは、

友人との絶交後に感じた挫折感や心の傷を、自分の心の中の見えない場所に押しやってしまっていたと知ることになる。

一方で、父親の最初の命日のような、抑圧の当事者にとって大きな意味があることを忘れたりもする。父親の死を受け入れなければ「否認」になるが、そうではなく、彼と関連する記憶や悲しみを思い出す日付や物の意味を忘れたりもするのだ。

怒りのような強烈な感情に覆われ、全身の筋肉が緊張しているのに腹は立たなかったというような、一時的な抑圧の場合もある。他にも、幼少期に経験した家庭内暴力で、その時のことを覚えていないという長期的抑圧の場合もある。後者の場合は覚えていないとはいえ、暴力を振るった親と似ている人を見るだけでも、わけもなく恐怖におびえるという形で表出することがある。長期的抑圧の場合には、巨大な力で記憶を抑えつけるため、時に制御不能になり爆発する。

ドキュメンタリーをアニメーション化した「戦場でワルツを」は、レバノン戦争に参戦したアリ・フォルマン監督自身の実話を基に作られた作品だ。フォルマン監督が友人との会話の中で、レバノン戦争で起きたおぞましい事件を全く覚えていないことに気づき、自分の記憶を探すための旅を描いている。昔の戦友に会ってインタビューをするのだが、そこで戦友たちもまた、フォルマン監督が思い出せないその日の事件をそれぞれ違うように記憶していたことが明らかになる。そして、戦友たちの話を聞きながら、彼はついに自分が忘れていたその事件を思い出すことになる。

「戦場でワルツを」では、戦争のような恐ろしい出来事の中で人間が苦痛に耐えるために各自がどんな防衛機制を使うのか、劇中のインタビューを通してよく理解することができる。作品には否認、歪曲、幻想などのあらゆる防衛機制が総集結している。韓国で「火病」と呼ばれる文化的疾病も抑圧と関連性がある。嫁ぎ先で厳しい生活を強いた姑はもう死去していないはずなのに、突如として抑圧によって抑え込んでいた感情が爆発し、60歳になった嫁が過去の出来事を現在起きていることのように再体験する。手に負えない感情と記憶が身体症状として現れ、健康に悪影響を及ぼすこともある。しかし、時間がかかったとしても、絡みついた感情を解消してやれば、身体の健康もまた自然に回復することができる。

- 抑圧と関連する性格類型：回避型、強迫型

成熟した防衛機制――利他主義、抑制、予想、ユーモア、昇華

ハーバード大学のジョージ・E・ヴァイラント教授は著書『Adaptation to Life（人生への適応）』で、長期にわたる臨床研究である「グラント研究（Grant Study）」【17】の対象者を説明するために、フロイトの防衛機制を〝精神障害的〟機制、〝未熟な〟機制、〝神経症的〟機制、〝成熟した〟機制の4つのレベルに分けて考察した。

ヴァイラントは、ある個人が直面する状況と個人の内的脆弱性によって4つのレベルの防衛機制を交互に使用し、その人の性格の特性に応じて特定の防衛機制をより頻繁に使用する可能性があると述べた。つまり、私たちが「成熟した人」と考える人の場合でも、毎回レベル4の成熟した防衛機制を使うわけではなく、また未成熟な人だからといって毎回レベル1～3の未成熟な防衛機制を使うわけではないということだ。

ただ、人格的に成熟した人は、成熟した防衛機制の頻度がより高くなるだろう。もちろん、死ぬまで成熟した防衛機制を使わない人もいるかもしれない。また、グラント研究を通して、成長によって青少年期と青年期に主に使用していた未成熟な防衛機制が、歳を重ねるにつれ

成熟した防衛機制になる可能性についても言及されている。例を挙げるなら、抑圧と解離を使用していたところからの昇華への発展や、転移と反動形成から利他主義に発展するなどである[18]。

それでは、レベル4に該当する成熟した機制に分類される防衛機制には、実際にどのようなものがあるのか見ていくことにしよう。

第一に、「利他主義（altruism）」だ。利他主義は自身の欲求充足と利益を優先せず、より多くの人の利益を建設的な方向に模索することをいう。利他主義をよく用いる人は、自分が経験した苦痛と欠乏を外部に転嫁せず、個人の能動的行為を通じて苦痛が繰り返される連鎖を断ち切り、正しい行為に還元する。例えば、貧しい家庭の大家族の長男として生まれた人が大きくなり、自分の幼少期のように経済的に困窮した子どもたちへ実質的な援助をすることをいう。自分の欲望を他人に転嫁するという点で投影や行動化のようにも見えるが、利他主義は他の成熟した防衛機制と同様に、正確な自己認識と他者に対する配慮を前提とするという点で大きく異なる。ヴァイラントは利他主義を「建設的な反動形成」[19]と表現し、青少年期に投影や反動形成、行動化などの防衛機制を主に使用していた人が、歳をとって人格的に成熟することで利他主義のような成熟した防衛機制を使用することもあると述べた。

映画「ひまわり」では、主人公オ・テシク（キム・レウォン）に息子のように親切に接するトクチャ（キム・ヘスク）が利他主義の例を見せてくれる。トクチャは息子を偶発的に殺したテシクを許し、温かく接してくれる。そんなトクチャのおかげで、テシクは刑務所を出たら以前とは違う人生を生きようと決心する。

2番目は「抑制（suppression）」だ。抑制は、不快な感情を抑えるという点では、抑圧と似たように見える。しかし、抑圧は主に個人が受け入れられない否定的な感情を抑え、ひいては自分自身までをもだまそうとする反面、抑制は現在感じている不快な感情を正確に認識しながらも、その感情の真偽について真剣に悩む時期まで意図的に先送りするという違いがある。そして、その時期が来たら逃げることなく不快な感情を誘発した原因に向き合う。抑制をうまく使う人には、忍耐力と根気という特徴が見られる。幼い頃、抑圧と知性化を多く使っていた人が成長し、抑制を主な防衛機制として使うこともある。

映画「花様年華」でチャウ（トニー・レオン）とスー・リー・チェン（マギー・チャン）は、お互いの配偶者同士が不倫関係であることを知って出会った関係だが、チャウとスーも次第にお互いを愛するようになる。彼らはかなわない愛に傷つきながらも、その感情を簡単には表に出さない。特にチャウを演じたトニー・レオンは、目で感情を表し、言葉と行動では表現を抑える人物をよく演じてきた。「恋する惑星」や「欲望の翼」、「ラスト、コーション」などがその例である。多くの映画を通して、トニー・レオンは映画のカラーに合わせて人物の抑圧と抑制の様子を表現してみせてくれた。

3番目は「予想（anticipation）」だ。「予想」は、未来に起こることに対して計画し、準備することをいう。まるで第三者の視点で小説を読むように、自分と世の中を客観的に眺め、未来に必要なものを準備する。例えば予想を主な防衛機制として使う人は、抗がん剤治療で入院する前に、自身の避けられない死によって混乱を招くかもしれない財産分与の問題を解決するために書類を整理しておくだろう。日常では、重要な選択の岐路で一つの道を選択した時に、その道を歩いていく上で起こりうる困難について予想し準備するだろう。

映画版も有名な小説『ミー・ビフォア・ユー きみと選んだ明日』（映画版タイトル「世界一キライなあなたに」）の四肢麻痺患者ウィルは、明朗快活なルイーザと出会い恋に落ちるが、落ち着いて自分の限界を見通し家族と恋人を説得した後、死を迎える準備をする。別れのような出来事においても予想は防衛機制として使われるが、映画「猟奇的な彼女」でキョヌ（チャ・テヒョン）が彼女（チョン・ジヒョン）の未来の恋人になる人に向けて、彼女の好きなものと嫌いなものについて話すという形で現れたりもする。

4番目は、「ユーモア（humor）」だ。心理的な苦痛を感じる時、それを回避せずに別の愉快な形で表現する。相手の攻撃的な物言いに応酬しながらも、硬直した状況を柔軟に変えてみせる。苦痛に耐えるためにユーモアを使う。ユーモアもまた、予想のように自身と取り巻く状況を第三者の視点から観察して把握するという共通点があり、ユーモアをよく使う人たちは自分だけでなく他の人たちまでも楽しませ、円満な対人関係を構築する。映画「ライフ・イズ・ビューティフル」で主人公のグイド（ロベルト・ベニーニ）は、ユダヤ人強制収容所のいつ死ぬか分からない危険な状況でさえ、息子と周囲の人々が恐怖に陥らないようにユーモアを使う姿を見せてくれる。

5番目は「昇華（sublimation）」だ。フロイトもまた、人間が苦痛を避けるための機制として昇華の重要性を何度も強調している。昇華は自身の不安や苦痛を別の方式で表現して満足感を得ることで、芸術やスポーツがその典型例である。

まるで世界に一人ぼっちでいるような孤立感に苦しみ、つながりを感じるために歌を作ったり、自分の感情を絵で表現したりする。高いレベルの攻撃性を、スポーツを通して安全に発散することもある。投影や幻想、転移などの場合には感情の方向が転換されるものの肯定的な情緒にはつながらないのに対し、昇華は感情の方向が安全な表現方法に転換され、肯定的な情緒につながるということに大きな差がある。

芸術家の人生を扱った映画を見れば、昇華がどんな機制であるかすぐさま理解できる。『高慢と偏見』を書いたジェイン・オースティンの人生を扱った映画「ジェイン・オースティン秘められた恋」や、カナダの画家モード・ルイスと夫の物語をモチーフにした映画「しあわせの絵の具　愛を描く人　モード・ルイス」、交通事故によって一生背負うことになった身体的苦痛を絵で表現したフリーダ・カーロの人生を描いた映画「フリーダ」（2002年）などがある。この他にも芸術家を題材にした映画を見れば、自身の苦痛と人生の危機や、限界を克服する過程で貴重な芸術作品が誕生するということが分かる。

ここまで9つの防衛機制とともに、5つの成熟した防衛機制について見てきた。成熟した機制とそうでない機制の最大の違いは、正確な自己認識と能動的な対処にある。また、自分自身と他者に対する愛情がなければ、成熟した機制を用いることはできない。

クリエイターたちは防衛機制を通じて人物のキャラクターを立体的に構成（build up）でき、葛藤をより深く描き出せる。対人関係とは人物の防衛機制の衝突によって誤解と葛藤を生じさせるものであるが、防衛機制について知ることで、表に現れる行動に隠された人間の欲求を深く理解するきっかけになるのだ。

PROBLEMATIC CHARACTERS
psychology

第5章

ＭＢＴＩ診断で各性格スペクトラムを掘り下げる

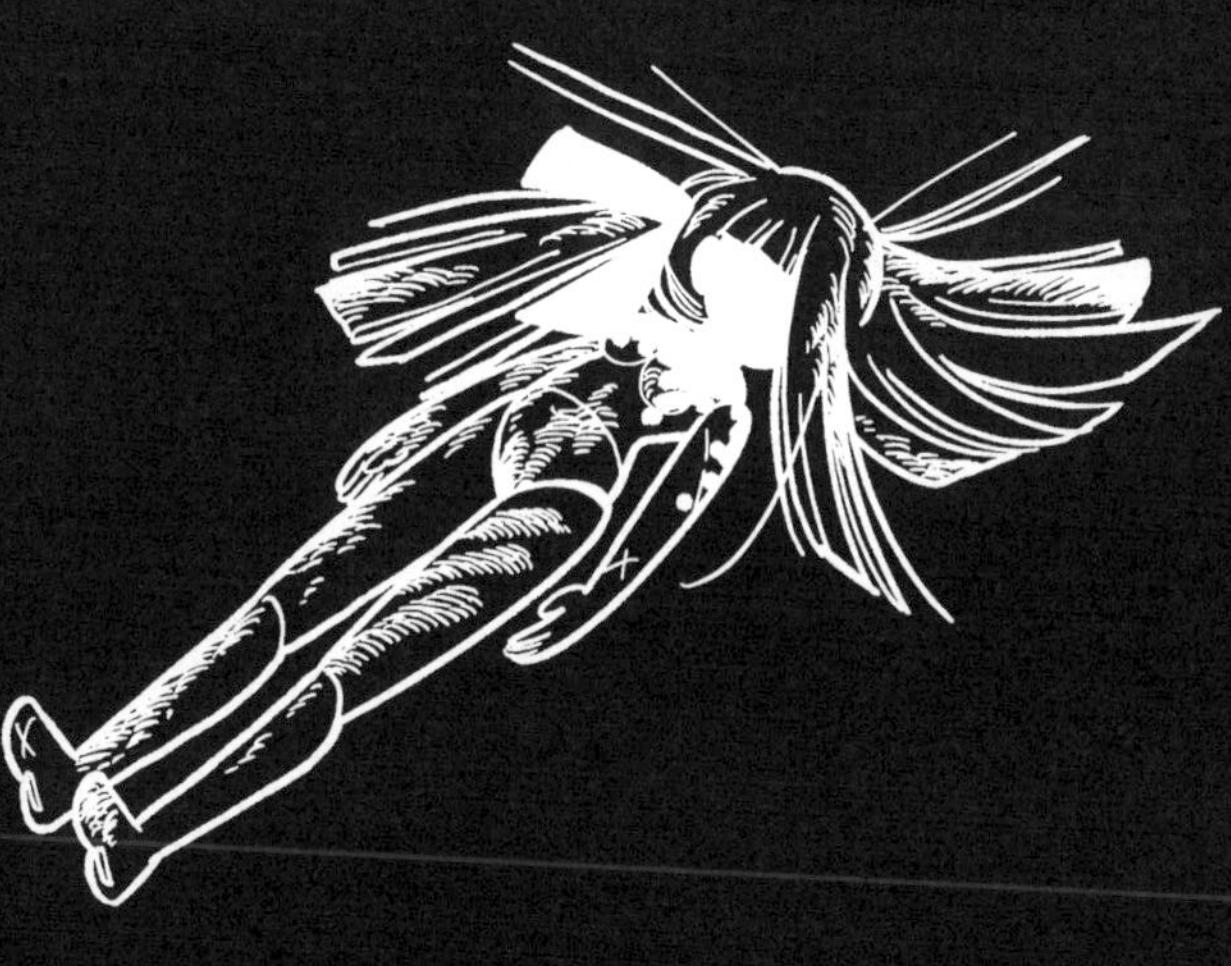

性格スペクトラムにMBTI診断を当てはめるなら?

私たちは《DSM-5》という公認されたパーソナリティー障害スペクトラムを用いて作中の人物の性格を定義しつつも、クリエイターの理解を助けるため、韓国では血液型性格診断の次に有名なMBTI特性別の分析を追加で行った。

MBTI診断は、ユングの性格理論を基にして1962年にブリッグス=マイヤーズの母娘が開発した性格類型指標であり、4つの指標を通じて16個の性格類型を導き出す。周知のことかもしれないが、現在心理学会ではMBTIについて信頼性と妥当性[20]に欠け、個人の特性(personality)を測定する検査としての利用価値は低いと見なされている。

しかし、現在MBTIは韓国で多くの人々が個人の共通点と差異を区分し、コミュニケーションを助けるツールとして活用されている。そこで、これを利用して性格スペクトラムの理解を助け、クリエイターの人物設定に役立ててもらおうと、想像力や楽しさを添える意味で掲載することにした。そのため、MBTIを参考にするのはキャラクター設定の時だけにして、設定が済んでからはMBTIの説明は全て割愛することをお勧めする(もしかすると、M

ＢＴＩについては読者の皆さんの方がうまく説明できるかもしれませんから、次の説明は参考程度にしてください！）。

基本的なＭＢＴＩ指標

外向型（Ｅ）と内向型（Ｉ）

ＭＢＴＩの最初の指標は、個人が無意識のうちに向けるエネルギーの方向（注意の焦点）に関するものだ。外部の世界に対して注意を向ける外向型（Ｅ）と、内面の世界に注意を向ける内向型（Ｉ）に分けられる。

外向型は他の人々と積極的にコミュニケーションをとることを望むため、幅広い対人関係を構築し、自分のエネルギーを外部に発散できるタイプの活動を楽しむ。一方、内向型は少しでも立ち止まって自分の内的世界を拡張することを望むため、一人でいようとするか、少数の人間関係を志向する。外向型とは異なり、自身の考えを言葉で表現することをためらい、慎重に表現することを好む。

外向型と内向型を簡単に区別する方法は、ある人のエネルギーが枯渇した時、どのように行動するかを見ればよい。外部からエネルギーを得ようとして、パーティーに行って皆と遊ぶのか。それともパーティーで皆と遊ぶことでエネルギーの枯渇を感じ、エネルギーを補うために家に帰って孤独な時間を楽しむのか、この違いから判断できる。

感覚型（S）と直観型（N）

2番目の指標は、個人が人や事物をどのように認識するか（認識機能）を見るものだ。個人の実際の経験を重視し、現在に焦点を合わせる感覚型（S）と、実際の経験がなくても直観と想像を通して未来に焦点を合わせる直観型（N）に分けられる。

この二つの類型の最も大きな違いは「時間に対する認識」にある。感覚型は現在に関心があり、直観型は未来や見えない領域に関心が高い。そのため、感覚型は個人の実際の生活に焦点を合わせながら生きているが、直観型は個人が属する世界に焦点を合わせながら生きている。経験を重視するのか、アイデアを重視するのかという違いもあるだろう。

思考型（T）と感情型（F）

3番目の指標は意思決定をする時、どの部分に焦点を合わせるかに関するもので、論理的で客観的な事実に基づいて原理と原則通りに判断する思考型（T）と、状況的変数、特に感情的要素を考慮し、その意味と影響を考えて判断する感情型（F）に分かれる。

思考型の場合は、真実と事実関係を正確に把握することに重点を置き、明確であると同時に冷たく見える。一方、感情型は他者への共感に長け、周辺の状況までくまなく調べるため温かく見えるが、おせっかいに見えることもあるだろう。

判断型（J）と知覚型（P）

4番目の指標はどのような生活様式を好むかによって、明確な目標を設定し計画を立てて成果を上げる判断型（J）と、流動的な目標を立てて少しずつ修正し、自由を追求する知覚型（P）に分かれる。

判断型と知覚型を区別する最も簡単な方法は、その人の部屋を見ればよい。判断型の場合、本棚に本が非常にきれいに整理されており、物の位置を見れば一貫した規則性が見える。しかし、知覚型の場合には「この物がなぜここにあるのか」が、その人の説明を聞くまで他人の目には判断がつきにくい。判断型は予想がつきやすい安定した人生を追求するとしたら、知覚型は予想できないような自由な人生を追求するといえる。

外向 (Extraversion, **E**)	**注意の焦点** エネルギーの方向	内向 (Introversion, **I**)
感覚 (Sensing, **S**)	**認識機能** 人や物を認識する方式	直観 (Intuition, **N**)
思考 (Thinking, **T**)	**判断機能** 判断の根拠	感情 (Feeling, **F**)
判断 (Judging, **J**)	**生活様式** 好む生活パターン	知覚 (Perceiving, **P**)

“自己確信型” A群の性格スペクトラム

偏執型			
E	自分が疑っているということを言葉と行動で積極的に表現する	疑わしい対象をじっくり観察し、自分の疑心に合致する証拠を収集する	I
S	疑いに対する証拠を収集する時、例を挙げるなら、配偶者が他の人にほほ笑む回数、手を握る回数等の明確な証拠を収集する	疑心が生じた時、事件の裏側にまで思考をめぐらせ、実際には対象にならないことにまで〝可能性〟を考慮する	N
T	収集した証拠を基にして、自分だけの論理を打ち立てて相手が身動きもできないほどにコントロールし、自身の意見に従うように心理的圧力を与える	否定的な感情が時に爆発する形で表され、物を壊したり疑いの対象に暴力を振るったりする。しかし、感情が落ち着くと相手が去っていくことを恐れて謝罪する	F
J	疑っている対象と状況をコントロールするために、計画を立て着々と実行に移す	配偶者に疑いをかけたら、配偶者が席を外した時を見計らって人間関係を断ち切ってしまう	P

統合失調質			
E	家族には一人でいたいと主張し、なぜ他人と一緒にいなくてはいけないのか分からないと言う（しかし、統合失調質の性格特性上、内向的である可能性が高い）	レゴを組み立てるなど、いつも一人で没頭することを好み、恥ずかしがりで人間関係が苦手であり、一人で静かに過ごすことを好む	I
S	人々の視線や他人が自分の身体に触れる感覚を嫌い、時には嫌いという感覚を超えて苦痛を覚える	想像上の友達を作るが、その友達が他の人には見えていないことを知っている	N
T	他の人がなぜそれほど感情的に動揺するのか、全く理解ができない	他人が自分に寄ってくることが煩わしい（これもまた統合失調質の特性上、感情的に冷淡である）	F
J	「自分一人でできることを探そう！」	「とりあえず、放っておいて！」	P

統合失調型			
E	自分でも気づかないうちに想像上の人物と対話し、それを家族の誰かに話すこともある	誰も知らない自分だけの友達がいる。その友達が他の人の目に触れないように気をつけている	I
S	「あなたの気持ちはお見通しだよ！」「さあ、私がこの人を椅子から立ちあがらせてみせよう」	「神様が昨晩私を訪ねてきて、こうおっしゃったんです。絶対にこの学校に入りなさいと」	N
T	他の人よりも自分には多くの物事が見えていると考える	いくら親しくなっても、他人は自分を邪険に扱うだろう、世界は危険だらけだ、と考える	F
J	「幻想の領域に入るためには、いくつかの儀式が必要なんだ」	「じゃあね！」（ぷいっと消える）	P

“他者コントロール型” B群の性格スペクトラム

反社会型

E	世間が自分を放っておいてくれないことに怒りをあらわにし、特定の対象がいる場合には制裁を下そうとする	怒りを即座に表さないが、ひそかに自分の怒りと疑いに合致することを記憶している	I
S	「おい！ いま俺の肩にぶつかっただろ」	自分に対する根拠のない自信にあふれているように見える	N
T	「お前が悪いからこんな目に遭うんだぞ」と言い、自分だけの正当な根拠を主張する	「人を殴ったらいけないのか？俺の前を通り過ぎたのが間違いなんだよ」	F
J	特定の対象、あるいは不特定多数に制裁を加えるという名目で恐ろしい計画を立てる	くそ！	P

演技型

E	世界という大きな舞台の主人公は自分だと考え、自分の感情と宇宙をリンクさせようとする	「わざわざ口にすることではないけど、世界という大きな舞台の主人公は私だし、そうでなくてはいけないの」	I
S	まわりの人はいつも自分に親切で、愛を与えてくれなければならないし、その手段はお金やプレゼントが望ましい	地下鉄で「マスクが私のオーラを隠してしまう！」と叫び、マスクを投げ捨てる	N
T	「私に関心を見せるのは正しいことだわ」	皆の関心を引くために誇張された表現を用いながら、時にはこれを楽しんだりもする	F
J	性急な決定を下すことに長けており、出会ったばかりの人と結婚するなどの電撃的な行動を起こすことがある	「私の部屋は混乱した私の心をちょうどよく表しているわ」	P

自己愛型			
E	〝I am the best.〟自分が成し遂げたことについて何時間でも話す	特権意識にとらわれ、ひそかに特別な人物とだけ付き合おうと考えている	I
S	「君は素晴らしい」と言ってほしいと相手に要求する	自分のことを、優れていて成功する運命だと考えている。もしそうならないとしたら、それは他人のせいだと考える	N
T	「どうして（自分以外の）皆はこんなに仕事ができないの？」	自分を優れていると評価しない人に腹を立てたり、聞こえないふりをしたりもする	F
J	自分の有能性を発揮するための計画を立て、これを邪魔する人の声は聞こえないふりをする	「僕は才能が豊かだけど、まだ発揮する環境に出会っていないだけなんだ」	P

境界型			
E	「私を激しく愛してちょうだい。そうでないなら、消えて」。極端な感情を表現することが多く、同じ人相手にも時と場合によっては両極端な評価を下す	境界型の性格は自己イメージが非常に不安定で慢性的な虚しさを感じており、そこから抜け出すために他人の関心にすがり、性的な行動や自傷などの極端な行動をとることがある	I
S	「愛してるってことを証明してよ！」	「会っていない時も、僕のことだけ考えてほしい」	N
T	「どうして世界はこんなに私を苦しめるのだろう」	歓喜と悲愴感などの極端な感情を行き来し、苦痛を訴える	F
J	「捨てられないためにはどうしたらいい？」	「捨てられるくらいなら死んでやる」	P

“不安と焦り” C群の性格スペクトラム

強迫型

E	「お前が間抜けだからそんなことしかできないんだ！」と言って、相手の少しの失敗に対してさえも見下し、相手を軽視する。そして、自分自身にも厳しい	「これをやらなければ君を見捨てるかもしれない」	I
S	自分がコントロールすることのできる空間にのみ安全を感じる	「世界は混沌に満ちている。これを正さなければ」	N
T	「俺は完璧にできないことは最初からやらないんだ！」	「僕だって苦しいけど、どうしようもないよ」	F
J	「自分以外の人間は皆ずぼらだ」と考え、整理整頓が得意でいつも完璧を期待するため、満足を知らない	（強迫型の場合、Jが圧倒的に多い）	P

回避型

E	「この線を越えて入って来ないで」。親密感への欲求がある程度はあるものの一定のラインを越えることはなく、それを相手に示す	空気を読み、ひそかに他人に責任を押しつけ、また自信がないことを表現することがある	I
S	「あの人が去っていったのは、私がきれいじゃないからだ」	「どうせ君も僕のことを嫌いになるよ」	N
T	他人と一定の距離を置くべき根拠を探す	「人と親しくなっても嫌な思いをするだけ」	F
J	批判や拒絶を避けるにはどうすればいいか考える	前が見えないくらい前髪を伸ばして人の視線を避ける	P

依存型			
E	「抱きしめて！」「私の全財産をあなたへささげます」	「あなたの言うことが全部正しいです」	I
S	いつも自分より優れた人を探してその人についていく	霊的な指導者を探し求め、その人を通して自身の魂が救済されると信じている	N
T	上司や指導者から認められるにはどんなことをすればいいか自ら探しだす	自身の心理的安定を獲得するために、上司や指導者から愛されるための努力をする	F
J	承認であれ愛であれ、自身が求める目標に向かって行動していく	自分が認められ、愛されるタイミングをつかむことにおいて、瞬発力を発揮する	P

PROBLEMATIC CHARACTERS psychology

第6章

精神障害——文化と社会の影響を受ける

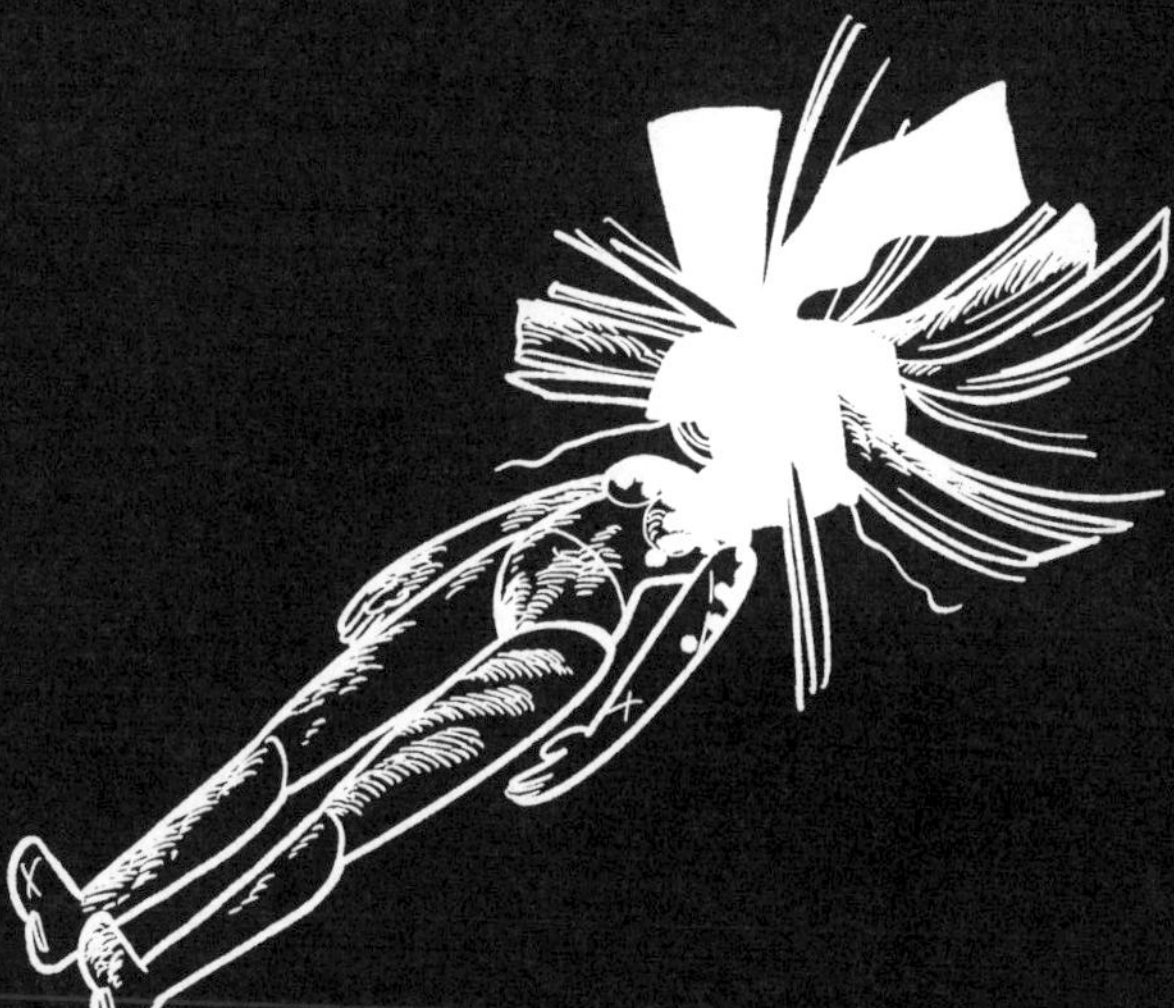

多重人格——精神の一部が分離される

多重人格（解離性同一性障害）は、解離性障害の最も独特な類型だ。「解離（dissociation）」とは、個人の精神が統合された形で維持されず、一部が分離されることを意味する。これは、耐えがたい精神的な衝撃から自分自身を守るために発現すると考えられる。韓国の朝ドラでよく見る、夫の浮気を目撃した夫人が気絶して目が覚めると自分が見たことを記憶していないというような、記憶喪失もまた解離の一種だ。

多重人格は全く別の人格が現れるケースだが、現象の特異性と希少性ゆえにしばしば映画の題材になる。11個の人格をもつ連続殺人鬼を扱った映画「アイデンティティー」、23＋1個の人格が登場する「スプリット」、自身の別の人格と向き合う「ファイト・クラブ」などがその代表例だ。

別の人格が現れる

行動特性

本来の自分と全く違う自己認識、行動パターンを見せる。年齢、性別、出身地および過去の記憶が全く異なる、文字通り別人になったかのように行動する。幻覚と妄想など、統合失調症と区別しにくい面があるが、多重人格の解離された人格の行動には、かなり体系的で具体的な特徴がある。

実在の人物であり、映画「スプリット」のモチーフとなったビリー・ミリガンは、高校中退の学歴だった。しかし「アーサー」という人格が現れるとアラビア語とアフリカーンス語を流暢に駆使し、数学、物理学、医学において専門家レベルの能力を見せる。「レイゲン」の時はクロアチア語を自由自在に駆使し、「トミー」の時は電子機器をうまく扱う。

「スプリット」のケビン（ジェームズ・マカヴォイ）の中には、9歳の少年ヘドウィグ、優雅な女性パトリシア、強迫的な性格のデニス、ファッションデザイナーのバリーなど、異なる年代、性別、性格をもつ23の人格が住んでいる。さらに、映画の後半では24番目の人格も登場する。

通常、本来の人格の時には解離して出現する他の人格の存在を、また新しく現れた人格は本来の人格について知らない。しかし、周囲の人の証言や状況証拠などによって知ることになる。多重人格のこのような特性は、映画でどんでん返しのための装置として用いられたりもする。

映画「真実の行方」の大司教殺害事件の容疑者アーロン（エドワード・ノートン）は多重人格であり、「ロイ」という人格が現れた状態で殺人を犯したという理由で無罪判決を受ける。しかし、実際にはアーロンは多重人格ではなく、無罪を受けるために演技をしていたのであった。

無意識の行動と欲求

多重人格は自分を保護するための無意識的動機の発現である。主人公たちは恐ろしい過去の記憶から抜け出そうとして、また誰かとの関係を忘れたくて、意味のない人生に耐えられなくて、新しい世界とそれにふさわしい新しい人格を創造する。

映画「ファイト・クラブ」の主人公（エドワード・ノートン）は、気の小さい自動車リコール審査官で、ＩＫＥＡの家具を集めることが唯一の楽しみの退屈で意味のない人生を送っている。そんなある日、飛行機で会った違法なせっけん業者のタイラー・ダーデン（ブラッド・ピット）に出会い、退屈だった彼の人生は刺激的で活気に満ちた人生に変わる。二人は一緒に「ファイト・クラブ」を作る。しかし、映画の後半では、タイラーが実は自分のもう一人の人格であることに気づくのだ。

カール・ユングは、人は外部に向けて維持するイメージが強調されるほど（脚光を浴びるほど）、それに相対する影（shadow）も大きくなると考えた。私たちは文化的に、または養育と学習によって自分の中のある姿は隠し、ある姿は表に出して生きていくことを求められる。その乖離が精神的に耐えられる限界を超えると、解離が起きると考えられる。このような光と影の葛藤は、古典小説『ジキル博士とハイド氏』やマーベル映画のヒーロー「ハルク」など、欧米では解離の特徴をもつ人物が登場する物語に通底するテーマとなっている。

なぜ多重人格になるのか？

親のひどい虐待とショック

親から受けたひどい虐待や、統合された自我を維持することが不可能であるほどの心的外傷が原因となる。「スプリット」のモチーフになった人物、ビリー・ミリガンは9歳頃から養父に性的虐待を受けており、「アイデンティティー」の連続殺人鬼マルコムは、娼婦である母親がモーテルを転々としながら仕事をしている間、外でその声を聞くという幼少期を過ごした。

自我を維持できないほどの心的外傷

統合された自我を維持できなくなるほどの心的外傷。大抵は確固たる自我が形成される前の乳幼児期、主に両親との関係から始まることが多い。

精神が分離した多重人格そのものが病理

多重人格そのものが病理だ。心理学と精神医学では、一貫性のある統合された自我を維持する能力を精神健康の尺度として見る。自我が分裂すること自体が、人がこれ以上生活を営むことができないことを意味する。一方、解離性障害に分類されている多重人格は過去には「憑き物」「憑依」として理解されてきた側面がある。突如として別人になったように行動する彼らに対する昔の人々の説明方式である。もちろん、幽霊や魂などの超自然的存在に対する論争が終わったわけではない。現代医学では個人の精神が〝分離されて〟多重人格が現れるというが、全く行ったことのない国の言葉を自由に駆使したり、やったことのないことを上手に処理できたりするなど、多重人格には本来の人格の経験から類推できない部分が多い。

多重人格のキャラ設定：親との最悪の関係、分裂する自我

親との関係、養育環境

親との関係においては最悪といえる。それは文字通り、普通の人の想像を超えるような、人間不信になるほどの〝すさまじい虐待〟を意味する。これまで見てきたパーソナリティー障害でも親の虐待が影響するが、多重人格の場合は親がサイコパスであるといえるくらいの限度を超えた虐待が条件となる。

子どもの自我は通常2～3歳から形成され始め、青少年期に発達が終わるが、この時期に子どもたちとコミュニケーションの上で核心的な役割を果たすのが両親だ。親が適切なモデルになってあげられなかったり、安定した自己イメージを発達させるフィードバックを与えられなければ、子どもたちは不適応な人格（パーソナリティー障害）になったり、分裂した自我（統合失調症）、または心理的危機から分裂する自我（多重人格）を形成することになる。

苦手な状況、葛藤の要因

多重人格を形成するまでに至る原因となった、回避しようとした心理的危機やそれと似た状況において、多重人格が触発される可能性がある。人格の数が多い場合には人格間に葛藤

を起こすこともある。問題解決または治療のために、人格間の葛藤を利用することもある。

映画「アイデンティティー」では、心理学者が連続殺人鬼マルコムの多重人格を治療するために、元刑事の人格（エド）を利用して他の人格を除去する。エドは結局、最悪の敵である犯罪者の人格（ロード）を殺し、自分も息を引き取る。最後まで残った人格である娼婦（パリス）は故郷に帰ってオレンジ農場を経営しようとしたが、死んでいなかった真の犯罪者の人格（ティミー）が現れ、パリスまで殺してしまう。

特定の状況での行動

犯罪：多重人格犯罪は処罰されない

自分自身が知らない人格は何をしでかすか分からない。多重人格の原因として挙げられる本人の不幸な過去のせいで、多重人格者の一部は過激で不法なやり方で自身が果たせなかった欲求を解消しようとする傾向がある。

犯罪者の一貫した犯罪意図を重視する現代の法体系では、多重人格状態で犯した罪は故意に行ったと見なされないため、犯罪者本人の責任であると認められない。この場合、一般刑務所には収監せず、治療監護処分として特殊施設（韓国の場合、国立法務病院）で保護および治療を行うことになる。

多重人格犯罪に関する映画やドラマは、犯罪行為の判断に対して哲学的な問いを投げかけたりもする。映画「真実の行方」のように、多重人格を悪用して無罪あるいは減刑を勝ち取ろうとする策略が題材になったりもする。

解離性障害——心理的ショックによって記憶を失う

解離性障害は、解離性記憶喪失、解離性遁走、解離性同一性障害（多重人格）に分けられる。自分の過去を全く覚えていないサマンサ・ケインは、8年前、ある田舎の村の海辺で妊娠した状態で発見されたが、過去の記憶がなかった。彼女は娘のケイトリンを産んだ後、結婚して小学校教諭として幸せな日々を送っている。だが、ある日家に暴漢が侵入してきて頭に衝撃を受けたことをきっかけに、自身が過去にアメリカのCIA職員だったことを知ることになる。ジーナ・デイヴィスの好演で知られる映画「ロング・キス・グッドナイト」のあらすじである。

解離性記憶喪失——つらい記憶を取り除く

解離性記憶喪失は、心理的ショックによって過去のことを思い出すことができない。ところが「ロング・キス・グッドナイト」のストーリーには、見る人が目を疑うような描写が出てくる。サマンサは8年間、普通の人間として生きてきたにもかかわらず、娘を拉致した者たちを相手に銃とナイフを自由自在に操るキラーへと変身する。ソウル大学のパク・ハンソン教授は「解離性記憶喪失になっても過去に習得した一般的な知識と特定の機械を扱う方法、運転の方法等に関する記憶はそのまま残っており、新しいことを習得する能力も維持される」[21]と解説する。サマンサのキラーの本性が現れたのは、映画の中の虚構とはいえないということだ。

パク・ハンソン教授によると、解離性記憶喪失は突然現れるが、回復もまた突然行われる可能性があり、映画やドラマで頭をどこかにぶつけた後、突然記憶が戻ってくるシーンがたびたび登場するのもこのような側面を考慮してのことだという。

精神健康医学科の専門医は、解離性記憶喪失は「抑圧と否認などの心理的機転を使用しても耐えがたい記憶を、意識から除去する行為」であるという。また、自分の利益のために嘘をつくこととは区別しなければならないという指摘もある。韓国の中央大学精神健康医学科のソ・ジョンソク教授は「仮病、偽りなどを通じて自分の利益を得ようとする行為[22]と解離性記憶喪失は区分されなければならない」と話す。

解離性遁走——人格も変わる

解離性障害の中で映画やドラマの題材として最も愛されるのは、他でもない「解離性遁走」だ。遁走（fugue）は、決まった目的地もなくあちこちを徘徊したり逃走したりするという意味で、解離性遁走が現れると自分の過去に対する記憶が完全に失われるだけでなく、人格もすっかり変わって別人になる。精神健康医学科の専門医は、解離性遁走は「解離性記憶喪失と似ているが、住居地から離脱するなど、どこかへ旅立つのが特徴だ」と説明する。

解離性遁走の特徴をうまく表現した代表的な映画が「ベティ・サイズモア」である。病院を背景にしたドラマを見ながら、その男性主人公にのめり込んでいたベティ（レネー・ゼルウィガー）は、ある日自分の夫が殺害される衝撃的な場面に遭遇する。その後、ベティはのめり込んでいるドラマの主人公の恋人が自分であると強く信じるようになり、主人公役の俳優に会うためロサンゼルスに旅立つところからストーリーは続いていく。ベティの特徴は、衝撃的な事件を経験した後、自分が住んでいた場所を離れ、新しい職場を探したり、旅行したりという解離性遁走の症状とぴったり合致する。

実際に韓国のニュース記事でも、検事や判事が何日間も失踪した後、戻ってきたという事件を時おり目にすることがある。職務上の深刻なストレスによる解離性遁走と推定される。

『法律新聞』【訳注：1950年創刊の韓国の法律専門紙】のとある記事を見ると、2006年6月13日に出勤すると言って家を出た後、連絡が途絶えた水原《スウォン》地裁民事部のA判事（当時35歳）が5日後に帰ってきた。行方不明当時、彼の車の中には携帯電話とスーツの上着、財布がそのまま残されていた。A判事は警察の調査に対し「頭が痛くて休みたいと思いながらあてもなく歩いていたら、高速バスターミナルにたどり着き、適当なバスに乗って寝た。起きてみたら釜山《プサン》だった」「釜山では巨済島《コジェ》などを一周し、サウナに行って寝た」と話した。彼は行方不明になる直前、妻を車で地下鉄の駅に送った後だった。

2011年11月8日にも同様の事件が起こっている。大田《テジョン》地検B検事が大田地裁判事である妻とけんかし、その後携帯電話の電源を切ったまま夜中に失踪、職場に出勤しないまま、11日明け方に帰宅した。戒告措置を受けて業務に復帰したA判事とは違い、B検事は復帰の意思を示さなかった。二つの事例は共に若く、多くの業務をこなさなければならない重圧感を背負った状態で妻と感情的に争ったのち、衝動的に連絡を絶って失踪したという共通点がある。

解離性遁走のもう一つの特徴は、過去の家族や友人について全く覚えていないということだ。ここで過去の記憶を取り戻したとしても、他の地域で暮らしていたこともまた思い出せない。ソウルで個人事業をしていた人が不渡りを出した後、精神的ストレスによって家族を置いて逃亡し、釜山で結婚して暮らすようになった。しかし、ソウルにいる家族についての記憶は全くないというような事例が、まさに解離性遁走だ。

映画やドラマ、小説のクリエイターたちにとって、解離性遁走という疾患はその劇的な性格のため、どうしても魅力的な題材となる。しかし、現実の解離性遁走は、映画やドラマのように美しい結末では終わらない。事業の失敗、失職等による精神的ショックから解離性遁走を発症し、さまよった挙げ句失踪する人が少なくないためだ。キム・ハンギュ精神医学科専門医は「家や職場から突然立ち去って予定になかった旅行をしたり、行方不明になったりするのが解離性遁走」であるとし、「短くて数時間、長い場合は数年間にわたって発現する可能性がある」と話した[23]。統計上では全く捕捉されていないが、精神疾患の有病率が高いと推定されるホームレスの中にも、解離性遁走によって家族と職場を離れてさまよう人がいる可能性がある。医療ドラマの中でも、救急救命室に運ばれてきたホームレスが自分が誰なのかも分からない状態から、脳の腫瘍を除去したり適切な薬物治療を受けたりした後、劇的に自意識を取り戻すようなエピソードをたびたび目にする。

解離性同一性障害は作り出せるのか?

分裂した人格が本当に存在するのか、それとも個人が責任やストレスから抜け出すために作り出したのかという疑問は常に存在してきた。解離性同一性障害（多重人格）を患う人々は被暗示性（他人の暗示にかかりやすい性質）が高く、治療中や催眠中のカウンセラーの誘導質問によって新たに別人格（alters）を作り出すことができる。

解離性同一性障害患者のうち50％が、子どもの頃に想像上の友達がいたことがあるという。だいたい9歳くらいで現実と幻想の違いを区別する能力が発達するが、被暗示性の高い人は心的外傷を負った時に一つの人格を維持できず、多数の人格に分離する可能性がある。幼少期の心的外傷を治療する上で最も大きな争点の一つは、初期外傷記憶、とりわけ性的虐待関連の初期外傷記憶が正確かどうかという点である。

過去にアメリカで解離性障害に対する関心が高まった時、偽りの記憶に基づいた誤った告発によって数多くの心理療法士が告訴されたことがある。偽りの記憶を作り出すことがあまりにも容易なため、患者自ら自分の記憶が真実だと固く信じることにもなりかねない。多くの研究を通じて、ある人に偽りの記憶を植え付けるとそれが本物であるかのように記憶され、さらにはありもしない細部の記憶まで補強されるということが分かっている。

多くの韓国人にとって、セウォル号沈没事故は集団的トラウマとして記憶されている。船が沈没するというニュースが流れる瞬間を生々しく記憶していると述べる人も非常に多い。しかし、彼らが記憶しているその瞬間の記憶は、おそらく彼ら自身が確信するほど写真のような正確さはないだろう。その出来事を忘れること自体が、犠牲者に対して申し訳ないと思うからだ。また、よく覚えていなかったり歪曲されたりしていても、当時のその瞬間を覚えておかなければならないと考えるためでもある。実際、どれだけ多くの人が当時の記憶を歪曲しているかは、誰にも分からない。

人格が切り替わる瞬間

キャラクターが解離性同一性障害を患っているとすれば、その人は過去に耐えられないトラウマを負い、自身を保護するためにいくつかの人格をもつようになったのであろう。キャラクターが解離性同一性障害のふりをして処罰を避けることや、誰かを処罰しようとすれば、人格が切り替わる瞬間である〝スイッチ〟の描写が非常に重要となる。

映画「真実の行方」のアーロン（エドワード・ノートン）は、吃音のある素朴な19歳の少年だ。しかし、教区で尊敬される大司教ラシュマンから性的虐待を受けたことで、彼を殺害する。弁護士のマーティン・ベイル（リチャード・ギア）は、監房に入れられたアーロンに性的虐待の証拠物であるセックス・テープを見せた時に、彼が別人格のロイに入れ代わる様子を見て、精神障害による無罪を主張することにする。ベイルが法廷で同じ方法でアーロンを追いつめると、アーロンは邪悪な人格のロイにスイッチし、結局、解離性同一性障害による精神障害による無罪を言い渡され、病院に送られることになる。しかし、ずっと心の片隅でアーロンを疑っていたベイルは彼を訪ね、そこで

〜アーロンは、アーロンとロイの両方の人格は共に自分の演技であったと暴露する。

クリエイターが解離性同一性障害を演じるキャラクターの弱点を探したい時や、その症状がただの演技であることを見抜いて暴露し、相手を攻撃するキャラクターを設定したい時は、次のような実際の事例を参考にするとよい。

1970年代後半、アメリカのロサンゼルスなどで10名の若い女性が首を絞めて殺害され、遺体で発見されるという事件が起こった。その後、遠く離れたワシントンでも同じ手口で2人の女性が殺害され、遺体で発見された。この連続殺人犯は「ヒルサイドの絞殺魔（Hillside strangler）」と呼ばれ、その後ケネス・ビアンキが容疑者として検挙された。彼は捜査過程で自身の弁護士を通じて自身が解離性同一性障害であり、殺人は別人格の「スティーブ」が犯したものだと主張した。

これに対抗して、検事側は催眠と解離性障害の権威である精神医学専門医のマーティン・オーンを法廷証人に立てた。オーンはケネスと面談する際、わざと「本当の解離性同一性障害なら、少なくとも3つの人格が現れる」と話し、ケネスは即席で3番目の人格「ビリー」を作り出した。

オーンはケネスの周辺人物を通じて、逮捕以前には3番目のアイデンティティーが存在しなかったことを突き止めた。そして、人格が本当に分化されたとすれば、各人格には性格検査の結果や肉体的能力に明確な差が存在すると考え、検査を行った。ところが、ケネスの〝人格〟の間には、性格検査における有意な差は見られなかった。このようなマーティン・オーンの考証によって、ケネスの精神障害による無罪の主張は棄却され、彼は終身刑を宣告された。

解離性障害——心理的ショックによって記憶を失う

サヴァン症候群——知的能力と感情の制約、そして天才的才能

サヴァン症候群（savant syndrome）。知能指数が基準値以下であることや、感情の振れ幅が極めて狭い人が特定分野で天才的な才能を見せるという珍しい症状のことをいう。サヴァン症候群の権威である米ウィスコンシン大学医学部のダロルド・トレッファート教授によると、サヴァン症候群は自閉スペクトラム症の10％程度を占める。「サヴァン」という言葉は学者や賢者を意味するフランス語〝savant〟からきている。脳機能の異常が原因として知られており、男性の方が女性よりも4倍多い。そのためか、映画やドラマに登場するサヴァン症候群の患者も男性が多い。

映画「レインマン」のレイモンド（ダスティン・ホフマン）は、電話帳を一度見ただけで全ての電話番号を覚えたり、落ちた爪楊枝の数を瞬間的に把握したりできるなど、途方もない記憶力の持ち主である。映画「それだけが、僕の世界」のジンテ（パク・ジョンミン）は、一度聴いただけの曲をその

まま弾ける能力がある。

韓国ドラマ「グッド・ドクター」のパク・シオン（チュウォン）は、自閉症はあるが、優れた暗記力と空間把握能力によって立派に医師業務を遂行する。

映画「無垢なる証人」のジウ（キム・ヒャンギ）は、優れた記憶力によって殺人事件解決の決定的証人になる。

特定の分野で天才的な能力を見せる

行動特性

特定領域における天才的な能力が彼らの特徴だ。実際、サヴァン症候群のイギリスの画家、スティーブン・ウィルシャーは、ヘリコプターに乗ってニューヨーク上空を20分ほど飛行した後、自分が見た場面をそのまま絵に再現した。

他人とのコミュニケーションに問題を抱える自閉症患者が優れた能力を発揮するということが、受け手の想像力を刺激する理由である。また、サヴァン症候群の人の能力は、ドラマの劇的展開や問題解決の決定的な手がかりにもなる。優れた能力を見せない時に彼らが見せる弱い姿も、一種の対比効果によって人物に対する感情移入を最大限に助けることができる。

左脳と右脳の不均衡

左脳と右脳の機能不均衡が原因と推定される。ある理由で左脳の機能が損傷すれば、これを補うために右脳が異常に活性化されるが、これが特定能力の発現につながるということだ。大抵は胎児の時期に、左脳が発達する時点で男性ホルモンが過剰分泌されると、左脳が損傷を受け、サヴァン症候群になることがある。このような理由から、男性の有病率が高い。

左脳と右脳をつなぐ脳梁が機能しない場合や、認知症や病気で左脳に損傷を受けた場合にも似たような現象が起きる。

知的能力と感情表現の不足によってコミュニケーションが難しい

サヴァン症候群の患者は、特定領域の優れた能力を除けば、知的能力が低く、感情表現も限定的である。したがって、対人関係と社会的役割の遂行に問題がある。周囲の助けがなければ、普通に学校で勉強することや職業をもつなどの日常的な生活は難しい。

サヴァン症候群のキャラ設定：自閉スペクトラム症の中でも希少

親との関係、養育環境

サヴァン症候群の原因はほとんど生物学的に説明されるため、生育環境等の設定を設けることには意味がない。だからといって、サヴァン症候群の人物を乱発することは、コンテンツの説得力を低下させる。サヴァン症候群は、有病率1％未満の自閉スペクトラム症の中でも、ごくまれに現れる現象であるからだ。

苦手な状況、葛藤の要因

自閉症特有のコミュニケーション方式が、他の登場人物とのトラブルを招く恐れがある。

特定の状況での行動

犯罪：他人との交流に関心がない

基本的に自閉症の人は他の人々との交流に関心がなく、彼らが犯罪意図をもって何かの法を犯すことは想像しがたい。しかし、意図しない行動の帰結として、または彼らの天才的能力を利用しようとする勢力があれば、犯罪にかかわることもありうる。

漫画『辺獄のシュヴエスタ』は、旧教（カトリック）と新教（プロテスタント）が対立した16世紀の神聖ローマ帝国（現オーストリア・ザルツブルク）を背景に、魔女の子としてクラウストルム修道院に強制的に送られ虐待された主人公エラが同じ境遇の少女たちとレジスタンスを組織し、修道院を転覆させる話を題材にしている。

アンタゴニスト（antagonist／敵対者）である修道院の総長のエーデルガルトは、教皇庁まで掌握するという野心をもち、手段と方法を選ばない人物として、旧教貴族と教皇庁主教の弱点をつかむために「一度読んだ資料は絶対に忘れない記憶力」をもつヘルガ・フォイルゲンを利用する。

ヘルガは修道院から逃げようとして拷問を受け、心身にダメージを負った少女だが、拷問の後遺症でまるでサヴァン症候群のような能力を得ることになる。漫画では、修道院生たちを拷問してサヴァン症候群を引き出すための劇的な装置として「感覚遮断タンク」〔24〕を使用する。

ほとんどの修道院生が精神的に破壊されたのに対し、ヘルガは覚醒してサヴァン症候群になったと描写される。しかし、実際には自閉スペクトラム症とサヴァン症候群は先天的なもので、後天的には得られない。ヘルガのように拷問の後遺症で心を閉ざし、他人とのコミュニケーションをやめることは実際にも起こりうることだが、サヴァン症候群のような能力を得たことはフィクションという前提で許容される事例にすぎないといえる。

アスペルガー症候群——知的能力に問題はないが共感力は劣る

韓国のドラマ「ウ・ヨンウ弁護士は天才肌」の人気によってアスペルガー症候群（Asperger syndrome）に対する世間の関心が高まっている。アスペルガー症候群もサヴァン症候群と同様に自閉スペクトラム症の一種だ。意思疎通と社会的コミュニケーションに問題があるが、特定分野において優れた能力を見せることがあるという点で、サヴァン症候群と混同されやすい。しかし、アスペルガー症候群の場合、言語と知能の発達は正常だという点に違いがある。インド映画「マイネーム・イズ・ハーン」のハーン（シャー・ルク・カーン）はＩＱ１６８の天才であり、天才的な実業家ビル・ゲイツやイーロン・マスクなどの人物もアスペルガー症候群だという説がある。

社会的交流が難しい

行動特性

言語の発達は正常だが、他人の言葉を理解する能力(共感能力)は低い。独特の話し方や抑揚などがある。特定の主題に強い関心をもち、相手の反応を考慮せずに行動するため社会的交流に困難がある。

アスペルガー症候群の原因は明確ではないが、家族の中の誰かにアスペルガー症候群の性質があれば発症率が高いという事実から、遺伝の影響があるものと推定される。大脳損傷など脳神経系関連の病気である。原因と症状が不明確であり、ADHDや統合失調質および統合失調型パーソナリティー障害、強迫性障害または双極性障害と混同されることもある。

アスペルガー症候群のキャラ設定:コミュニケーションが難しい

苦手な状況、葛藤の要因

サヴァン症候群と似た特徴はあるが、原因と症状を特定することが難しいため、フィクションの主人公に設定するには無理がある。たまにアスペルガー症候群の人が天才として描写されることもあるが、サヴァン症候群のようにアスペルガー症候群自体が天才的能力をもつことを意味するわけではないため、注意する必要がある。「ウ・ヨンウ弁護士は天才肌」は一般的な自閉スペクトラム症とその障害に対する社会の偏見を描写することで、アスペルガー症候群のキャラクターを天才として描くことについての憂慮を相殺してみせた。

アスペルガー症候群の人は、正常な知能（IQ80以上）をもっている。適切な訓練とケアさえ受けられれば、表向きは無理なく社会生活を送り、職務をこなすこともできる。しかし、アスペルガー症候群の人は、そうでない人とコミュニケーションをとる際に困難を経験する。他人との関係に無関心な自閉症の人とは異なり、アスペルガー症候群の人は他人と対話ができ、アイコンタクトもある程度できる。他人との関係への欲求もあり、不器用なりに関係を結ぼうと努力をする。

問題は、彼らがコミュニケーションにおいて不適切な反応をするため、他人との関係形成に失敗し、傷つく確率が高いという点だ。彼らは関心のある分野が狭く、おしゃべりや雑談ができない。共通の話題や軽い意見交換ができる話題について知っている必要があるが、彼らは自分が好きな話題でなければ会話せず、自分の言いたいことだけを言う。

言語を使ったコミュニケーションの仕方にも問題がある。例を挙げると、冗長で口数が多い、急に話題を変える、ニュアンスを理解できずに文字通りに解釈するなどだ。あるいは、自分にしか通じない暗喩を使う、人の話を聞けない、知識を誇示する、形式にこだわるという特徴もある。特異な話法、声の大きさやイントネーション、韻律、リズムなどが会話の端々で繰り返し現れるといった特徴を見せる［25］。自閉スペクトラム症と同様に感覚的に非常に敏感で、食べ物の好き嫌いが多かったり、決まったデザインや材質の衣服や道具に固執したりもする。

社会的コミュニケーションが難しいという点や、必ず守らなければならない自分だけの原則と常同行動【訳注：同じ行為・言語・姿勢などを長時間にわたって反復・持続すること】などが、他人とのトラブルが生じる原因として描写される。彼らだけの原則と優れた能力によって、普通の人には見えない問題を解決していくのがストーリーラインの中心となる。自閉スペクトラム症に対する社会の偏見も、葛藤の要因として重要である。

特定の状況での行動

日常：結婚するケースもある

自閉スペクトラム症の人は全体人口の1％程度と少なくはないが、彼らの80％が就職できず、就職した人々も能力に見合わない仕事に従事している。しかし、一部の業界、特に理工系では、一つのことに集中する彼らの能力を高く評価し、あえて採用することがある。シリコンバレーで働くエンジニアには、自閉スペクトラム症の割合が高い。これに関連して、シリコンバレーで働く人の子どもには、（遺伝によって）自閉スペクトラム症の子どもが他の職群より多いという話もある。
アスペルガー症候群の人々は他人と深い関係をもたないが、職業訓練を通じて一人でもできることを探せば、何とかして結婚して生きていくこともできる。エッセイ『Songs of the Gorilla Nation：My Journey Through Autism（ゴリラ王国の歌：自閉症を通した私の旅）』の著者ドーン・プリンス＝ヒューズは、36歳で自閉スペクトラム症の一種であるアスペルガー症候群と診断された。それまで彼女は、自分がなぜ他人と違うのか分からないまま、蔑視と冷遇を浴びせる人間社会で傷つきながら生きてきた。そんなある日、偶然訪れた動物園でゴリラたちの世界に足を踏み入れ、それまで人とは交わせなかったコミュニケーションをゴリラの観察によって学んでいく。ゴリラを通じて多様な感情の本質と規則を理解することになり、自分自身の感情をきちんと表現し、相手の感情を把握する方法と、他の人間と自分がコミュニケーションをとる方法を学ぶようになったのだ。こうして彼女は、ゴリラを研究する人類学博士になる。また、同性愛者である彼女は、伴侶としてすてきな女性に出会って家庭を築き、子どもをもうけて暮らしている。治療と周囲の理解、助けがあれば、アスペルガー症候群の人々も家庭を築けるということを示す事例でもある。

「イミテーション・ゲーム／エニグマと天才数学者の秘密」は、主人公のアラン・チューリング（ベネディクト・カンバーバッチ）が第二次世界大戦中、エニグマ暗号機を使用してドイツ軍が暗号化した軍事情報を解き明かしたという実話を題材にした映画である。アラン・チューリングは数学者、暗号学者、論理学者であるとともに、コンピューター科学の先駆者でもある。彼はアルゴリズムと計算概念を「チューリングマシン」という抽象モデルを通して形式化することで、コンピューター科学の発展に多大な貢献をした。

チューリングはアスペルガー症候群でありながらも非常に賢い人物だったが、人間関係においては不器用極まりなかった。チューリングは、ドイツ・ベルリンの潜水艇などから送られてきたメッセージをコード化して解読する暗号学部署（GCCS）において10人余りの優秀な人物からなる研究チームのリーダーとなる。しかし、チューリングはチーム員たちとうまく協力できず苦労する。そんな中でも彼はドイツ軍の暗号を解読し、当時のコンピューターの発達にも大きな影響を及ぼした。

業績が認められ、ハッピーエンドを迎えられればよかったが、そうはいかなかった。彼は当時犯罪者として扱われていた同性愛者であり、結局、警察に同性愛の容疑で逮捕されてしまう。彼は研究を続けるため、刑務所行きを免れる代わりに転換治療〔26〕と化学的去勢を強要され、結局シアン化カリウム（青酸カリ）を塗ったリンゴを食べて自殺する。映画の序盤では、研究室でシアン化カリウムがなくなったと通報があった後、警察が出動したにもかかわらずチューリングは散らかった研究室を掃除し、さらに警察とのコミュニケーションもうまくいかないという演出がある。これは彼が悲劇的な死を迎える結末の伏線になっており、因果関係を示しているといえるだろう。

マーベル映画「ガーディアンズ・オブ・ギャラクシー」で、妻と娘を奪われた復讐をするためにガーディアンズ・オブ・ギャラクシーに合流するドラックス（デイヴ・バウティスタ）は、空気が読めず、ただ力が強いだけの宇宙人だ。彼の種族は特性上、直接的で古風な言葉遣いをする。そのため他の隊員たちと話す時、性的な話や汚い話など、普通は会話で人々が選択しない話題についても、自分がしたいと思えばしてしまうような配慮に欠けた言動を見せる。

しかし、無感情だったり、他人と交流せずに孤立したりするわけではなく、ガーディアンズ・オブ・ギャラクシーの隊員たちを大切にし、家族のように思っている。ドラックスの言動は、アスペルガー症候群の性質を宇宙人に変えたものだと思えば理解しやすい。彼のこのような一面は、他者との身体接触を通じてその感情を読むという途方もない能力をもちつつも、エゴの惑星で唯一の生命体であるため社会性の低いマンティスと会話する際に顕著になる。彼らの絶妙な相性は、屈指のギャグシーンとして評価されている。

犯罪：インターネット上のレスバトル

アスペルガー症候群の人々が見せる〝社会性の欠如〟のせいで、彼らは「変わりもの、間抜け、変な子」といった評価を受けていじめの被害者になりやすく、そのせいで最初から友達作りを諦めることがある。新入りに寛大な宗教に入信することもあるが、宗教生活においても社会性の欠如が問題となり長く続けることは難しい。

彼らは自閉スペクトラム症とは異なり、人と交流する欲求がある。そのため、アスペルガー症候群の人たちは顔を見ながら会話し、非言語的信号を読み取らなくてもよいインターネットでの活動を好む。しかし、会話や書き込みを続けていくと、ニュアンスの解釈や比喩を理解する能力が劣っていることが明らかになったりもする。また、直接的に話す癖からネット上での口論、いわゆる「レスバトル」に巻き込まれることもしばしばある。数年前に韓国のネット掲示板で流行した、社会的スキルが欠如した人を揶揄する「完全体《ワンジョンチェ》」という表現の一部は、おそらくアスペルガー症候群の人を想定していたのではないかと思う。

リプリー症候群――本来の自分ではなく、理想的な他人になりたがる

リプリー症候群（Ripley syndrome）。自身が創り出した世界を事実だと思い込む。その名称は、アメリカの小説家、パトリシア・ハイスミスの小説『太陽がいっぱい』の主人公トム・リプリーに由来している。「虚言症」「空想虚言症」ともいう。事実でないことを事実であると信じるという点において妄想障害（統合失調症スペクトラム）と見ることもでき、自身が創り出した世界を守るために犯罪などの反社会的行動まで起こしうるという点では、反社会性パーソナリティー障害の特性も現れる。

自身が創り出した世界を事実と思い込む

行動特性

自分本来の姿を徹底的に隠し、自分がなりたかった他人の姿を演じる。映画「リプリー」

のリプリーのように綿密な偽装を行うこともあるが、韓国映画「거짓말（嘘）」のアヨンのように嘘をより大きな嘘で覆い隠そうとして苦境に立たされることもある。韓国映画「火車 HELPLESS」のギョンソンも、緻密な計画の末に完璧な他人の人生を得ることができたと思ったが、クレジットカード照会という単純な手続きに足を掬われてしまう。

意外にも、演技力は大して必要とされない。リプリー症候群の人々にとって、自分はすでに自身が創り上げた別の人物そのものであるからだ。

小説『太陽がいっぱい』のリプリー。トム・リプリーは、金持ちで社交界の有名人である友人ディッキーを殺害し、彼になりすまして生きていく。彼の偽りの人生は、ディッキーの死体が発見されたことでようやくブレーキがかかった。アラン・ドロン主演の「太陽がいっぱい」として映画化され、1999年にもマット・デイモン主演の「リプリー」でリメイクされた。韓国でも、ドラマ「ミス・リプリー」としてリメイクされている。

「火車 HELPLESS」で借金に苦しんだギョンソン（キム・ミニ）は、家族もなく一人暮らしのソニョン（チャ・スヨン）に近づき殺害した後、ソニョンとして生きていく。動物病院院長のムンホ（イ・ソンギュン）と結婚の約束までしたソニョンは、夫の両親に挨拶に行く途中、高速道路のサービスエリアで姿を消す。宮部みゆきの小説が原作だ。

韓国映画「거짓말（嘘）」のアヨン（キム・コッピ）は、その若い年齢に似つかわしくない広大な敷地

の高級マンションを物色してまわり、デパートでは高い家電製品を次々と購入（すぐに現金化するが）する。外車を所有する金持ちのボーイフレンドとの結婚を控え、完璧な人生を送るが、実の姿は皮膚科クリニックで医療助手として働く貧しい社会人だった。

〜〜〜〜〜〜〜

無意識の行動と欲求

彼らは実際の自分ではなく、人々にあがめられるほど魅力的な自分になりたいという欲求から、自己愛性パーソナリティー障害と演技性パーソナリティー障害がある可能性が高い。自分に対する高い理想が暗澹たる現実に直面した時、いっそこの現実を離れて別人として生きたいという欲求が高まる。まるでゲームでプレイしていたキャラクターに飽きたら他のキャラクターを選択するように、他の存在になりすまし、自分の望む姿になるための現実的な努力をすることはしない。

偽りの姿にだまされる人々に対して良心の呵責を全く感じず、自分の本当の姿が暴かれる危険を避けることだけに執心する。

なぜリプリー症候群になるのか？

正確な原因は明らかになっていないが、リプリー症候群の症状を見せる人たちの多くが貧しく社会階層が低いという点と、彼らが創り出す世界が実際の自分とは正反対という点から見て、現実を否定し、自身の挫折した欲望を手っ取り早く実現しようとする欲求と関係があると考えられる。知覚には問題がなく、統合失調症のように自分が想像したことを実際に信じるなどの現実検証能力に欠けるわけではない。しかし、実際に自分が置かれている状況（現実）を否定するために、自分の想像を、特定の対象・状況下で現実化することを選択する。

偽りの自分と現実との乖離が大きくなる時

嘘によって偽装した自分と現実との乖離が大きくなり、偽装が発覚するのではないかという不安とストレスはますます大きくなる。不安を忘れるために偽りの姿にさらに執着するようになり、しかし、結局現実での生活ができない状態（妄想障害）になったり、無力感とうつ病にさいなまれて自殺未遂などの極端な選択をしたりもする。

イ・チョンジュンの短編小説『조만득씨（チョ・マンドクさん）』【訳注：2009年に韓国で公開された映画『私は幸せです』の原作】のチョ・マンドクは、平凡な理容師としての収入で世話をしなければならない老母や、頻繁に金の無心にくる弟に苦しめられ、自身が富豪であるという妄想を抱くようになる。自分の主治医に白地小切手を渡すチョ・マンドクの頭の中には、もう金銭問題の悩みは存在しない。しかし、現実の彼の生活はさらに悪化するばかりだ。

自ら創り出した世界を守るために

彼らの犯罪の動機は、自分が創り出した世界を守るためだ。自分が求める人物の身分を得るため、自分の嘘がバレないようにするためには殺人もためらわない。彼らは存在そのものが偽りであるため、身分偽装と職業偽装、詐欺など、偽の自分を創り出し、維持するための全ての行動が犯罪になりうる。

リプリー症候群のキャラ設定：自己愛が強い性格

経済状況や環境が困難な時

経済的・環境的に過酷な状況にさらされた時、自己愛の深さからそのような状況を受け入れられないだろう。そのうえ、これ以上耐えられないほど深刻な事件でも起きれば、別人になりたいという衝動が起こる可能性がある。ここに他者を欺くほど優れた頭脳と緻密さが加わるならば、スリラーや犯罪物の立派な素材になりうる。

苦手な状況、葛藤の要因

嘘がバレる、もしくは周囲に主人公の言動を疑う人がいる時、葛藤が高まる。主人公の嘘と対比される悲惨な現実も、鑑賞者に緊張感を与えられる。

コラム

ミュンヒハウゼン症候群と代理ミュンヒハウゼン症候群

リプリー症候群と時おり混同されるのが、ミュンヒハウゼン症候群だ。リプリー症候群が過大な自己イメージを実現しようとする欲求に起因するならば、ミュンヒハウゼン症候群は他人の関心を引こうとする欲求とより関係性が深い。現実に患っている病気が特にないにもかかわらず、苦しいと嘘をついたり、自傷をしてでも他人の関心を引いたりする症状が特徴である。

彼らはたいてい過保護によって自立能力が欠如し、親との関係が悪く、他人の関心を引いて愛されることを渇望している。依存型と演技型の性格が混じり合った症状といえる。主に身体症状と苦痛を作り出すという点で、リプリー症候群とは区別される。

一方、自分の症状や痛みではなく、他人の病気を偽装して関心を集めようとする場合を「代理ミュンヒハウゼン症候群」という。映画「RUN／ラン」や「死ぬほどあなたを愛してる」は、このような事例を基にして作られた作品だ。

ミュンヒハウゼン症候群＝仮病を作り上げて関心を得ようとする病的心理

「奥歯パパ」イ・ヨンハク

自分と子どもを利用して世間の関心と金銭を同時に得ようとしたミュンヒハウゼン症候群の極端な事例だ【訳注：「奥歯パパ」イ・ヨンハクとその娘は、２００５年頃から韓国のテレビ番組にたびたび登場した。「奥歯パパ」とは、巨大型セメント質腫という病気により、奥歯以外の歯を全て抜いたことからつけられたニックネーム】。演技型パーソナリティー障害および反社会性パーソナリティー障害の合併症も疑われる。「サイコパス検査」とも呼ばれるＰＣＬ－Ｒ検査でイ・ヨンハクは実際に27点（25点以上だとサイコパスと診断）を記録し、その疑いが事実であると確認された。

彼は「巨大型セメント質腫」【訳注：主に下顎に発症する「歯原性腫瘍」の一種であり、セメント質の塊が大量に形成され、非常に大きくなる場合もある】という希少な難病を自分と娘が共に患っており、若くして結婚した妻と貧しくてもくじけず生きていく姿を、マスコミを通してたびたび演出してきた。しかし、このような自分の悲劇を商品として活用し、出版やメディア出演などを通して数億ウォンの募金を集めてそれを着服し、娘と一緒に娘の友達をだまして殺害し、妻には売春をさせて結局自殺に追い込むなどの猟奇的な行動を躊躇しなかった。結局、無期懲役の判決を受け、現在服役中である。

演技性パーソナリティー障害の患者が女性の場合は優雅な演技をするのに対し、男性の場合は反社会的特性が目立ちやすい。これは、社会的に女性性を定義する方式や《DSM-5》のような診断ツール自体に、ジェンダー・バイアスが働いている疑いがあるということだ。

代理ミュンヒハウゼン症候群＝病人を看護して関心を得ようとする病的心理

スティーブン・ホーキング博士の妻エレイン

スティーブン・ホーキング博士はALSと診断された後、長年自分の世話をしてきた妻のジェーン・ホーキングと宗教問題などによって離婚したが、その後担当看護師だったエレインと再婚した。それから数年間、彼は手首が折れて全身にあざができるなどの負傷で治療を受け、エレインは彼を献身的に看護した。身体が硬直して自由が利かなくなっていく天才科学者と彼の世話をする医療関係者の妻という組み合わせは、エレインが大きな関心を集める要因になったと思われる。しかし、前妻のジェーンと息子、そして医療スタッフは、スティーブン・ホーキングの相次ぐ負傷を見て、エレインによる代理ミュンヒハウゼン症候群を疑った。ホーキングはこれを極力否定したが、真夏に40度を超える庭に数時間放置されているところを隣人が写真に撮り、彼が虐待されているということが証明されてしまった。エレインは自己弁護を諦め、結局ホーキングと離婚することになった。その後、エレインは精神科病院に入院して治療を受けることになり、ホーキングを看護して得たメディアの関心を失うことで情緒不安になったともいわれている。

コラム
ミュンヒハウゼン症候群と代理ミュンヒハウゼン症候群

映画「RUN／ラン」で母親のダイアン（サラ・ポールソン）は歩くこともできず、あらゆる病気に苦しむ娘のクロエ（キーラ・アレン）を献身的に世話する。しかし、実はダイアンは病気ではない娘にさまざまな病気を誘発する薬を飲ませ、病人になった娘を看病することで、クロエを完璧に支配していたのだ。クロエは自分の身の回りについて調べるうちに、ある衝撃的な事実を知る。本物のクロエは幼くして亡くなり、ダイアンが赤ちゃんだった自分を幼い頃に誘拐してあらゆる病気を患わせ、看病しながらこれまで自分を育ててきたのだった。以後、映画はクロエがダイアンから逃れるためのスリラー物に切り替わり、緊迫した展開の末、クロエは病院と警察の助けによってダイアンから逃れることに成功する。

素行障害──触法少年と非行少年

われわれは通常、少年の犯罪者を「非行少年」と呼ぶ。法律的観点から非行とは、成人前の少年が刑法上の違法行為を犯すことをいう。すなわち、罪を犯した人が成人でない場合、その犯罪は非行になる。しかし、家出、門限破り、無断欠席などの行為も少年の非行とみなされることがある。

非行とは、社会的定義では犯罪の有無を問わず、少年が犯す全ての逸脱行為を意味する。例えば、他人に攻撃的に接すること、無断欠席、こそ泥、公共物破損、薬物乱用、性的逸脱などがこれにあたる。いわゆる〝不良〟がする行為だ。韓国の場合、少年が社会的に不適切な行動をした時は学校や地域の少年団体に引き渡され、家庭裁判所によって処分を受けることになるが、法律的観点からは犯罪と認定されないこともある。

韓国では刑罰法令に抵触する行為、すなわち法を犯した満10歳以上14歳未満の少年・少女のことを「触法少年」と呼ぶ。この触法少年は、刑事責任年齢の満14歳に達していないため、犯行に責任を負わず、したがって処罰を受けていない。その他、満18歳になっていない少年は処罰を受けるものの、刑事裁判所ではなく家庭裁判所を通じて成人とは異なる手続きを経ることになる。

非行少年の素行障害と反社会的行動性向

非行少年は一般的に素行障害（conduct disorder）や反社会的行動（antisocial behavior）性向を見せる可能性が高い。素行障害には窃盗、放火、家出、欠席、器物破損、動物虐待などが含まれる。素行障害の特性を示す少年が成人以降も深刻な攻撃的行動を見せる場合、反社会性パーソナリティー障害の診断を受ける可能性が高い。

少年は心理的、社会的な成熟に到達する前に知的成熟が先行するが、16歳以上の少年の論理的思考力および言語能力は成人とほぼ同じ水準である。危機察知能力およびリスク推定能力も成人と変わらない。すなわち、少年はあることが危険かどうかについて成人と同じくらいよく理解しているということだ。ただし、いくつかの特定状況においては成人に比べて社会的・情緒的判断能力が落ちることもありうる。

例えば、親や他の大人の管理監督がない場合、興奮した状況では即時的にリターンが得られる競争条件や報酬条件などによって意思決定能力を失うこともあるだろう。例を挙げるなら、監視、監督が一切ない状態で金や物品を引き出しやすい無人カフェに入った10代の少年たちが、防犯カメラに犯行が録画されることを知りながらも窃盗行為を犯すようなケースだ。ひどい場合には犯行現場を離れることもせず、その場で遊んだりもする。発覚すれば処罰を受けることを知りながらも、目先の欲求によって判断能力が鈍ったせいである。

しかし、幼児や児童とは違い、少年は自身の行動がどんなものであり、法的処罰を受けるかもしれない過ちであることをよく知りながら、非行あるいは犯罪に及ぶ。また、その暴力性や残忍さは成人に劣らない。特に校内暴力ではこのような点が目立つが、単純ないじめから組織的な暴力と性暴力、被害学生を脅して他の被害学生を対象にした犯罪をそそのかし、さらには成人犯罪者のように犯罪集団を作って被害者を搾取するケースまである。

最近では、このような少年犯罪がマスコミ報道や被害者の両親を通じて、民願【訳注：韓国で国や自治体等の行政機関に一般市民が請願を行う制度】やメディアへの情報提供によって可視化され、少年犯罪も成人と同様に処罰しようとしたり、少年犯罪の下限年齢を下げたり撤廃しようとする国民世論が韓国において形成されたりもしている。

映画「告白」は、湊かなえの同名小説が原作の作品である。ゆがんだ性癖をもつ男子中学生二人が、ただ関心を集め、加虐心を満たしたいという気持ちから幼い少女を殺害する。幼い娘を失った当該学校の教師は、犯人が少年であるという理由で処罰されないことを知り、他の学生たちが見る前で、彼らが飲んだ牛乳にエイズ患者の血液を混ぜ入れたことを淡々と告白する。母親が娘の復讐をするという内容が、教師が生徒を対象に私的制裁をするという内容と合わさって非常に衝撃的な結末を迎える。

小説『天使のナイフ』は薬丸岳の2003年のデビュー作として、推理作家の登竜門として知られる江戸川乱歩賞を受賞した作品だ。13歳の子どもたちの強盗殺人によって妻を亡くした主人公が、日本の刑法41条により、14歳未満の少年は法的責任を負わず、逮捕されることもない〔27〕という事実を知り、妻の敵を討つことができないことに絶望するという内容である。

仁川《インチョン》小学生殺人事件

2017年3月29日、仁川《インチョン》広域市延寿《ヨンジュ》区東春洞《トンジュンドン》で高校を退学したキム氏（当時16歳）が、小学2年生の女子児童Aさんを誘拐殺人した事件である。当時、キム氏は犯行2カ月前にツイッター上の「自キャコミュニティ」（自分が作り出したキャラクターを意味する「自キャ」として、やはり他人の「自キャ」と決まったシナリオに沿って会話やシナリオを遂行する集まり）で知り合った殺人ほう助犯のパク氏（当時18歳）と、死と殺人について会話を重ねてきたことが分かった。

犯人のキム氏が目星をつけた被害者をおびき寄せ、家の中で殺害した。その後遺体を損壊し、その一部をもってソウルでパク氏に会い、それを渡したという一部始終が知られると、社会に大きな衝撃を与えた。二人とも当時「触法少年」ではないものの、成人でもなかったため求刑できる最高刑は20年であった。最初はキム氏が一人で犯行を行ったと供述していたが、パク氏が自分に犯行を指示したと供述を変えた。検察もやはりパク氏がほう助したというより殺人に介入したと見るのが妥当であるとして、罪名を殺人ほう助から殺人罪に変更し、裁判所もこれを受け入れた。しかし、最終上告審ではキム氏が懲役20年刑に電子足輪着用30年、共犯のパク氏は殺人共謀罪で懲役13年が確定した。

映画「少年は残酷な弓を射る」は、学校の大量虐殺犯になった息子をもつ母親の心理を繊細に描いた映画であり、ライオネル・シュライバーの同名小説が原作である。望まない妊娠により結婚した後、息子のケヴィン（エズラ・ミラー）を育てる中でエヴァ（ティルダ・スウィントン）は、彼にどこか普通とは違う点があることに気づく。ケヴィンはトイレトレーニングをかたくなに拒否しながら、父親の前ではいい子のように振る舞う。エヴァの言葉はわざと聞かず、母親を苦しめたいかのように行動する。エヴァもこのようなケヴィンを理解し、包み込もうとはせず冷たく接する。

母子関係は、エヴァがケヴィンと歳の離れた妹のシリアを産んだことで悪化する。エヴァは、ケヴィンとは違ってかわいくて言うことのよく聞く娘をえこひいきし、彼はそんなエヴァに対してさらに反抗する。ケヴィンがトイレで自慰行為しているところにエヴァが入ってくると、彼女をじっと見つめながら、彼女が出ていくまで行為をやめようとしない。これはケヴィンが母親のエヴァに対して抱く敵意と寂しさをよく表現した場面だ。ケヴィンは妹に対する嫉妬からシリアの片目を事故に見せかけて失明させ、結局父親が買ってくれたアーチェリー用の弓で父親と妹を殺した後、学校に行く。ケヴィンは体育館のドアに鍵をかけた後、その中に閉じ込められた学生たちを弓で撃って大量殺人を犯す。

ケヴィンがここまでした理由についてはいろいろな解釈ができるが、彼がひたすら望んでいたのはただ一つ、母親からの無条件の愛だった。エヴァのことは殺さず周囲の人々を虐殺したケヴィンの行為は、母親が自分に一生縛られることを望んだ子どもの残酷性と依存性を表していると見て差し支えないだろう。

結局、エヴァとケヴィンの真の対話は、ケヴィンが18歳になって成人刑務所に移送される直前に行われる。エヴァはケヴィンになぜ自分に反抗するのか、なぜそんな大量殺人を犯したのかと初めて尋ねるが、彼は「その時には分かっていた気がするが、今では分からない」と答える。エヴァは、「成人刑務所に行けば、これまで少年犯として受けてきた保護はなくなる」と告げて少年院を後にする。

サイコパスとソシオパス——他人の苦痛を感じない

性格的特性やさまざまなパーソナリティー障害、さまざまな症候群を参考にして登場人物を創造する時、その人物間の相互作用も考える必要がある。物語において主導的な人物と反動的な人物、善人と悪人、主人公が成長するために挑戦して倒さなければならないヴィランなど、一人一人に個性と生命力を与えなければならない。

もし主人公と対立する敵対的人物（アンタゴニスト）に主人公とは異なる否定的で悪い面を付与したいなら、どんな特性を与えてどんな人物に仕立て上げるだろうか。おそらく、サイコパスあるいはソシオパスをイメージする人が多いだろう。

神秘的な悪人ではない

普通、「サイコパス、ソシオパスとはどんな人であるか?」という問いには、共感能力がない、罪悪感がない、悪行を楽しむ、生まれつきの悪人などの特徴が挙げられるだろう。ある程度正しい指摘だが、サイコパスとソシオパスの医学的・心理学的な定義として正確な描写とはいえない。

近年、精神医学と心理学の分野においては、サイコパスとソシオパスを区別しないようになってきている。あえて区別するよりは二つの用語を併用し、共感能力をつかさどる脳の特定部位と道徳観念をつかさどる脳の特定部位に問題がある、脳機能障害の一種だとする見方が主流である。すなわち、何か神秘的な悪人として捉えるのではなく、脳機能の問題によって社会的機能の一部を欠いたまま生活せざるを得ない疾患を抱えた患者として捉えるのだ。

クリエイターは、サイコパスやソシオパスである人物を主人公と対比させたり、あるいは似ている点を互いに強調しながら惑星と恒星のように互いを引き立たせたりすることもできる。または、サイコパスとソシオパスの人物が主人公には絶対にできない、しようとしないことを簡単にやってのけることで彼らの邪悪さを強調させ、主人公の善良さを強調させることもできる。主人公がいくら努力しても打破できない絶対悪や必要悪を象徴することもできるし、主人公の任務をことあるごとに妨害させることもできる。このような因縁の設定は、ストーリー展開を大いに面白くしてくれるだろう。

主人公の長所と短所は、サイコパスとソシオパスが持ち合わせるそれらとは真逆のものになりうる。私たちがいくら甘いものが好きでも、食べているうちに飽きがくるものだ。主人公の長所も同様に、鑑賞者にとっては退屈かもしれない。しかし、主人公の長所と対比される性格と特性をもつサイコパスとソシオパスが現れたならどうだろう。鑑賞者の楽しみが喚起されるかもしれない。まるで塩辛いものを食べて、甘いものに飽きた舌に刺激を与えるように。その後にまた甘いものを食べると、よりおいしく感じられるものだ。私たちは結局〝甘辛い〟ものに弱いのである。

他人の苦痛を知らず残忍になる人 vs 他人の苦痛を利用し残忍になる人

精神医学と疾病を分類した《DSM-5》の表に基づくと、サイコパスとソシオパスが属する反社会性パーソナリティー障害は、次の7つのうち3つ以上の条件を満たす必要がある。

1. 法や規則を守らない。
2. 繰り返し嘘をつき、人を欺く。
3. 衝動的かつ無計画である。
4. 暴力的で攻撃的である。
5. 自分と相手の安全に無頓着である。
6. 無責任で経済的義務を守らない。

7．罪悪感がない。

反社会性パーソナリティー障害の中でも、サイコパス、ソシオパスは少数だ。資料によって差はあるが、サイコパスは1%、ソシオパスは4%の頻度で現れる。サイコパスとソシオパスは診断名ではないため、うつ病や統合失調症のように明確な診断基準はない。しかし、精神科医や心理学者らによれば、次のような特徴と違いがある。簡略にまとめると次の通りだ。

サイコパスは生物学的で遺伝的な性格が強く、衝動的で即興的な気質をもって生まれる。つまり、先天的な問題を抱えているということだ。一方でソシオパスは、どちらかというと成長過程で、環境的な要因によって性格的な問題を抱えるようになったケースであると説明される。しかし、ひとたび問題が発現すれば、治ったり元に戻ったりすることは非常に難しい。最近はソシオパスも非常に幼い頃から問題行動を見せ、自分が望むものを得るために方法や手段を選ばないという見方が優勢になった。

明確なことは、サイコパスは脳機能の欠損によって感情調節に問題があり、衝動的な行動をとるということだ。また、人の感情に共感したりそれを理解できず、社会的機能が低下したり、そのような特性のために犯罪に手を染めることもある。ソシオパスもやはり他人の感情に共感したりそれを理解するのに困難を覚えたり、その必要自体を感じることができない。

一方でソシオパスは、一般的な人々が他人の感情に共鳴して影響を受けながら感情によって愛情関係を形成することをよく観察し、これをまねて利用する能力をもつ。実際に、ソシオパスと一般的な人が他人の感情を目にした時に脳のどの部位が活性化されるかを調べた研究では、一般的な人は感情を担当する脳の部位が活性化するのに対し、ソシオパスは理解および推論を担当する部位が活性化するということが明らかにされている。

整理してみると、ソシオパスはサイコパスとは異なり、他人がどんな感情を抱くのかを理解してこそ他人を利用できるということを知っており、これを実行に移すということだ。そのため必要に応じて普通の人のように行動したりもする。道徳性に問題があるのはサイコパスもソシオパスも同じだが、あえて他人の感情を自分の利益のために研究して理解しようとし、これを通じて他人を操ろうとするのがソシオパスだ。

ひとことでいえば、サイコパスは一生善と悪の違いを知らず、ひたすら衝動と欲求に従って過ちを犯す。さらにいうなら教訓を得られない存在であり、自身の過ちによって他人が苦しむということも理解できず、理解する気もないのだ。しかし、ソシオパスは他人を観察し、過ちであることを知りながらも人に苦痛を与えて罪を犯す存在といえる。

主導人物と反動人物の〝甘辛い〟シナジー効果

映画「羊たちの沈黙」のハンニバル・レクター博士（アンソニー・ホプキンス）は、「天才＋高学歴＋優れた審美眼＋食人＋制御不能な殺人鬼＋脱獄犯」という、少々やりすぎなくらいに多様な要素を備えたキャラクターだ。アンソニー・ホプキンスの名演技に支えられ、これらの要素は見事に映画の中で具現化された。この作品以後、実に多くのサイコパスキャラクターに影響を及ぼしている。

光と闇、クラリス・スターリングとハンニバル・レクター

映画「羊たちの沈黙」のハンニバル・レクター博士は、主人公との交流もなく、登場した時点ですでに完成されたヴィランという特異なタイプであり、まるで魔王城の魔王のような存在感を見せる。刑務所の独房に収監され厳重な監視を受けているが、それすらあまり気にしていないような姿で描写される。ジョーカーのような狂人のヴィランとは異なり、彼はいたって正気であり、ただ人をからかうために狂気を表出するだけだ。殺人も食人のために行うもので、彼の医学博士としての知識は食糧を選別し、殺害し、処理するために適切に活用される。

連続殺人犯バッファロー・ビルを追跡する作戦に投入されたＦＢＩアカデミーの若き学生クラリ

ス・スターリング（ジョディ・フォスター）は、殺人者目線の助言を得るために、レクター博士と一種の搾取的プロファイリング師弟関係を結ぶ[28]。映画の序盤で、レクター博士が純真なクラリスの過去をプロファイリングしてからかい、恐怖を与える場面が非常に有名だが、これは観客をクラリスに感情移入させ、レクター博士の悪魔性に圧倒される効果がある。

映画の中でクラリスとレクター博士のイメージは対照的に描写されるが、これを通じてクラリスは堕落せず結局は勝利するだろうし、レクター博士は彼女を打ちのめすことができないだろうという印象を与えている。ところでレクター博士はクラリスをとても気に入っているが[29]、これはクラリスが若輩で未熟でもあるが、純粋で勇気のある人物だったためだ。クラリスが人間的魅力と善良さ、主人公のオーラを兼ね備えていたせいもあるかもしれない。

ハンニバル・レクター博士のようなタイプのサイコパスには、鑑賞者が感情移入する余地があまりない。彼は非常に賢く、かつ恐ろしくて残忍であり、次の手札は本人だけが知っているからだ。実際、このようなキャラクターの天才性は作家のレベルに依存するため、設定をうまく作らなければその存在自体がストーリーを台無しにすることもありうる。ハンニバル・レクター以後、鑑賞者が想定する天才サイコパスの基準自体が大きく上方修正されたためだ。天才サイコパス殺人鬼を設計したいのなら、少なくともハンニバル・レクター級でなければならない。

「深淵をのぞく時、深淵もまたお前をのぞいている」ハンニバルとウィル

映画「羊たちの沈黙」のハンニバル・レクターのキャラクターが人気を集めたあまり、その後もさまざまなバージョンの映画が作られたが、「羊たちの沈黙」以上の人気を博すことはなかった。しかし、アメリカの放送局NBCはレクター博士がクラリス・スターリングよりも前に出会った別のプロファイラー、ウィル・グレアムとの関係を耽美的に扱ったドラマ「ハンニバル」を公開し、これは全世界的にヒットした。

ドラマ「ハンニバル」のハンニバル・レクター（マッツ・ミケルセン）もやはり医学博士であり、多方面に専門知識のある審美眼の所有者だ。ドラマのハンニバルも映画「羊たちの沈黙」のハンニバル同様に食人鬼だが、不気味で恐ろしく描かれることはない。彼はまだ他者の世界、つまり世間一般の価値観に合わせて、まともなふりをして生きているからだ。

ハンニバルは精神科専門医として、FBI長官からスカウトを受けて諮問を任されることになる。表面上は本当に能力のある学者にしか見えない。そのような点においてドラマ「ハンニバル」では、映画「羊たちの沈黙」のハンニバルよりもう少し神秘的な彼個人の生きざまの描写が可能になった。

ハンニバルは見る人までも不安にさせるほど不安定なプロファイラー、ウィル・グレアム（ヒュー・ダンシー）と一緒に仕事をすることになるが、プロファイリングをする度に過剰に殺人犯と

同化するウィルに非常に強い興味をもつようになる。しかし、ハンニバルの策略によってウィルの内面の闇はますます深くなり、ついにウィルは殺人犯になるまで追い込まれてしまう。

映画「羊たちの沈黙」では、光と善を代表するクラリスと闇と悪を代表するレクター博士の対比と協力によって観客の興味をかき立てる。反面、ドラマ「ハンニバル」は連続殺人鬼とプロファイラーという、対立する二人のキャラクターが実際には奥深くで同じものを共有しているという点を強調する。また、ハッピーエンドで締めくくられる「羊たちの沈黙」とは違って、「ハンニバル」は繰り返しプロットを反転させる。

「デクスター」サイコパスを捕らえるのはサイコパス

暗い灯台の下に潜むサイコパスも、物語を面白く展開させることができる設定の一つだ。「彼を知り己を知れば百戦殆《あや》うからず」というが、ドラマ「デクスター」では、主人公が捜査機関の一員として自分と同類の人物を追跡する。

TVドラマ「デクスター」の主人公のデクスター（マイケル・C・ホール）は、科学捜査の観点から完全犯罪を再現する人物だが、自身もまた連続殺人鬼である。彼は自らが殺人を行うために他の殺人鬼のことをよく理解し、法の網をかいくぐる殺人鬼たちを独自の方法で狩って〝処理〟することで殺人欲求を解消する。

彼が殺人欲求をもったサイコパスに育った理由は、幼い頃、生母が目の前で無残に殺されるところを目撃したトラウマのためだ。彼の生母を情報源にしていた警察官の継父（ジェームズ・レマー）は、罪悪感からデクスターを養子に迎える。

継父はデクスターのサイコパス的傾向と殺人欲求に早くから気づき、バレないように適切な標的を選んで殺し、処理する方法を教える。彼が本性を悟られないまま、社会の中で暮らせるようにしたのだ。そのため、デクスターは老練な血痕鑑識官として警察勤務を始める。

ドラマのプロットは、デクスターが殺人者を捕まえて自分のやり方で処理し、何気ない顔で普通の人のように生きていく様と、勘のいい誰かがデクスターが殺人者ではないかと疑うことの二つの要素が絡み合って展開していく。実際、デクスターは同僚刑事から疑いをかけられ苦戦するが、事故に見せかけて彼を処理してしまう。


反社会性と攻撃性は、意外にも犯罪者の追跡や研究を行う上で必須要件となる。自分が敵対する対象を理解し、追いかけ、捕まえて追及するにあたって、彼らを理解することが彼らを嫌悪するよりも助けになるためだ。もちろん、これを非常に高い知能によってカバーするキャラクターもいる。まさにイギリスのドラマ「ＳＨＥＲＬＯＣＫ／シャーロック」のシャーロック・ホームズ（ベネディクト・カンバーバッチ）がその例である。

シャーロックは自分のことを高機能ソシオパスと称して他人に無礼に接するが、無礼なのはソシオパスだけの特性ではない。彼はただ無礼なだけだ。シャーロックがサイコパスやソシオパスというには無理がある。むしろ、ドラマのもう一方の主人公であるジョン・ワトソン（マーティン・フリーマン）と彼の配偶者であるメアリー・ワトソン（アマンダ・アビントン）の方が、属性上、ソシオパスの要素が強い。

ワトソン夫妻は戦場を離れられない戦争狂であり、攻撃欲を昇華させてでも解消しないと耐えられないタイプだ。アフガニスタンで軍医として服務していたジョン・ワトソンは、負傷によって戦場を離れることになり、心理的な要因から足を引きずるようになってしまう。しかし、自分に事件のことを尋ねてくれるシャーロックとペアを組み、初めての事件を解決すると、すぐに元気に動き回るようになる。ドラマ「SHERLOCK／シャーロック」シーズン1のエピソード1には有名な〝シャーロックがジョンをプロファイリングするシーン〟があるが、そこでシャーロックはジョン・ワトソンに「足を引きずるのには心理的な原因がある」とくぎを刺す。ジョンの行動は、シャーロックのこの指摘が事実だったということを裏付けている。有能な傭兵であり、暗殺者であるメアリーに彼がなぜ惹かれたのかは分からないが、ジョンが彼女と永遠を誓ったのもやはり、メアリーの中にあるソシオパスの要素に同質感を受けたためであるという解釈もできる。

サイコパスとソシオパスは常に悪行ばかり働くのか?

人は個人のもつ性質の傾向である〝性向〟によって動く存在だが、その性向が発揮されるのは〝状況〟によるといえば分かりやすい。人は状況に従って行動する。同じ人でも状況によって異なる決定を下し、異なる行動をする。つまり、サイコパスやソシオパスだからといって、常に同じ行動ばかりとるわけではないということだ。

逆に、サイコパスやソシオパスでない人でも、ある状況に直面すれば彼らと変わらない行動をとるかもしれない。極限まで追い込まれた状況で生きるために非常に利己的な選択をしなければならないとすれば、ほとんどの人がサイコパスやソシオパスのように行動するだろう。

キャラクターの性向を決めておいて、常にその性向によってキャラクターが行動するようにすれば、そのキャラクターの考えや言動は非常に平面的に映るだろう。このように話し、行動するだろうと予想ができるキャラクターが、意外な状況で意外な行動をすることによって鑑賞者が面白く感じ、あるいはプロット自体も興味深いものになりうる。

映画「ダイ・ハード」シリーズのヴィラン、映画「ジョン・ウィック」シリーズのヴィランは、さまざまな試練を経て静かに暮らしていた眠れる獅子を起こしてしまう。「ダイ・ハード」シリーズのジョン・マクレーン（ブルース・ウィリス）と「ジョン・ウィック」シリーズのジョン・ウィック（キアヌ・リーブス）は、アクション・ファンタジー界の陰と陽を代表する人物だ。マクレーンは刑事であり、ウィックは引退した伝説的殺し屋であるという点が違うだけで、両者とも望まない方法で家族を失い、流れるままに生きている。

彼らが小さな幸せをつかもうともがく時、ソシオパスのヴィランたちが現れ、彼らの日常を踏みにじる。マクレーンの場合、別居中の妻が勤務するビルをテロリストが占拠し、ウィックの場合は病で亡くなった妻が死の前に自分にプレゼントしてくれた子犬をロシア・マフィアの強盗たちに殺されてしまうという形によって。

彼らは仕方なく自分のものを取り返すために復讐劇に身を投じるが、この復讐劇は彼らの望みとは無関係に巨大な流れとなって彼らを飲み込み、抜け出したくても抜け出せない流れとなる。マクレーンが「簡単に死ねると思うか？」と叫び、ウィックは「そうだ！　俺は戻ったんだ！」と叫ぶように、彼らは仕方なく始めたが完遂しなければならない任務に、半ば自分の意志、半ば他人の意志によって巻き込まれていく。そして、彼らが復讐のためにとる行動はサイコパス、ソシオパスのヴィランたちをも凌駕する。そこに逆転の面白さと、カタルシスが生まれるのだ。

サイコパス、ソシオパスのふりをするキャラクター

主人公やヴィランをだますためにわざと悪行を働き、ヴィランとともに行動するキャラクターがいる。うまく活用すれば、劇的な展開を作ったり、伏線を回収したりするなど、ストーリーを豊かにしてくれるだろう。漫画『ワンピース』の主要人物であるナミは、ストーリー序盤ではヴィランとして振る舞うが、実は故郷の島の人々を救うために巨額の金が必要だったために悪者のふりをしていたことが明らかになる。

『ハリー・ポッター』シリーズのスリザリン寮のセブルス・スネイプ教授は、ことあるごとに主人公のハリーを苦しめるが、実は校長のダンブルドアとともにハリーを守るために努力し、そのために他の人を欺くスパイ行為を続けてきた人物だ。スネイプ教授の場合、実は善良な人物であるというよりは、自らの邪悪さのせいで救済されない人物という表現がより近いだろう。そのため、彼のエピソードは重層的になる。

超越的存在がもつ邪悪さと滅ぶべき運命の人間がもつ善良さの対比

存在自体がサイコパスに近い超越的存在が人間とかかわって〝人間的〟になるケースでは、逆方向のエピソードを創り出せる。人間を餌食にするヴァンパイアが人間と友達になったり恋に落ちたりするなら、吸血欲求を抑制したり、少なくとも親愛なる人間と彼らの周囲の人々を傷つけようとはしないだろう。

しかし、彼のアイデンティティーそのものである吸血欲求が消えることはない。ここから葛藤とエピソードが生まれる。このような描写は実際のサイコパス、ソシオパスを学問的によく知らず、実際そこに大きな関心もない鑑賞者に、取り立てて説明することなしに人物の特性を納得させるのに効果的だ。

漫画『ダンス イン ザ ヴァンパイアバンド』や、Ｎｅｔｆｌｉｘで好評を得たアニメ「ヴァンパイア・イン・ザ・ガーデン」では、人間に愛情をもち、人間と協力するヴァンパイアたちが人間を獲物とするヴァンパイアたちと対立する。「ヴァンパイア・イン・ザ・ガーデン」では、人間とヴァンパイアが最後まで幸せでいられるのか視聴者はハラハラしながら見守るが、ストーリーは予定された破局へと向かっていく。それでもなお、幸せを夢見ることは、たとえそれが無為に終わるとしても美しいものだ。それは残された者の記憶の中に、永遠に存在し続けるのである。

「スカッとする話」と破壊欲求の代理満足

しかし、私たちが物語を創造する時、常にこのように壮大で劇的かつ圧倒的な存在ばかりを題材にするわけにはいかない。近年韓国で流行りの「スカッとする話」は、小市民が小さなヒーローとして、自分の生活に侵入してきた悪者を撃退した逸話が題材となっている。

実際、サイコパスやソシオパスは確率上、全人口の5％程度を占める反社会性パーソナリティー障害と深い関連がある。彼らは先天的、後天的な社会適応障害およびそれによる反社会的言動、思考を特徴とする人々であり、事実上、統合失調症や自閉スペクトラム症よりも有病率が高い。

誰もが自分の周囲で〝平常心を失わせる人〟に出くわした経験があるだろうが、彼らは常識的なレベルでは〝撃退〟されない。彼らを相手にした〝一般人の特殊で果敢な復讐劇〟が短く効果的に描写された「スカッとする話」はますます人気を集めている。

それらの「スカッとする話」における悪者は、校内暴力を日常的に行う不良集団かもしれないし、マンションで騒音さわぎを起こしながらも逆ギレする上の階の非常識な住人かもしれない。ジェンダーの葛藤を引き起こす男性優越主義者かもしれないし、自分より出世した不道徳な同級生や職場の同僚であるかもしれない。現実には、日常生活で悪者に対抗しようとしても、すっきりとした勝利を収めることは難しい。

しかし、「スカッとする話」の話者は後に禍根を残すこともなく、いかにもすっきりと、誰もが一度は夢見たやり方で相手を打ち破る。この過程でカタルシスを味わうには、相手がサイコパスかソシオパスなら最適だ。それでこそ、自分が不法なことや非常識なことをしても許されるし、「何もそこまでしなくても」という言葉を聞かずに「目には目を、歯には歯を」戦術を使えるからだ。

事実、全人口の25分の1がソシオパスの可能性があるという話は、皆が潜在的なソシオパスの可能性をもつことを意味する。「スカッとする話」で快感を覚えるということは、自分の中のソシオパスが予定調和の小さな虚構の暴力を犯し、これを正当化することに面白みを感じるという意味でもある。

「目には目を、歯には歯を」という言葉は小さなことを大きな復讐や処罰に発展させないために設けられたハンムラビ法典を引用した一つの法律論だが、現代ではこれをそのように受けとめる人はいないだろう。現代では「お前がそのように加害したのなら、私はもう少し強烈に、私が感じた絶望よりもひどくお前を懲らしめたい」という意味合いが強いだろう。

人間がもつ普遍的な攻撃欲求を社会的に再編し、すばやく簡単に理解できる長さにする公式が、「スカッとする話」だとしよう。それなら、他人にただ訴えるだけでなく自分の復讐についても説得し、理解してもらうためにはどんな論理が必要だろうか？　「自分も攻撃性を持ち合わせている人間だからそのように対応をした」と認めるよりは「自分を苦しめる人物はただのサイコパス、ソシオパスなので、そんなふうにやり返すしかなかった」「彼らは罪悪感のない怪物だから懲らしめてやったのだ」と正当化し、大衆の共感を得なければならないだろう。「スカッとする話」の人気の秘訣は、おそらくそのような攻撃性の表出を正当化したいという願望にあるのだろう。

火病などの身体症状――まともに表出されなかった怒り

《DSM-4》に、韓国の文化結合症候群として掲載されている火病。《DSM-5》では分類が変わったが、韓国文化と関連したうつ病障害の一つの様相として理解されている。息苦しさ、熱気、首と胸が詰まるなどの身体的症状を伴い、精神医学では火病を「衝撃的な出来事によって生じた怒りまたは憤りを抑制した結果として現れる慢性的心因性疾病」と規定している。

ショックからの怒り、憤りを抑えた結果

映画『王の運命―歴史を変えた八日間―』の思悼世子《サドセジャ》（ユ・アイン）。強迫型の性格と推定される父親の英祖《ヨンジョ》（ソン・ガンホ）の高い期待と帝王学の苛酷な教育によって精神を病んだ思悼世子。彼は典型的な火病症状の他にも、衣帯症（服を裂く行動）など怒りの調節障害に起因した器物破損や暴行、殺人などの犯罪と非行を重ね、結局刃物をもって内殿に侵入した罪で米櫃に

閉じ込められて死を迎える。

歴史的には、思悼世子の他にも、いずれも朝鮮王朝の王やその妃である恵慶宮洪氏《ヘキョングンホンシ》、粛宗《スクチョン》、明成《ミョンソン》皇后などが火病を経験したと伝えられている。火病を患う人物は、韓国の文化的脈絡から説明しやすい。類似の経験が外国の文化的背景、特に個人主義の文化圏では、より破壊的な衝動調節障害の形で現れる可能性がある。

行動特性

普段は口数が少なく、行動も目立たない。消化不良、熱感、息苦しさなどを訴え、顔が火照るような症状が出ることもある。性格によっては静かに涙を流したり宗教に帰依したりなど〝心の中で処理する〟タイプがある一方、物をたたき壊して人々を攻撃する破壊的な衝動調節障害の形態で現れることもありうる。性格にもよるだろうが、大抵我慢せざるを得ない人たちは前者を、我慢しなくてもいいか我慢する必要を感じない人たちは後者を選択する。

無意識の行動と欲求

怒りの表出と理解および共感の欲求。火病患者の身体症状は表出できない怒りだ。感情の受容と適切な表現によって怒りのレベルを下げなければならないが、そうできない状況である場合が多い。自分の感情を聞いて理解してくれる人がいれば、症状は大きく好転することもある。

なぜ火病にかかるのか?

火病の原因は「怒りの抑制」として理解できる。火病を患う人たちをインタビューしてみると、悔しい思いをし、その怒りをまともに表出できなかった場合がほとんどだ。火病患者が訴える「胸につっかえた火の玉」とは、表出されていない怒りであるといえる。

精神的問題が身体的症状として表出される精神病理を身体症状(somatic)症というが、火病はこの点において身体症状症の一種と見られる。精神的問題が身体症状として現れる理由としては、知的能力が不足しているため本人の心の状態に対して正確な理解ができない場合や、文化的規範または社会的地位のために自身が苦しく、心が傷ついたということを表現できない場合などがある。過去の家父長制文化の下で生きてきた年配の女性たち、あるいは家長、中間管理職など、自分の社会的地位のために感情を訴えられない中年男性たちに多い。

一方、子どもや青年は火病を訴えることが少ない。彼らは人生で否定的な事件を経験する確率が低く、また否定的な事件を経験したとしても怒りを表出して問題を解決する機会が多いからだ。

怒りの原因に対する感情を表出できない

怒りと怒りの原因に対する感情などを表出できない。感情の認識や表現を妨げる社会文化的要因が作用する。自分が経験したことが特別に不当であると感じる認知様式も、火病の原因になりうる。

うつ病や高血圧、心臓まひなどを引き起こす

うつ病（大うつ病性障害、双極性障害）とともに現れることがあり、激しい怒りは高血圧や心臓まひなどの脳、心血管系障害を触発することもある。韓国の朝ドラでよくあるような社長やその夫人などが怒った後に首筋をつかんで倒れるようなケースだ。うつ病がひどくなれば、全ての人間関係を断って行方をくらますことや、自殺を図るようなこともある。

間欠性爆発性障害タイプの犯罪

間欠性爆発性障害、つまり怒りの感情調節障害による犯罪につながる可能性がある。とはいえ、このような方式で怒りを表出することになれば、もはや火病の領域とはいいがたい。財閥のような支配階級の人物たちは、パワハラなどを通じて自分の怒りを表出する。

火病のキャラ設定：韓国人の特性

韓国の文化結合症候群であるため、韓国を背景にもつ主人公を設定する確率が高い。職業、階層、性別とは関係なく火病にかかることはあるが、年齢は少なくとも中年以上である必要がある。

否定的な感情やストレス

火病は、否定的な感情やストレスをうまく表現できないことに起因する。そのため、そうなるだけの説得力のある状況を作ることがカギとなる。男性中心社会における女性や、身分制社会の下層民、学習機会に恵まれなかった学歴コンプレックスのある層、家庭や企業の重責を担う人などが主人公に適している。表現することが苦手な回避型の性格や、自分が経験したことを否定的に解釈する偏執型の性格など、性格的な面も火病に影響を及ぼしうる。

苦手な状況、葛藤の要因

感情表現を妨げる状況は火病を悪化させる。ストレスは大きくなるのに感情表現の方法がないという状況が続くと、健康に深刻な悪影響を及ぼすため、健康を損なわないためには何とか心をコントロールする必要がある。怒りを〝恨《ハン》〟【訳注：韓国文化において、果たされなかった願望等に対する悲しみや無念などの感情を表す言葉】に変えることもその一例であるが、怒りの原因を外部から内部（自分のせい）に転化して、否定的な感情を緩和させることになる。

神病と憑依——体内に入ってきた超自然的存在

神病は、巫堂《ムーダン》【訳注：朝鮮半島の伝統的なシャーマンのこと】になる人々が巫堂になる前に患う病気として、《DSM-4》にも載っている韓国の文化結合症候群だ。身体に震えがきて痛みがあったり、長期間具合が悪かったり、幻聴があったりもする。普通の生活が困難なほど心身に変化が生じるが、病院に行っても特に原因が見つからず、巫堂になって初めて治癒する。正確な統計はないが、女性に現れることが多い。

韓国固有の文化的現象であるため、巫堂になるべき運命の女性チョウォン（イ・ダヘ）と一般人男性ムビン（キム・ソンミン）の愛を描いたドラマ「花の仙女様」を除けば、神病をそのまま扱ったコンテンツは見当たらない。万神《マンシン》【訳注：女性の巫堂の尊称の一つ】キム・グムファ先生の生涯を扱った映画「만신 김금화（万神キム・グムファ）」では、グムファ（ムン・ソリ）が神病にかかって巫堂になる過程が描かれており、慰安婦たちの苦痛を描いた映画「鬼郷」では、若い慰安婦たちの魂を故国に連れてくるために選ばれたウンギョン（チェ・リ）がつらい記憶から抜け出し、神の道具になる手段として〝降神〟が起きる場面が出てくる。

それに対して、〝憑依〟は神や鬼神（悪霊）が人の身体に憑くものであり、これに関連した現象は時代や文化を問わず普遍的に現れるため、多くの映画やドラマなどで描写される。神病にかかって巫女になった人（霊媒）は自分の意志で神がかりになることができ、大抵の場合大事には至らないが、悪霊がある意図をもって一般人の身体に入る憑依では大きな問題が生じる。

さまざまな宗教的背景をもつ退魔、除霊などの儀式が核心となる。この際には除霊師と憑依した悪霊との闘いや除霊師たちの関係、憑依された人物の個人史に焦点が合わされるが、他のコンテンツと同様、説得力のあるキャラクター設定がカギとなる。

先端科学の時代ではあるが、映画「エクソシスト」「オーメン：ザ・ファースト」などの古典的外国作品から、韓国映画「プリースト 悪魔を葬る者」や「哭声／コクソン」、ドラマ「客－ザ・ゲスト－」「謗法～運命を変える方法～」など、霊媒と悪霊が登場する〝憑依もの〟の人気は相変わらず高い。主にホラー物になるが、上手にストーリーを練れば映画「ゴースト／ニューヨークの幻」や「ハロー!?　ゴースト」などのメロドラマやファミリーものにもできる。

最近では男の巫堂が主人公として登場し、犯罪捜査を助けるフュージョン形式の憑依ものも流行している。１９７８年、実際に巫堂が捜査を助けた事件を扱った映画「極秘捜査」から、ドラマ「今からショータイム」「美男堂の事件手帳」などがその後に続く。犯罪自体はもちろんのこと、巫堂と刑事の関係性や霊たちの事情も十分にストーリーの要素となりうる。

体がずきずき痛み、超自然的存在に襲われる

行動特性

神か悪霊かの違いはあるが、神病や憑依は全て〝超自然的存在〟が人の体内に入ってくることであり、以前の性格、行動とは全く異なる行動様相を見せる。大抵憑依した存在の性格が反映されるが、位の高い神や悪霊を憑依させるには、歴史、宗教、文化に関する体系的な研究が必要となる。

しかし、焦点が超自然的存在そのものではなく憑依された人と主要人物（除霊師を含む）の心理的葛藤にあるなら、クリエイターは神病や憑依がどのような心理的原理によって発生するのか理解しておく必要がある。

無意識の行動と欲求

神病や憑依は、現代の精神医学では解離性パーソナリティー障害の範疇として理解される。先に「多重人格」の解説で見てきたように、個人が耐え難いほどの大きな衝撃やストレスを受けた時、アイデンティティーの統合を保てずに精神の一部が分離されるが、過去にはこれが超自然的存在の憑依であると説明されてきた。もちろん、憑依にまつわる現象を「解離」

で100%説明できるわけではない。

なぜ神病にかかるのか?

この病気は巫堂になることで治癒する。つまり、病気の原因は神である。もちろん、神の存在は科学的に究明されていないが、神と関連する信念体系は文化によるものだ。以下は、神病の原理に対する文化心理学の解釈である。

神病の文化心理学的解釈

古来、巫堂は主に女性がなるものだった。地域によっては男性巫堂がいるところもあるが大多数は女性であり、これは現在でもそうである。過去には女性たちは社会進出が制限され、学習からも疎外されていた。そのため悔しくもどかしいことが起きても、これを解決する方法から遠ざけられていた。そのうえ、男性中心の社会的秩序において女性たちは守らなければならない道徳も多く、してはならない禁忌も多かった。このような状況は、精神の健康にとって非常に有害だ。ストレスと怒りが長く続くと、心身を病むことになる。神病と同じく《DSM-4》に掲載された火病がその代表的な例だ。

怒りと抑うつ状態が続くと、身体的にも反応が現れる。免疫システムが異常を来し、胸がどきどきし、血が集中する心血管系の症状を伴う。〝恨《ハン》〟はこのような怒りを静めるための韓国人の防衛機制だった。怒りと無念を招いた原因を自分に向けることで、耐えがたい感情から抜け出そうとするのだ。

しかし、全ての怒りをコントロールできるわけではない。抑えきれない悔しさや怒りが一人の人間の精神の限界に達すると、心の一部を自分の心から分離してしまう「解離(dissociation)」が起きる。このような観点から、神病にかかった人に憑いた神は「解離された精神の一部」であるという説明が可能になる。

神は全知全能の存在だ。学びの機会を与えられず、意思表現を抑圧されて萎縮していた彼女たちの精神が反対方向に極大化され、表出されたのが神といえるのではないだろうか。知ることもできず、語ることもできなかった彼女たちは、神が体に憑いた後には世の中の事情を知ることになり、相手が誰であれ躊躇なく怒鳴りつける。

神病に象徴される解離された精神は、降臨の儀式「クッ」を通じて統合される。もちろん、再び統合されるという意味の統合ではなく、精神の解離した部分を自分のものとして認め、その存在と共存することを受け入れるという意味での統合だ。精神を統合した神病患者は、もはや患者ではなく、〝巫堂〟という新しい自我をもって以前とは全く異なる人生を送ることになる。自ら取り憑かせた神の能力によって他の人々を助ける、神と人間の媒介者という新しい自我をもつようになるのだ。

まだ科学的に究明されてはいないが、巫堂たちの神秘的な能力は分裂した自我を統合する過程で発見された、人間の精神領域といえるのではないか。巫堂たちの壮絶な祈りは（もちろんまともな巫堂たちに限って）人間の精神を高度に集中させ、これまで発見できなかった脳のある部分を活性化させる手段なのかもしれない。

一方、憑依は主に悪霊の目的のために行われる。恨みをもった悪霊、または古代の悪魔など、いわゆる〝格のある〟者から、呪われた家の地縛霊やいたずら好きの妖怪に至るまで、自分の目的を果たすために誰かの身体を借りるというエピソードをもつ。この際、憑依される人は運が悪いということもあるが、大抵精神的に脆弱な部分があり、簡単に憑依される理由があることが多い。

身体症状症

各種の身体症状が実際に起こるため、身体症状症としても考慮できる。言い換えれば、心の問題が憑依として解釈される可能性があるということだ。未解決の過去の記憶が身体症状として発現され、これを自覚できない人々が自分の症状を憑依として説明し、理解するのだ。このような症状は韓国文化では神を身体に宿し憑依させてこそ治癒するが、親が子どもを巫堂にしたくないとか、本人が巫堂になりたくない場合、神の降臨を拒否することもある。最後まで神を拒めば、本人が非常に苦しいだけでなく、家族の中の誰かに移ったり、まわりの人が死んだり怪我をすることもある（と信じられている）。

憑依治療（除霊）の原理と心理的機能

憑依した悪霊はその人の〝解離した精神の一部〟である可能性がある。憑依の症状である幻覚と幻聴は統合失調症、すなわち過去に「精神分裂」と呼ばれた精神障害の典型的な症状でもある。いずれにせよ、憑依された状態は決して正常とはいえない。したがって、治療しなければならないが、大抵宗教的なアプローチが行われる。

除霊の儀式や「クッ」の過程を見ると、司祭（巫堂）が人に入り込んだ悪霊を呼び出し、さまざまな儀式を経て悪霊を追い出すという方式で行われる。このような儀式の機能は、患者本人に分裂した精神を認識させ、それらを消滅させる過程を可視化することで、本人に問題の原因が除去されたことを確認させることにある。

人間の心の作用は非常に複雑で理解しにくい。自分が経験している心理的問題を正確に把握してそれに直面し、また合理的に解決することは、現代社会においても簡単ではない。心に負った大きな傷や解決されていない感情の残滓は、人の体（身体症状）と心に持続的な影響を与える。

思い出したくない記憶、あるいは思い出せない記憶や感情が知らないうちに意識をかすめると、理由は分からないが体がむずむずしたり、何かが胸を押さえつけるように感じられたりもする。そのような記憶や感情は、私たちが思い出せない幼少期の記憶や、思い出そうとすると意識的、無意識的な抑制が作用する部類のものだ。そんな時には、〝自分が自分でない〟ように感じたり、自分の中の何者かが悲しくて泣き叫んだりすることもあり、怒りでいっぱいになり、どうしていいか分からない状態になる。悪霊などの超自然的存在は、そのような状態を説明してくれる。

「あなたの心を苦しめるのはお父さんが捕まえて殺した蛇だ」「子どもの病気が長引くのは悪霊が憑いたためだ」「わけもなく肩が痛いのは、無念な思いを抱えて死んだ誰かが肩に乗っかっているためだ」「仕事がうまくいかないのは、先祖の墓の世話をしなかったためだ」等、このような説明を聞いた人はひとまず気が楽になる。不確実性が大きく解消されたからだ。何も分からないまま不安と苦痛に苦しんでいた時に比べれば、多くのことが明らかになった状態だ。

エクソシスト、巫堂、司祭、その誰であれ除霊をする人々は悪霊を形象化し、それを追い出す儀式を始める。司祭の言葉は患者（憑依された人）にとって一種の暗示になる。これから霊が姿を現し、身体の外に出ていくという事実が司祭の言葉と儀式の手続き、雰囲気の中でだんだんと具体化されるのだ。

儀式が終わって司祭が患者の身体の外に出てきた霊を何か（容器など）に封印して埋めたり、燃やしたりして消滅させれば、患者たちは自分の問題がもう自分の外に抜け出て消滅したと信じるようになる。除霊の儀式は、内面の問題が具現化して消えていく一部始終を患者に視覚的に見せる機能をもつ。問題が消え、しかもそれを直接目で見ることができれば、どれほど心が楽になるだろうか。人の病気の多くは心から来る。その心を楽にすれば、大半の病気はよくなるものだ。

憑依されたキャラの設定：精神的な脆弱性をもつ

憑依される人物は精神的な脆弱性をもっている場合が多い。不安定な幼少期の経験や人生で経験したトラウマの影響かもしれないが、親の養育態度との関連については「多重人格」（188ページ）を参照してほしい。

苦手な状況、葛藤の要因

- 平凡、または鑑賞者が感情移入できる人物の原因不明の憑依
- 本来の姿からほど遠い憑依された人の姿とこれを見守る周辺人物たち
- 世の中の矛盾につけ込む悪霊の存在が与える不快感、緊張感
- 除霊師と悪霊、除霊師と周辺人物（憑依された人の家族）との葛藤
- 除霊行為と社会規範、倫理観との葛藤

・除霊師の性格や過去が引き起こす葛藤

犯罪

巫堂、除霊師などの霊能力者が悪意をもってある人の身体に超自然的存在を憑依させることや、災いを引き起こすこともある。映画「哭声／コクソン」で描写された呪詛をかける行為や、ドラマ「謗法～運命を変える方法～」で扱っている方法（物などを利用した呪い）などがその例だ。韓国文化では、呪いをかけて人に危害を与える巫堂はまともな巫堂ではないと評価されるが、朝鮮王朝の公式記録である『朝鮮王朝実録』に出てくるチャン・ヒビンと仁顕《イニョン》王后の例などにも呪いの方法が登場するように、昔も今も闇の需要はあるものだ。

巫堂の中には、平凡な身体症状症を神病であると偽り、大金を払わせて降臨「クッ」の儀式をするという人物がいる。このような人には天罰が下ることを願いたい。

その他の注意事項

憑依を超自然的存在の介入と見るか、純粋に精神的な問題としてアプローチするかを先に決めておく必要がある。悪霊などの超自然的存在の憑依なら、その悪霊の存在理由と悪霊が憑依者の体内に入る妥当性を十分に確保しなければならない。精神的な問題であれば（まだこの観点のフィクションは見たことがない気がするが）精神力動理論と精神医学に対する深い理解が必要だ。

どちらにしても、憑依や除霊などのテーマは、巫俗学、民俗学などの調査研究の裏付けがなければ、韓国文化の脈絡から外れた「どこかで見たような」安っぽくて雑多なスリラーにしかならない。「悪霊が出て、巫堂が出てきたらだいたい怖くなるだろう！」というようなアプローチでは困る。また「恐怖の文化」と神、悪霊、霊媒、除霊などの文化的脈絡を理解することは必須となる。

PROBLEMATIC CHARACTERS
psychology

第7章

キャラクターに生命を吹き込む

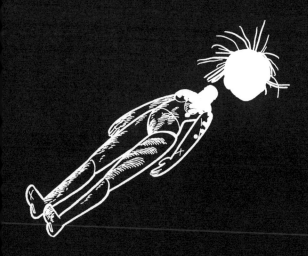

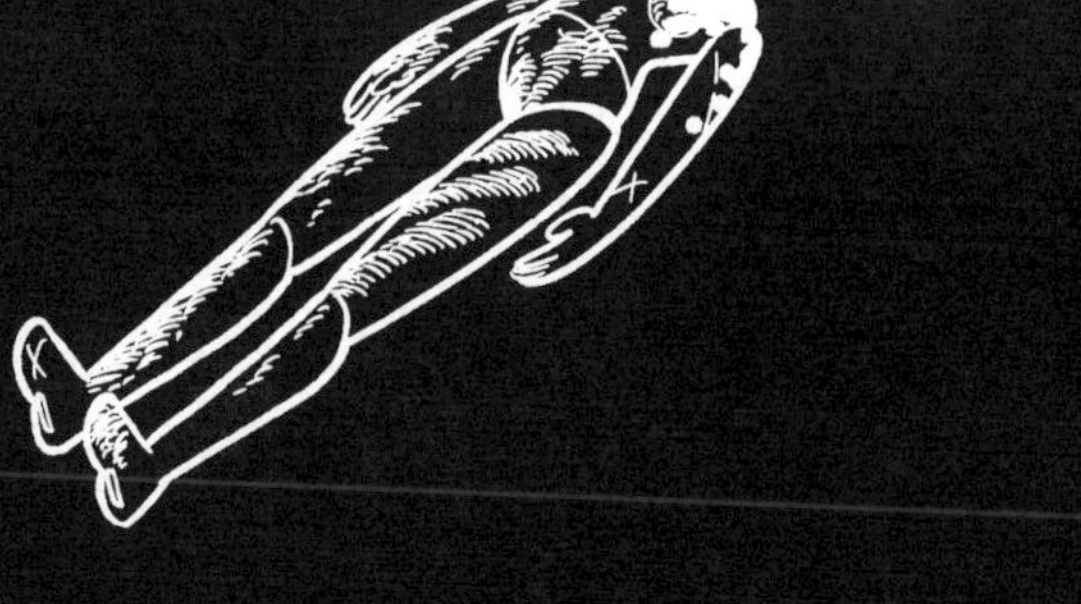

個人の性格に影響を及ぼす要因

性格とは、個人が固有にもつ行動、思考、情緒表現の方式である。性格が生まれつきなのか環境の影響なのかについては長い間議論の対象だったが、最近では生まれつきの部分は「気質（temperament）」と称することになっている。性格の中に気質が占める部分は少なくないというのが定説だが、外部に見せる行動は環境的な影響が大きい。例えば、内向的な気質をもって生まれた人が社会生活に適応するために対人関係において積極的に行動する場合などがそうである。そうすると、外向的な行動様式がその人の固有な性格に定着することになる。

次に、個人の性格に影響を及ぼす要因を簡単に整理してみよう。

気質

生まれつきの性向や好み。行動に表れる気質のうち、内向性と外向性はその代表的なものだ。その他にも、刺激に対する敏感性（刺激追求vs刺激回避）や行動の調節焦点（向上vs回避）、神経症、完璧主義、衝動性なども気質の影響があるだろう。遺伝などの生物学的要因が大きく、家族歴などが重要に作用する。

気質は、人物の性格を説明する最も簡単な手段だ。「彼は生まれつきそうなのだ」といった記述だけで十分だからだ。しかし、気質は環境と相互に作用するものだ。人物の行動理由を気質ばかりで説明してしまうと、ストーリーが面白くなくなる。

性別

男性と女性には遺伝子レベルの違いが存在する。身体の構造と機能、ホルモンの分泌と作用などによって生物学的男性性と女性性が表れる。生殖に関与する性ホルモンの影響によって、男性は攻撃的で衝動的な属性を、女性は包容的で社会的な属性を見せる。

次に、人類が男性と女性の役割を区分して進化してきた期間の影響によって表れる進化レベルの違いがある。狩猟と戦争、集団間の階級によって生活してきた男性と、共同作業や分配、社交などに慣らされた女性の脳は、それぞれ異なる方向に特化している。

最後に、各社会が追求するジェンダー役割による社会（文化）レベルの違いもあるだろう。ある社会では生物学的、進化的な役割がより強く要求されるが、さまざまな理由で男性と女性の役割に差が少ない社会もある。性別は各文化による気質表現の違い、要求されるジェンダー役割、成就および挫折の経験などと関連して重要なテーマとして扱うことができる。

出生順位

心理学者のアドラーが具体化した理論である。子どもの出生順位によって、親と社会からの期待、子どもたちの欲求充足の方式が異なり、これは性格に反映される。例えば、長男は権威主義的で保守的であり、末っ子は自由奔放で愛されたいという欲求が強く、中間順位の兄弟は競争に追いつけず気後れすることや、両親の承認を得るためにナイスガイ症候群になる傾向がある。アドラー自身は7人兄弟の2番目だったが、兄と弟たちに挟まれていわゆる「ミドルチャイルド症候群（middle child syndrome）」を体験したと告白している。

出生順位は時代の様相や文化、性別などと相互に作用し、人物の行動に大きな説得力を与える。例えば、過去の韓国では5～6人兄弟が基本で、男女の社会的役割に大きな差があった。そんな時代に長子が男か女かということは、個人の運命を左右する条件にならざるを得なかった。

親の性格

親の性格は養育態度に影響を及ぼし、養育態度は心理学において子どもの性格を予測する上で最も大きな要素となる。親が厳格であれば子どもは強迫型、回避型の性格になる可能性が高く、親が放任主義だったり情緒が希薄だったりすると統合失調質の性格、親が度を越して強圧的であれば反社会型の性格に成長する可能性がある。詳細については第1～3章の「性格スペクトラム」を参照してほしい。

家庭環境

家庭環境は欲求の充足と関連する。経済的に余裕のある家は子どもの欲求の充足に敏感であり、欲求が適切に充足された子どもはおおむね適応的な性格に成長する可能性が高い。その反面、挫折の経験はうつ病や精神不安などの問題につながりかねず、欲求の抑圧や抑制は別の行動を呼び起こす可能性がある。また、社会経済的水準によって生活する居住環境と出会う人々の種類などが変わる。そこで得られる経験と、相互作用の質に差が出る可能性があるということだ。一般的に親の性格、または養育方式ともある程度の関連性がある。

文化

文化とは、環境に適応するために人々が創り出した価値体系である。そして、人はその価値に影響を受ける。すなわち、人は文化を作り、文化は人を作るというわけだ。特定の文化の下で生まれ育った人は、当該文化が社会の構成員に要求する価値を内面化することになる。それらの価値は程度の差はあれ、人々の行動範囲を規定する。

最近、特に韓国の子ども向けのアニメーションで時おり感じることだが、登場人物のセリフや感情の処理がかなり〝日本的〟に思えるものがある。なんといってもそのジャンルのコンテンツの元祖が日本であることもあり、また製作に関与する人々が日本のコンテンツに深く影響を受けているためと見られる。他文化の行動様式に対してはどうしても異質感を抱くものだが、そのような異質感が蓄積されると必然的にストーリーに没頭できなくなる。

時代、世相

特定の時代にタブー視される、または推奨される価値観は個人の行動を決定づける。とりわけ社会の変革期や戦争などの事件は、個々の人生に取り返しのつかない変化をもたらす。また、重要な他者との別れや喪失、追求していた目標の挫折などは、人の性格に甚大な影響を及ぼしかねない。このことは時代劇など、現代ではない他の時代を扱う際には必ず念頭に置いておかなければならない。

人物の性格（考え方や情緒表現などを含めて）は時代と世相の範疇にとどめる必要がある。ここで注意すべきなのは、主人公の能力を強調する際、時代背景からあまりにかけ離れた設定をしてしまうと、それが作品への感情移入を一瞬で途切れさせる要因になってしまうことだ。例えば映画「王の願い ハングルの始まり」では、僧侶が王の前で目を見開いて「王の役目をしっかり果たしなさいということです!」と盾突く場面が出てくるが、いくら当時の国王である世宗《セジョン》が仏教に寛大だったといっても、儒教の国である朝鮮王朝において僧侶が王に対して取りうる行動では絶対にない。

最後に、ここまでに述べてきた性格に影響を及ぼす要因は、相互に作用しながら個人の性格に影響を及ぼす。要因の比重や、特定の要因が影響を及ぼす時期や事件を決定するのは、クリエイターの役割となる。性格に影響を及ぼすような要因を教科書的に追加したり、クリエイターが特定の要因の影響を過信したりしてしまうと、それが蛇足になって説得力を下げることになりかねない。

ストーリー設定を豊かにする一般精神病理

主人公など作中人物の精神病理は、時にフィクションのストーリーを劇的に演出する要素となる。社会的役割にまつわるアイデンティティーの極度の混乱は統合失調症に、目標の挫折や大切なものを失うことはうつ病につながりかねない。また、作中の人物が体験する精神障害は、状況または周囲の人たちとの相互作用を通して別のストーリーラインに派生させることもできる。クリエイターがこのような精神病理について基本的な知識を身につければ、作品のストーリーと登場人物の葛藤の構造、感情描写を豊かにするのに大きな助けとなるだろう。

統合失調症

統合失調症は、精神病理の中でも最もよく知られている部類だろう。代表的な症状である幻覚、妄想、奇怪な言動などが統合失調症の特徴である。統合失調症は、思考、知覚、情緒、行動および社会活動など、さまざまな精神機能に異常をもたらす主要精神障害の一つであり、疾患の経過と予後が多様かつ深刻である。

統合失調症はその症状と様相によっていくつかの障害に区分されるが、先に性格スペクトラムでも見てきたように、統合失調質・統合失調型パーソナリティー障害と、妄想が主となる妄想障害、比較的短い期間に症状が現れる短期精神病性障害などがそれにあたる。

統合失調症の進行は前駆期、急性期、残遺期に区分される。症状が主に発現する急性期は短く、生活と役割遂行に困難を来す前駆期と残遺期が相対的に長く持続する【訳注：日本の精神医療では、「前駆期（前兆期）」「急性期」「安定期」「慢性期」等の４段階に分けられることもある】。

- 前駆期：個人の役割遂行が著しく低下する、社会的萎縮、優柔不断、意志の欠如
- 急性期：幻覚、妄想、瓦解した言語および行動
- 残遺期：前駆期に類する症状、症状自体は好転するが適応に困難を見せる

統合失調症はさまざまな原因が複合的に作用して現れるが、脳機能の異常、ドーパミンの過剰分泌などの先天的要因が大きいものとして理解されている。同じ経験をしても先天的脆弱性をもって生まれた人が統合失調症にかかる可能性が高いという意味だ。先天的脆弱性に加えて、役割遂行の混乱など環境的影響が作用して発病するものと理解される。もちろん

フィクションでは、先天的要因よりは主人公が体験する役割混乱やストレスを、より説得力をもって提示する必要がある。映画「ビューティフル・マインド」のジョン・ナッシュ（ラッセル・クロウ）の場合には天才のプライドと成功への欲求が、映画「シャッター アイランド」のテディ（レオナルド・ディカプリオ）は子どもたちの死の衝撃と妻を殺したという自責の念が、映画「ブラック・スワン」のニナ（ナタリー・ポートマン）は母親の執着と承認欲求がそれぞれ統合失調症の原因として描かれる。

観客たちはどこまでが現実でどこまでが主人公の幻覚（または妄想）なのか混乱しながらも、主人公の心理的葛藤に共感し、ストーリーにのめり込む。

大うつ病性障害（うつ病）

最も疾患を有している人の割合の高い精神疾患である。抑うつ感と悲しみ、絶望など気分の変化が目立ち、認知機能が低下し、対人関係を忌避して人とまともに交流することが難しい。睡眠パターンおよび食事パターンが崩れ、世の中に対する興味と欲求が失われる。男性より女性の方がかかりやすい。他のさまざまな精神病理とともに現れ再発することが多く、持続的な管理が必要である。

原因としては、愛する人の死や目標の挫折など、重要な対象の喪失が挙げられる。医学的にはドーパミン、セロトニンなどの神経伝達物質の異常または副腎皮質や甲状腺機能の異常があり、家族歴などの遺伝的要因も作用する。女性の方がうつ病にかかりやすいのは、妊娠、出産、生理等によるホルモンの変化や、ガラスの天井、職業経歴の断絶などの社会的挫折が理由として推定される。

時期的には、学業や就職などで挫折しがちな20代、ホルモンの変化が激しい出産後や更年期、子どもが成長して独り立ちした時（巣立ち症候群）や退職後などにかかりやすい。いかなる理由であれ、人生の意味を喪失することになれば絶望と無力感にさいなまれて憂うつになる可能性が高い。また、統合失調症や不安障害など他の精神病理が慢性化することがうつ病につながる場合も多く、うつ病が慢性化し、幻覚や妄想などの統合失調症の症状が現れることもある。

フィクションでは、うつ病は主人公の挫折と喪失の結果として描かれ、無気力で陰鬱な状況を表す装置として活用される。うつ病を扱った映画としては、繰り返される日常に生きる意味を失った女性たちを描いた映画「めぐりあう時間たち」や、うつ病の症状と治療過程を題材にした日本映画「ツレがうつになりまして。」などがある。

双極性障害（躁うつ病）

躁病とうつ病が交互に現れる。双極性障害とは、気分が両極を行き来するという意味である。躁病とは、異常なまでに意気揚々として自信とエネルギーに満ちあふれた気分が1週間以上続く症状である。この期間は眠らなくても疲れないし、絶えず新しい考えとアイデアが浮かぶ。妄想と幻覚が現れることもある。

うつ病から双極性障害に転換されることもあり、離婚や別居、職業不適応、社会的孤立、薬物乱用などと関連性がある。一貫して気分が落ち込むうつ病とは異なり、躁病期間が現れるため、周囲の人は「良くなった」と思いがちである。しかし、躁病からうつ病に移行する時が本当に危険であり、この際に極端な行動をとる確率が高い。うつ病とは違って、有病率の男女差はほとんどない。

有名な芸術家または作家の中には双極性障害を患っていたと考えられる人が多く、実在の人物としてフィンセント・ファン・ゴッホやシューマン、ヴァージニア・ウルフが代表的だ。双極性障害を扱った映画としては「心のままに」「それでも、やっぱりパパが好き！」などがある。双極性障害の特性上、主人公の劇的な感情変化とそれによる葛藤や、主人公が主観的に体験する躁病状態とうつ病状態の対比が劇的に描き出される。

不安障害

不安な感情を主症状とする精神障害のこと。不安とは、否定的な結果が現れるかもしれない危険な状況における不快で苦しい感情であり、交感神経系の興奮および身体的反応を伴う。不安を感じる状況と対象は多様で、いくつかのカテゴリーに分類できる。

①全般性不安障害

- 全般的な状況と対象に対する、持続的で統制不可能な心配が特徴となる
- 6カ月以上の不安感、さまざまな身体症状（過敏性腸症候群など）を伴う
- 60%が女性、10代半ばから20代前半に多く発症、有病率5%

②特定恐怖症

- 実際には危険のない対象や状況を恐れて回避すること。不安障害の中で最も多い
- 6カ月以上の不安と恐怖
- 有病率10%、男性よりも女性が2倍ほど多く、10代に多く発症
- 状況型：閉所、高所、トンネル、橋、エレベーター、地下鉄など

- 自然環境型：雷、稲妻、崖、水など
- 血液―注射―傷型：血、先端、傷、医学的治療など
- 動物型：ヘビ、クモ、ネズミ、ゴキブリ、ムカデなど

性格や個人的な経験によって、数多くの恐怖症があり、キャラクターの特徴を見せる装置として活用することや、観客の恐怖を刺激する状況を提示することもできる。映画「IT／イット〝それ〟が見えたら、終わり。」は西欧文化圏で見られるピエロ恐怖症を題材にしており、韓国映画「トンネル 闇に鎖された男」は狭くて閉ざされた空間に対する閉所恐怖症を刺激する。

③パニック障害

- めまい、呼吸困難、心拍数の増加、激しい恐怖などを伴うパニックを起こす
- 広場恐怖症、人前での発表や評価される場面などの社会的状況で多く発症
- 有病率1・5〜3・5％、男性よりも女性が2〜3倍程度多く、青年期および20〜30代に多く発症
- 慢性化し、うつ病に発展（40〜80％）、薬物乱用、自殺の可能性

演技やパフォーマンスなどが評価される職業の芸能人に多く見られる。映画「アナライズ・ミー」で描かれており、「アイアンマン」のトニー・スタークにもパニック障害がある。

④分離不安障害

- 家または愛着対象から離れることへの不安が、日常生活に支障を来すほど深刻に現れる
- 有病率は児童青少年の4％程度であり、7〜8歳に最も多く見られる
- 幼い頃から子どもを親と別に寝かせる西欧圏で多く見られ、愛玩人形や布団などに執着する理由でもある

韓国映画「クローゼット」は、一人で寝る子どもたちのクローゼットへの恐怖（分離不安障害）を扱っているが、文化的にはあまりなじみがない。西洋の子どもたちのクローゼットへの恐怖は、アニメ「モンスターズ・インク」によく出ている。

強迫性障害

コントロールできない考え、衝動、またはイメージを思い浮かべ、反復的な行動または強迫行動をとるようになる精神病理（衛生、整理整頓、性的行動と関連した症状が多い）。強迫行動の原

因が不安を解消するためという点で不安障害に含まれていたが、症状がさまざまなため、《DSM-5》では別に分類される。

- 有病率2・5％、10代に現れやすく、女性は比較的遅く発症する
- うつ病、その他の不安障害、摂食障害などを伴いやすい
- 脳の過剰行動性が原因、不安を減少させるために強迫が強化される

強迫行動は個人の特性や不安の種類によってさまざまであるが、自分の身体の一部の形状を異常であると信じ、これを矯正しようとする整形依存のようなケース（身体醜形障害）、廃品やゴミを捨てられずにためる保存恐怖、髪の毛や皮膚をむしり取る行動（抜毛症、皮膚むしり症）などがある。

フィクションでは、強迫行動をする主人公が感じている不安を、説得力があるように提示する必要がある。あるいは、主人公の性格を表す装置として活用されることもある。強迫行動を扱った映画としては「恋愛小説家」、韓国映画「プランマン～恋のアラームが止まらない！」スペイン映画「OCD～メンタル・クリニックは大騒ぎ～」などがある。

心的外傷後ストレス障害

心的外傷後ストレス障害（PTSD）とは、心的外傷を経験した後に興奮レベルが高くなり、その経験と関連する刺激を回避しつつ、当該事件を回想しては不安を覚える精神病理をいう。心的外傷とは、持続的な影響を及ぼす大きな心理的ショックを意味する。戦争や台風、地震、津波などの自然災害、惨事、個人的経験（死、詐欺、別れ、軍隊、犯罪被害など）が挙げられる。

心的外傷後ストレス障害の症状は、心的外傷を引き起こした事件の持続的な再経験（記憶、夢、小さなきっかけで再発）であり、その際に事件当時の恐怖とショックがそのままよみがえる。患者はその事件を思い浮かべる関連刺激を回避しようとし、そのような事件が再び起きるかもしれないという不安にさいなまれる。

フィクションでは、主人公に迫った悲劇の深刻さとその事件から抜け出せない状況を描写するために活用される。心的外傷後ストレス障害に関する映画としては、三豊《サンプン》百貨店の崩壊事件を題材にした韓国の映画「ノートに眠った願いごと」や、光州民主化抗争を描いた「つぼみ」（1996年）、ベトナム戦争を描いた「ディア・ハンター」、そして実際の事件ではないが、韓国男性の軍隊トラウマを刺激した「許されざるもの」などがある。

文化が性格を作り、性格が文化を作る

文化とは世界観である。人々の行動は、自分がどんな世の中に生きているかという認識から生じている。これが、キャラクターの性格と行為に正当性を付与するための出発点であるといえる。文化は与えられた環境に適応するために人々が創り出したものの総体として、衣食住から主産業、道具、武器などの有形文化と、制度、法、倫理、価値観などの無形文化までの全体を包括する。ここから人々の性格が形成され、人々の性格がまた文化に影響を与える。

文化の形成と変化、また文化が人々の心と行動に及ぼす影響について、作品の中に一つひとつ反映させる必要はない。しかし、登場人物の気持ちや行動は文化によって規定されるということについて、クリエイターは必ず理解しておかなければならない。

文化の形成

文化は環境と人間の相互作用によって生み出される。まず先に考慮すべきなのは環境である。環境が決まれば、それに適応するための人間の努力によって文化が生まれる。文化を形成するための基本的な環境として、気候と地政学的条件、そして地形がある。

例えば、温帯気候でかつ適切な降水量がある平野地帯には農耕文化が、温帯の平野地帯でも降水量がやや不足している地域には遊牧文化が興りやすいだろう。海峡や半島、島などには船に乗り海産物を食べる海洋文化が、交易路や中心部の近郊には商業文化が発達し、食べていくこと自体がそもそも難しい場所では、例外的に略奪文化が登場することもある。

農耕地域の衣服は麻や絹などの植物や昆虫からとれた繊維で作られ、遊牧文化の衣服は毛皮または毛皮と交換した織物が基本となる。木材が豊富な地域では木の家が、泥が多い地域ではレンガの家が、石が多い地域では石造りの家が建てられるであろう。

ゲーム「スタークラフト」や映画「アバター」のように、地球外の種族を設定する際には、恒星系と重力、大気の構成、生命維持および繁殖方法なども考慮の対象になるだろう。きちんとした設定を作るためには、天文学や物理学、地質学、生態学、生物学などを勉強する必要もあるだろう。

文化の発達

環境に適応するために形成された基本的形態の文化に人間の欲求が結合した時、法や制度、倫理などが現れはじめる。山脈や川がなく移動が自由な平野地帯では他集団と出会う確率が高く、戦争が起きる可能性が高い。遊牧民族が好戦的といわれる理由はここにある。荒海に命を委ねなければならない海洋文化の人々もかなり気性が荒い。他集団と適度に隔離されて戦争が少なかった地域の人々は相対的に穏和だろうが、過度に孤立した集団もまたそれなりの地獄を形作ることもある。

男女のジェンダー役割も基本的に生存と関係する。現在、世界で最も男女平等が進んだ地域である北欧は、かつては生計を立てるために海外遠征を行ったバイキングの末裔である。バイキングの女性たちは男性たちと一緒に遠征することもあれば、男性たちが旅立って家を空けた後の村の生業と治安維持を担当することもあった。生存のための役割を一方の性が多く負担するほど、不平等なジェンダー意識が定着する可能性が高い。

結婚制度については、戦争および労働力の需要によって多くの人口が必要なら一夫多妻制に、一定数の人口を維持しなければならないなら一妻多夫制になる可能性がある。一妻多夫制は、食糧需給が困難な高山地帯で主に見られる。相次ぐ戦争で配偶者が頻繁に変わる(?)状況では、一人が複数の配偶者と暮らし、姓氏をあまり重要視しない価値観が発達する。結婚において家門を重要視し、配偶者が死んだ後に残された者が貞操を守る文化は、社会がそれだけ安定的だということを意味する。

文化と性格

法と制度、価値観などの無形文化は、人々の性格を形成する。親は当該社会で守らなければならない規範と価値観を子どもに教育し、似たような教育を受けた人々の行動様式は一定の範囲内で表れることになる。過去の朝鮮の例を挙げてみよう。

1392年から1897年まで朝鮮半島に存在した李氏朝鮮は、建国時の国際情勢（中国の元王朝と明王朝の交替期）により、不安定な商業よりも安定的な農業を国是とした国である。人々をむやみやたらに動き回らせず、落ち着いて農業をさせるためには、「孝」【訳注：子は親を敬い、親に報いるべきであるという儒教道徳の一つ】概念ほど価値のあるものはない。生きている両親に親孝行をし、亡くなった先祖に報いるためには、両親がいる家と先祖の墓（と田畑）がある村を離れることはできないからだ。村の入り口の「孝子碑」と夜に大人たちが聞かせてくれた親孝行の話は、このような価値観を強化した。人々は自然と「孝」という価値観の中で自らの行為を規定するようになる。これは、人々が最高の孝行者と普通の孝行者、不孝者と最悪の不孝者に区分されるということだ。

「孝」のような中心的な価値は文化によって異なる。生存のために最も必要と見なされる価値が違うためだ。「孝」は朝鮮の主要産業である農業が最もうまく行くようにする価値観であり、社会秩序と礼儀、福祉制度を統合する概念だった。このような中心的価値から人々の主な性格類型が派生し、勤勉さ、正直さ、礼儀正しさなどのような付随的価値から、個々人の細部の性格に分かれていく。

　文化的性格には主類型と反類型が存在する。簡単にいうなら、文化の主流的価値観を拒否して抵抗する反逆児のキャラクターが反類型だ。例えば、従順な女性像が主類型だった朝鮮時代に、進歩的で上昇志向の強い性格に設定された女性キャラクターのことである。韓国ドラマ「宮廷女官チャングムの誓い」や「허난설헌（許蘭雪軒《ホナンソルホン》）」などの主人公は実際に存在した類型の性格だが、彼らの人生は当時の社会秩序の中で規定される。彼らのように反類型に該当する人々が優れた能力によって大活躍できてしまうなら、それこそ設定の破綻である。

文化と深層心理

　性格という形で人々に内在する文化は、その文化独特の現象を生み出している。伝統的な遊び、伝説、民話や怪談、芸術、美意識、ことわざや格言などには、その文化の人々の欲求と行動様式、防衛機制などが刻み込まれている。

　例えば、韓国の幽霊は主に悔しさを訴えるために現れる。それも地区長など6級以上の行政官僚たちの前に主に現れるとされているが、それは韓国で幽霊といえば、その訴えはすなわち民の願いを代表するものだからだ。幽霊話は韓国人が昔から何を重要視し、またそれをどのような方法で解決してきたのかをよく表している。

「鬼は外、福は内！」と叫ぶ日本の節分には外と内に対する日本人の考えが反映されているし、何であれ三本勝負を叫ぶ韓国人の習慣には簡単に敗北を認めようとしない心理が透けて見える。火病のような文化的精神病理にも、当該文化の人々の欲求と行動様式がよく表れている。

宗教もまた代表的な深層心理といえる。超自然的存在に対する信心と生の循環、または死後の世界に対する考えも、生存に関する価値によるものだ。神々の性格と神同士の関係には、その文化に属する人々の権力者（支配者）および権力者集団に対する考えが反映されている。環境が厳しく、生活が苦しいほど絶対的存在の権威が高まる傾向があり、家父長的社会であるほど神と人間の関係は遠い。移住集団が原住民を支配してきた地域には、複雑な位階をもつ多神教信仰が存在する傾向がある。

死後の世界に対する信心は、社会の補償体系と関連があるようだ。現世で無理なら来世の福を約束するような方式である（北欧神話のヴァルハラなど）。

文化の変化と心理

文化は変化する。生存のための条件が変わるならなおさらだ。環境の変化と産業の変化は、住居形態と家族制度、価値観と人々の行動様式を変化させる。韓国において1970年代に加速した産業化は、韓国を農業社会から商業社会に変え、韓屋《ハンオク》【訳注：韓国の伝統家屋】はマンションに、大家族は核家族に、集団主義は個人主義へと変貌した。現在では核家族から1人世帯へとさらに分化しており、ワンルームなどの住居形態や宅配文化など、新しい生活形態が連鎖的に現れている。

しかし、変化する文化のみならず、維持され、持続する文化もまた存在する。比較的早く変化するのが衣食住や家族（婚姻）制度などの外形的な部分だとすれば、ゆっくり変化し、あまり変わらない部分は文化の深層的な側面だ。例えば、韓国の合唱文化や集団舞踊のような遊び文化や飲酒文化などは、なんと『三国志』「魏書」の中の「東夷伝」【訳注：同じく「東夷伝」の中の「倭人」という条が日本では『魏志倭人伝』として知られる】に早くも登場する由緒ある行動様式だ。

深層心理と関連した文化は簡単には変わらないが、これは文化が人々に与える安定感とも関連性がある。変化する環境に適応したとしても、変わらないものが与えてくれる安定感は無視できない。急激な変化を経験した者たちは、焦りや焦燥感を覚え、うつ状態になりやすい。深層心理は、大抵最も落ち着くこと、最も楽しいこと、最も神聖なこと、最も恐ろしいことに関係する。

異邦人の心理

他文化圏に移住した者たちは、心理的変化を経験する。大きく分けて、自文化に対する態度（維持／拒否）と他文化に対する態度（受容／拒否）によって、4つの次元に分けられる。すなわち、分離（自文化拒否、他文化拒否）、周縁化（自文化維持、他文化拒否）、同化（自文化拒否、他文化受容）、統合（自文化維持・他文化受容）である。

分離は、自文化に対するアイデンティティーもなく、移住した文化を受容する考えもない場合だ。自分の国が嫌で離れたが、新しい国に対する愛情もない彼らは、どこにも属せずさまよい、不適応な人生を送ることになる。

周縁化は、自文化に対するアイデンティティーは維持するが、移住した国の主流社会に溶け込むつもりがないケースだ。自分たちだけで集まって暮らし、〇〇タウンのような一種の自治区域を形成する。

同化は、自文化に対するアイデンティティーがなく、他文化だけを受け入れる形態である。

自らを隠して他国の人になろうとする場合や、征服者の同化政策によって吸収される亡国の民がこれに該当する。

統合は、自分の文化を守りながら他文化を受け入れる方式であり、最も望ましい形態のアイデンティティー戦略だが、他国に適応しなければならない移住者の立場で実践するのは容易なことではない。

実在する文化を扱う時：オリエンタリズムとオクシデンタリズム

異文化のキャラクターを創造するのは容易なことではない。クリエイター自身も何らかの文化の産物であるため、全く異なる文化の考え方と価値観、行動様式の全てを理解することは難しい。ややもすると、設定と名前だけが外国人で、結局自分がよく知っている文化の話をすることになる場合が多い。そうなると本質的に「異世界もの」と変わらないものになってしまう。作品に外国人を登場させたいなら、その国の文化に対する基本的な調査は欠かせない。しかし、他国に関する資料はそもそもそれ自体が歪曲されている可能性を考慮しなければならない。

実在する国の文化を扱う時に最も注意しなければならない点は、オリエンタリズムの思考である。西欧によって歪曲された東洋（非西欧）に対する偏見をオリエンタリズムという。東洋はだいたい汚くて未開の地であるが、神秘的な精神世界と武術が存在する場所であるという考えのことを指す。このような考えは帝国主義の時代に定着し、東洋人が自らを認識する際にも反映される。

一方、東洋にも西洋に対する歪曲された認識があり、これをオクシデンタリズムという。すなわち、西洋は科学技術が発達し文明化されているが非人間的であり、ひどく物質主義的であるという考えのことである。東洋にせよ西洋にせよ、そのような姿が全くないわけではないが、このような考え方の問題点は第一にあまりにも二分法的だということ、第二にひそかに東洋に対する西欧の優越性を内包しているという点だ。

実際、文化を理解するということは、このように短絡的になされる性質のものではない。それでも、キャラクターの行動はキャラクターが生きている文化によって規定されるという点を強調しておきたい。文化と人間行動の関係についてもう少し詳しく理解したければ、筆者（この文における「筆者」はハン・ミンのこと）の著作『슈퍼맨은 왜 미국으로 갔을까（スーパーマンはなぜアメリカに行ったのか）』と『線を越える韓国人　線を引く日本人』をお勧めする。

プロファイラーが現場で見た犯罪――そして容疑者と被害者

誰かに会った時にプロファイラーという筆者（ここでの「筆者」はユ・ジヒョンのこと）の職業を明らかにすると、皆そろってお決まりの感嘆詞を連ねた後、「一番記憶に残っている事件は何ですか（あの事件について知っていますか）？」「〇〇する人たちは本当に××なんですか？」といった質問をする。前者について問う人は筆者の生業のセンセーショナルな部分だけを知りたがり、後者について問う人は人間の深淵について知りたいのだろう。他の人が何をしてどのように生計を立て、どんなことを経験し、どんなことを感じるかということは、たとえ話してもらったとしても実際のところは当事者にしか分からないのに、である。この二つの質問だけでも、普通の人々が犯罪とそこに関係した人々に対してもつ考え、少し悪い言い方をするなら、どんな先入観をもっているのか十分に実感できる。

私はこの質問を聞く度にある種の気持ちよいいら立ちを覚えながらも、数年間一種の質問データベースを蓄積する中で、単純な好奇心を越えて人間の深淵に関心がある人々が、常に全人口の一定の割合を占めているということを知った。

犯罪心理学のポッドキャスト、実際の事件を扱ったドキュメンタリー、社会問題の告発番組などを愛聴、愛読する人はかなりの人数に上る。筆者もまたそんな人間の一人であり、それを探求するために心理学を専攻し、罪を犯す人とかかわる仕事をしている。私以外にもそのような人が多いということが分かり、自分のような人間は珍しくないのだという安堵感を得ることになった。その一方で、〝職業的に許される方法で探求心を昇華〟せず、興味本位で犯罪とそれにまつわる人々、そして彼らの心理や行動を〝消費する〟欲望をもった人々が存在することについても考えざるを得なかった。筆者を含めたこのような嗜好の人々は、自分の攻撃性と支配欲、そして深淵に引きつけられる本性を社会が容認し、罪悪感のない方法で昇華していると見ても差し支えないだろう。おそらく、このような気質は特定ジャンルの消費、特定タイプのキャラクターを愛好することに大きな影響を及ぼしているに違いない。

業務の特性上、これまでに書類で把握した事件と、それによって会った、もしくは書類上で取り扱った人の数は2千人を超える。彼らには皆それぞれの事情と理由があったが、事件の性格によってある程度の緩やかな共通点があった。筆者個人の浅い経験による意見にすぎないが、読者の役に立つかもしれないという気持ちから、少し整理してみようと思う。

殺人

殺人の容疑者（警察の捜査段階で犯罪の疑いをかけられて捜査対象になっている人）の大多数は偶発的に犯行に及ぶ。長きにわたって殺意を抱いていたかどうかはまちまちだが、犯行自体は殺意がある域に達した瞬間、いわゆる〝カッとなって〟やってしまったというものだ。

凶器は利器（鋭利な刃物）である場合が多い。国内外のプロファイラーたちは、殺人の犯行に鈍器が使用された場合、利器の場合よりも私的な動機であり、かつ暴力性も大きく現れる傾向があると指摘する。

殺人に故意性はないが、暴行による死亡や負傷が元で死亡する暴行致死、傷害致死等では、偶発的犯行が目立つ。通常、容疑者や被害者が飲酒状態で争っていたというケースが多い。容疑者は求刑を軽くするために犯行を反省したり、酒に酔った状態だったとか、偶発的に犯したミスだったなどと弁解することが多いが、意外にも落ち着いており、今後のことを心配したり出所後の将来設計をしたりする。

被害者が死亡したのは取り返しのつかないことなので、意外と素直に犯行を認める傾向がある。ただ、殺人に至った理由については、被害者のせいにする場合が珍しくない。面会した殺人犯の多くは、自分が何年ほど服役することになるのかを気にしていた。彼らの関心はすでに、警察の捜査後の段階に集中している。

容疑者および被害者の大多数が男性である。被害者が女性の場合は、大抵加害者は近しい関係、すなわち配偶者や恋人、親戚、知人であり、互いの心理的距離が近いことが多い。つまり、被害者が何らかの欲望の対象になって犠牲になるというケースだ。最近多発している女性に対するさまざまな種類の性的搾取をきっかけに、被害者を殺害するという最悪の結果に突き進むようなケースがこれに該当する。

被害者が死亡していることから被害陳述ができないため、ひたすら容疑者の視点から聴取が行われるという点も大きな特徴だ。事件の調査は、容疑者視点の偏った供述に基づいて進められる。クリエイターは、事件の叙述や陳述の場面でこの点を活用できるだろう。生き残った人の視点によってプロットがねじれたり、加害者が実は被害者だったり、あるいは偶発的犯行であることを強調していたが実は非常に長い時間をかけて緻密に計画した殺人であったり、隠れた共犯者がいたりするなどだ。偶発的な犯行であっても、取り調べを受ける時点では自己正当化のために計画的であったと供述を覆す場合が多い。

性犯罪

代表的な計画犯罪だ。ほとんどの性犯罪は、親密で、互いに知っている関係性において発生する。容疑者と被害者が何ごともなく二人きりでいたり、被害者あるいは容疑者の居住地を訪れてマナーをわきまえた態度を繰り返していたりなど[30]、いわば被害者に自分が性暴力を犯すような人物ではないと安心させた後、被害者が油断している時を狙って犯行に及ぶこともある。

最近は出会い系アプリのチャットを通してやりとりし、心理的に近づいた後にオフラインで初めて会った状態で犯行に及ぶケースが多い。このような場合、チャットを通じて急速に接近した後、他の地域から来たので泊めてほしいと言ったり、新型コロナウイルスのソーシャル・ディスタンスのせいで居酒屋に長時間いられないから、モーテルに行って酒を飲もうと誘ったりするなどの手法を使う。職場内で、容疑者が被害者の上司や取引上影響を及ぼす関係である場合も、まるでアリ地獄のように自分の影響力を利用しながら被害者を追い込み、犯行に及ぶ。

容疑者たちは被害者が自分を誘惑したとか、積極的に抵抗せず拒絶の意思を明らかにしなかったと弁解する。そのうえ、被害者が自分を通報、告訴したのは性行為が明らかになれば両親やボーイフレンド、夫に言い訳が立たないから、自尊心のため、あるいは和解金などの代価を要求するために罪をでっち上げたのだと被害者をおとしめる。

暴力事件の中でも、容疑者が最も悔しがる事件である。面談の時にも最も感情的に行動する。調査を受けた後、ストレスで精神科の治療を始めたという割合も最も高い。弁護士を雇う割合も最も高い。

被害者は小柄で気が小さく、人を拒絶できない、自己主張がうまくできない性格である確率が高い。被害者に落ち度があるという話ではない。容疑者が計画的に〃狙いやすい獲物〃を狙っているという証左である。職場で発生した性犯罪および知人間の性犯罪では、被害者は高い割合で性格的に、また家庭環境や職業環境、社会経済的地位において自己防衛が難しい状況にあったことが明らかにされている。被害者が未成年者や障害者の場合、このような自己防衛はよりいっそう脆弱にならざるを得ない。弱者だけを狙う容疑者の場合、似たような犯罪の前科がある確率が非常に高い。

単純にこれらの事実を記述するだけでも、容疑者の人物描写は邪悪になるしかない。ノンフィクションに勝るフィクションはない。性犯罪ほど、一般人の常識から外れた邪悪さが垣間見える犯罪も珍しいだろう。

DV（ドメスティック・バイオレンス）、デートDV

DVおよびデートDVは、性犯罪と同様に暗数が多い犯罪だ。犯罪の暗数とは、当該犯罪が実際に発生したが捜査機関に認知されず、捜査機関に認知されても容疑者の身元把握ができないなどの理由から公式の犯罪統計に集計されていないことをいう。

親密な関係において起きるため、被害者が犯罪を自分のせいにしがちであり、容疑者もまたそれを利用しがちである。暴力性が次第にエスカレートし、容疑者自らそのようなエスカレートを合理化する割合も高い。

興味深いのは、第三者が被害者に会った時の実際の姿や言動が、容疑者が描写した姿とはかけ離れていることが非常に多かったという点である。例えば「被害者は独善的で利己的」だと容疑者が陳述した時でも、第三者から見た被害者は自己主張に長けた賢い人であり、自身が受けた行為の不当性を直接的に吐露し、事態を解決して関係から抜け出そうとする確率が高かった。

第三者が双方に会ってみて初めて、容疑者が他人に対して被害者のイメージが悪くなるように描写していることが分かるが、容疑者の周囲の人々はそれを知らないため、ほとんどが容疑者の味方をして共に被害者を敵視することになる。

また最初から最後まで、容疑者によるガスライティングが行われる犯罪でもある。容疑者は被害者を自分の影響下に置くためにさまざまな脅迫をする。経済的自立を防いだり、子どもを人質にとったり、時には盗撮動画を利用して脅したりもする。容疑者が最も卑劣かつ偽善的な振る舞いを見せる犯罪である。

暴行

偶発的犯罪の代表である。何度も繰り返される場合には、計画性が加味される。大抵は男性同士で酒に酔った状態でけんかを売ったり、知人間で殺人までは行かなくとも悪意をもった状態でカッとなったり、あるいは自分の地位や力を誇示するために行われる。容疑者は自分より身体的、精神的に弱い人を無意識的あるいは意識的に選択する場合が多い。

最近は、被害者が傷害診断書を取得したり、携帯していたスマートフォンで動画を撮影したり、近くにある防犯カメラの映像で犯罪被害を立証する場合が多く、容疑者の側は「そこまで殴ったわけではない」などの弁明が主となる。相互暴行で決着するケースが多い。大抵の人は拳や足などで身体に直接力を加えてこそ暴行だと考えるが、暴行とは被害者に向かって物を投げる、胸ぐらをつかむ、押すといった程度でも成立する。そのため、判例によると正当防衛が成立するケースは少ない[31]。

校内暴力、職場のいじめなどもこの範疇に入る。他人の所有物を破壊する器物損壊も暴行の一種と考えるなら、巧妙に精神的いじめと器物損壊を組み合わせて広範囲にわたる暴行を犯すようなケースもよく見られる。被害者はずっと我慢を重ねて、窮地に追い込まれた時に初めて通報や告訴をする事例が多い。

放火

快楽目的というよりは他の犯罪の証拠を隠滅するため、あるいは保険金のための放火が多い。「犯人は現場に必ず現れる」という法則から、放火の容疑者もこれに当てはまると考えがちだが、実際に保険金のための犯行では、容疑者が通報した本人または目撃者であるケースが多々ある。したがって、火災が発生したら通報者、目撃者を調査する場合が多い。放火は力を必要としないため、容疑者が女性である場合も少なくない。

強盗・窃盗

よく「韓国はカフェでノートパソコンを置いてトイレに行っても盗難に遭わない国だ」という言葉を聞くが、これは防犯カメラが広範囲に設置されるようになったここ数年間のことにすぎない。10年程前までは、カフェでも他の場所に私物を置いていった時と似たような確率で窃盗が発生していた。

大型コーヒーフランチャイズ業者が店舗内に商品を陳列し始めると、当然のようにこれを盗む窃盗犯も増えた。これを防止し、犯人を検挙するために店内に防犯カメラを設置することになった。監視の目があることでカフェ内の窃盗は大幅に減った。しかし、防犯カメラの死角に多く置かれる自転車の窃盗は、依然として市民と警察の悩みの種だ。

衣類も、試着室でひそかに重ね着する、カバンの中に入れる等の方法によって窃盗の対象になってきた。しかし、これも店内の防犯カメラが普及することで大幅に減った。特にコンビニなどは従業員が一人だけの場合が多く、防犯カメラなしでは営業自体が不可能である。

以前に比べてソウルの人口が増え、夜遅くまで道を歩く人が多くなったことで店舗の営業時間も長くなり、通りがかりの暴行や寝ている酔客をターゲットにしたスリ、人気のない場所に一人でいる人を狙うなどの強盗行為も大幅に減少しているのが実情だ。

タクシーや地下鉄、バスなどで他の人が置いていった財布、スマートフォンなどを拾い、返さずにそのまま持っていく占有離脱物横領を犯すケースも多い。容疑者の中には同種の前科がない人も多く、最近では高価なブランド品の財布、中に入っているカード、高価なスマートフォンなどに目がくらんで窃盗犯になり、結果として社会的体面が傷つき前科が生じるという例も多い。

以前は「生理盗癖」を主張する女性がいたが、最近ではほとんど見なくなった。生理中の窃取行為を心神消耗とみなさない傾向になってきているからだ。精神医学の発展と精神科治療を見る視線が改善されたことにより、うつ病や不安による衝動的行為を治療する人が増えた結果と見られる。

キャラクターに適切な試練を与える生活ストレスの活用法

現実世界では、韓国のドキュメンタリーTV番組「세상에 이런 일이（この世にこんなことが）」に出てくるような突拍子のない出来事もしばしば起きる。しかし、フィクションを制作する際、キャラクターの特性を設計するからにはそのキャラクターが経験することに整合性があるかどうかを注意深く検討せざるを得ない。物事を想像して書くということは、直接経験したことの描写に比べると説得力が落ちるため、敏感な鑑賞者はこれにすぐ気づくからだ。

キャラクターが経験すること、特にキャラクターが経験する困難や苦痛は、読者に格別の興味と感情移入をもたらす。そのためキャラクターに適切な困難と苦痛を与え、それぞれのキャラクターに合わせてそれらを〝配分〟することは重要だ。キャラクターに適切な試練を与えることが、ストーリー進行において重要なためである。

アメリカの心理学者トーマス・ホームズとリチャード・レイは、人々が人生の中で経験する出来事についてストレス点数をつけ、その順位を示す表を作った。この表を通して、人々が体験しうる出来事の種類とそれらが与えるストレスの程度を知ることができる。

彼らが提示する表では、最近6カ月間に起きた出来事について点数計算ができるようになっている（309ページ参照）。これによって、ストーリーの中でどんなキャラクターがいかなる苦痛を経験し、それによってどれくらい苦しむかを数値化できる。点数を基準に病気にかかる確率も数値で示される。もしあるキャラクターがストレスのかかる出来事を相次いで経験した後に倒れる様子を描きたいなら、この表を参考にできるだろう。

予想通りではあるが、配偶者または恋人の死が最も大きなストレスを与える。100点満点中100点である。興味深いのは、結婚もまたストレス点数が50点にもなるということだ。表によれば、職場で能力を認められ昇進した後、他の都市に転勤して新しい家に引っ越すために1億ウォン程度の融資を受け、毎月利息と元本を返済しながら新しいチームのチーム長の立場に適応するため孤軍奮闘する人は、ストレス点数が150点を超える。

他人から見るとうまくいっているように見えても、この人物の健康状態が悪化する確率は35%も高くなる。これに加えて表の中で上位を占める何らかの出来事が追加されれば、その人は倒れるかもしれない。それほど劇的なことではなく、大人として社会生活をしながら耐えなければならない事柄が積み重なるだけでも、キャラクターの肉体的・精神的平安は脅かされる。

筆者（この文における「筆者」はユ・ジヒョンである）の個人的な経験を挙げると、この本を書く前の6カ月の間に引っ越し（20点）をし、母方の祖父が亡くなっており（63点）、母親が健康診断で悪性腫瘍があるという診断を受け（44点）、母親の入院および手術を計画しながら1カ月間眠れない日々を過ごし（16点）、執筆のための時間を別に設けて文章を書く習慣をつけなければならなかった（24点）。もちろん、コロナ対策も続けていた（18点）。総合すると、筆者のストレス点数は185点である。筆者の健康状態が悪化する確率も35％増加したということだ（結局、筆者は脱稿の時期に持病の筋骨格系疾患が悪化した。読者の皆さん、ストレッチをしよう！）。

生活ストレス順位表を見ながら、キャラクターがどんな生活をして、いかに苦悩し、苦痛を味わうかについて想像してみよう。

心理学者ホームズとレイが分類した生活ストレス順位表

ストレス指数をチェックする方法

- 6カ月以内の自身に該当する項目の点数を合計する
- 同じ項目の発生が2回以上の場合には発生した回数分を掛ける

順位	項目	点数	順位	項目	点数
1	配偶者の死	100点	23	子どもが家を離れる	29点
2	離婚	73点	24	義理の親とのトラブル	29点
3	別居	65点	25	個人の成功	28点
4	刑務所への収監	63点	26	配偶者の共働きの開始あるいは中止	26点
5	親密な家族の死	63点	27	入学または卒業	26点
6	病気や怪我	53点	28	居住環境の変化	25点
7	結婚	50点	29	個人の習慣の矯正	24点
8	解雇	47点	30	上司とのトラブル	23点
9	別居後の復縁	45点	31	勤務時間および勤務条件の変化	20点
10	定年退職	45点	32	住居の変更	20点
11	家族の病	44点	33	学校の変化	20点
12	妊娠	40点	34	娯楽活動の変化	19点
13	性的な障害	39点	35	教会活動の変化	19点
14	家族数の増加	39点	36	社会活動の変化	18点
15	仕事の再調整	39点	37	1万ドル以下の借金	17点
16	経済状態の変化	38点	38	睡眠習慣の変化	16点
17	親しい友人の死	37点	39	同居人数の変化	15点
18	転職および部署異動	36点	40	食習慣の変化	15点
19	配偶者と口喧嘩する回数の変化	35点	41	休暇	13点
20	1万ドルを超える借金	31点	42	クリスマス	12点
21	担保の差し押さえ	30点	43	軽微な法律違反	11点
22	仕事の責任上の変化	29点			

0～150点	**151～190点**	**191～299点**	**300点以上**
健康	健康状態が悪化する確率：35%	健康状態が悪化する確率：50%	健康状態が悪化する確率：80%

※ただし、個人によって影響を受ける程度が異なるため絶対的な指標ではない

その設定はベタすぎる？　典型的なキャラクターをうまく描こう

魅力的で必ず必要とされるキャラクターであっても、あまりにも登場頻度が高いために、その登場と使用が予想の範疇に収まってしまうようなことがある。このようなキャラクターの使用は、ヒーローとヴィランのような「主要人物vs対立人物」の関係において目立つ。それ自体が、まるで「公式」のように。キャラクター設定を行う中で、先に扱ったパーソナリティー障害や文化的特性を無難に適用するならば、おそらくこのように非常に見覚えのあるキャラクターとその対立構造が出来上がるだろう。悪い選択とはいえないが、自分のストーリーにオリジナルの魅力を吹き込みたいと思うなら、このような定番を避けるか、使用したとしても自分だけのひねりを入れるようにしよう。そうすれば定番化したこのようなキャラクターは古臭くならず、新鮮に使えるだろう。

犯罪者よりも犯罪者のような法執行人

「怪物と戦う者は、自分もそのため怪物とならないように用心するがよい。そして、君が長く深淵を覗き込むならば、深淵もまた君を覗き込む。」（ニーチェ、『善悪の彼岸』より）【訳注：日本語版の本書においては、以下より引用／『善悪の彼岸』ニーチェ著・木場深定訳、岩波書店、1970年】

法の執行のために犯罪者よりも悪辣に行動したり、捜査において不法行為を含め手段を選ばなかったり、ただの悪人なのにどういうわけか法執行人として描写されるキャラクターがいる。犯罪ものではこのような存在が由緒正しい人物の特性とされ、とりわけ捜査機関の敵対者（アンタゴニスト）たちがこのような設定を担っている。「狂犬」というニックネームをもつ刑事、出世だけを重視し社会正義の実現には関心のない検事、どうしたらあんな判決を下せるのかと首をかしげる判事などだ。

このようなキャラクターは事件の解決を妨害する存在であり、主人公かもしれないし、ヴィランかもしれない。あるいは、事件を進行させる上で決定的な行動をとる人物としても登場する。彼らは悪の遂行について、格好つけた長ったらしい詭弁を並べ立てることを得意とする。しばしば、反社会性パーソナリティー障害、自己愛性パーソナリティー障害、妄想性パーソナリティー障害などを伴うように描写される。

「嵐の前のこの静けさがいい。ベートーヴェンを思い出すんだ」[32]
映画「レオン」のノーマン・スタンスフィールド（ゲイリー・オールドマン）。

「相手の好意が持続すると、それが権利だと思ってしまいます」
「脚本を書く検事、演出する警察、演技するスポンサー」
映画「生き残るための3つの取引」の検事、チュ・ヤン（リュ・スンボム）。

主人公が刑事や無実の犯罪被害者であるような場合は、ヴィラン側に設定されることもある。これらのキャラクターは主に主要人物に試練を与え、エピソードの中間あたりのボスキャラあるいはラストシーンの大ボスとして対立する。〝黒幕〟でもあり、事実上の真の敵だったという反転の要素として使用されることもある。ただし、このような設定には鑑賞者はすぐに気づくだろう。最近ではこのような人物のバリエーションとして〝財閥〟が登場することもある。どんでん返しの要素として使うためには、最初から強すぎる人物、鑑賞者が真っ先に容疑者候補としてマークするような人物は選択しないようにしよう。

不幸な過去が原因で狂気に満ちた復讐鬼になった人物

大抵、このようなキャラクターはやりすぎだと思うほど、誰かを捜し回って制裁を加える、もしくは殺害することに執着する。そして、その理由がストーリーの進行によって徐々に明らかになるのが定石である。原因やそこに至るまでの状況が非常に不運で複雑に絡まっていたり、自分にとって非常に大切なものを奪われたり、自らの選択のせいで全てを台無しにしてしまい、それを取り戻そうとしていたりする。

このような設定は、キャラクターの行動や彼らが設定した目標をもっともらしく見せてくれるため、キャラクターにいわゆる〝奥行き〟をもたらしてくれると考えられる。彼らは寝食を忘れて復讐にだけ集中し、家の中には大切な人の遺品や写真、空っぽの冷蔵庫があるだけだ。悪夢を見ては自殺衝動に苦しめられ、事件が解決する頃にようやく、実は全ての原因は自分自身にあったという事実が明らかになり、破滅を迎える。

「完璧な狩りには、よりどう猛な猟犬が必要だ」

韓国ドラマ「バッドガイズ―悪い奴ら―」のオ・グタク（キム・サンジュン）。主人公のオ・グタクは、かつては優秀な娘を愛する優しい父親だった。しかし、娘の留学費用を用意するために悪党との不正取引に応じ、その過程で検挙を免れていた連続殺人犯の手口にはまって娘が殺害されてしまう。彼は心証だけで容疑者のイ・ジョンムン（パク・ヘジン）を暴行し、停職処分を受けることになる。結局、オ・グタクは警察官としての倫理観を捨て、再び不正取引をしてイ・ジョンムンを刑務所送りにする。そして検挙のためには手段を選ばない冷血漢として、収監者たちで構成された「バッドガイズ」を率いて連続殺人犯を検挙する作戦に身を投じる。しかし最後には、全ては自ら招いた、自分自身が作った地獄だったということを悟る。

小説『涙を呑む鳥』のケイガン・ドラッカー。作中に出てくる種族「ナガ」の人々全てに対する復讐を誓い、ナガを殺して食べる。彼が属すパーティーにはもう一人の主人公、リュン・ペイというナガの少年がいる。ケーガンがナガにもつ憎悪は、リュンと他種族のパーティーのメンバーにとって常に気まずい要素であり、ストーリー全体に小さな葛藤や面白みを与える。ストーリーがしばらく進行してから、彼がナガに対して見せる憎悪は過去に彼の妻が計略にかかり、ナガたちに生きたまま食べられる様子を目の前で見たことに起因するということが明かされる。

「バットマン」シリーズのトゥーフェイス。正義感に満ちたゴッサム・シティの地方検事（ゴッサム検察庁長）だったが、事故で顔の片側にやけどを負う。その後、性格に二面性が現れるようになり、コインを投げて出た面が表か裏かによって行動する悪党になる。

このような人物を動かすためには、燃料をこまめに供給しなければならない。通常、反転の布石を敷くために使用されるキャラクターなので、起承転結がスムーズかつ着実に行われてこそ、適切な時点で鑑賞者をあっと言わせられる。つまり、〝予測できない調和〟という矛盾が求められるのである。必ず伏線を設けてそれを回収するが、鑑賞者をうなずかせるほど妥当性のある理由が必要となる。さもなければ、単に「何だ、何か起こりそうだと思っていたけど、これで終わり?」という印象を与えてしまうだろう。

捜査もののブレーン? 警察大出身のエリート刑事はもう十分!

韓国の警察養成学校である警察大学校は学費の全額支給に加え、男性の場合は兵役が免除され、実力によっては海外留学の機会も与えられるため、出願倍率が高い。女性の場合、定員の10%のみを選抜するため、さらに入学が難しかった（近年、性別制限をなくしたことで女性の合格率は2倍になった）。

しかし、定期採用で入職した巡査のほとんどが一般大学の卒業者であり、告示特別採用、弁護士特別採用、外国語専攻者特別採用など多様な専攻特別採用の入職経路が開かれている警察において、警察大出身者だけを特別に〝エリート〟として描写するのは怠慢といわざるを得ない。警察大出身者が組織内の昇進や出世において相対的に有利なのは事実だが、警察大出身者が全て立身出世するわけでもない。

女性警察官――数合わせ目的のみの配役はもうやめよう

捜査物において典型的なトークニズム（tokenism／社会的少数集団の一部だけを代表として選び、数合わせをする政策的措置または慣行として、表面上は社会的差別を改善するために努力しているように見えるようにすること）のキャラクターである。捜査物では、警察、検察、裁判所のいずれも男性の多い職群であるため、男性キャラクターが多くなる。しかし、昨今の世の中では女性キャラクターを使うことが求められるため、「トークン・ブラック（token black）[33]」として一人は入れることになる。数合わせのために作られたキャラクターが多いので、重要性の低い「熱血女性刑事」のギミック（gimmick）[34]として設定することが多い。

最近では、女性視聴者を意識して非凡な人物に設定し感情移入させたり、ストーリー展開をリードする主要事件の関係者に設定したりもする。さらには被害者になって拉致されたりするなど、ストーリー進行において重要な役割を果たす。とりわけ、この女性たちの過去の事情とそれによる性格形成、行動特性などはストーリー進行において主人公の男性キャラクターを引き立たせる、あるいは妨害する要素として使用される場合が多かった。ドラマ「バッドガイズ―悪い奴ら―」にもオ・グタクの警察官の同僚として紅一点のユ・ミヨン警部（カン・イェウォン）が登場するが、劇中で印象的な動きを見せることはなかった。日本の女性警察のバディもの漫画『逮捕しちゃうぞ』が韓国に翻訳・紹介されたのが1997年とかなり前なのに、女性警察官の描写はそれから20年以上経っても大きな進展がない。

チーム内の女性ブレーン、それが全て？

これまでの女性警察キャラクターが、脇役や男性主人公の足を引っ張る役割にとどまってきたとすれば、最近では彼女たちに主体性と能力があるという点でキャラクターの発展が見られるともいえる。しかし、物語全体においてこのような働きをするのが一人だけだという点で、残念ながら非常にステレオタイプなキャラクター設定である。能力を強調するために、警察大学出身者や海外留学経験のあるプロファイラーという設定が多い。

ドラマ「秘密の森」のハン・ヨジン（ペ・ドゥナ）。彼女は警察大出身の刑事であり、感情を抱くことができない検事ファン・シモク（チョ・スンウ）の成長を助ける、まっすぐな性格の〝強力班〟【訳注：韓国警察の刑事課の中でも凶悪犯罪を主に扱う部署】の刑事だ。

幅広く活用されている女性プロファイラー

女性捜査官の能力を強調するため、あるいは警察大学の海外留学組の男性プロファイラーのキャラクターに食傷気味なため、その代わりとして女性に設定する場合が多い。しかし、このような設定を使ったエピソードのほとんどが、ヴィランとの最後の闘いにおいて視聴者を納得させるほどのレベルの高い頭脳戦を展開するのではなく、女性とサイコパス男性の体力差を見せつつ、ギリギリのところで何とか相手を倒す形で終わる感が強く、残念である。女性のプロファイラーはすでに多数登場しているので、使用するなら多層的な設定にしたい。

韓国ドラマ「ボイス〜112の奇跡〜」のカン・グォンジュ（イ・ハナ）。警察大出身の警部補であり、優れた聴力によって112通報センターで指揮官として勤務する。電話の通報を受けて状況を把握し、犯人をプロファイリングする実力者である。

女性リーダー、チーム長

捜査物で女性リーダーを登場させるプロットは、外国ではすでに20年以上前から試みられている[35]。もちろん、これらのリーダーたちもストーリーの中で使用される作法はトークニズムに近かったといえる。なぜなら、そのほとんどが美貌の金髪白人女性なのだから。いずれにせよ、韓国ではチームリーダーが女性であるだけでもストーリーが特別なものになる。韓国の警察において、女性指揮官の数が非常に少ないという現実をよく反映したものと見られる。

〜　韓国ドラマ「シグナル」のチャ・スヒョンチーム長（キム・ヘス）、ドラマ「ミセスコップ」シーズン1のチョ・ヨンジンソウル地方警察庁・強力班1課チーム長（キム・ヒエ）とシーズン2のコ・ユンジョンソウル地方警察庁・強力班1課チーム長（キム・ソンリョン）、ドラマ「秘密の森」シーズン2の警察庁のハン・ヨジン警部（ペ・ドゥナ）。

ますます流行りの女性リーダーのキャラクターであるが、それなら女性捜査官のバディものはどうだろうか？

映画「ガール・コップス」のデジタル性犯罪の捜査に乗り出した住民相談室のトラブルメーカー三銃士。元刑事のパク・ミヨン（ラ・ミラン）、彼女の兄嫁であり同じく元刑事のチョ・ジへ（イ・ソンギョン）、そして大物ハッカー顔負けの実力者で主務官のヤン・ジョンミ（チェ・スヨン）。

職業的には有能だが私生活は枯れている、抜けたところのある殺し屋

〃〇〇のため〃といった一つの目的に特化した人物は、極端な性格であってこそ面白くなる。映画「レオン」の殺し屋レオン（ジャン・レノ）がその元祖といえる。殺し屋としての能力

は世界最高水準だが、その他の生活面では普通の人よりずっと劣り、そもそも私生活が存在しないように描写される。これは、スーパーマンやスパイダーマンが普段は愚鈍な普通の男として描かれるのと似た理由だ。

しかし、ここでは殺し屋が疑われたり、検挙されたりしない。そのうえ、生活力が不足しているという特性は、準主役のキャラクターと偶然に出会った後、彼らの世話になり一緒に暮らすようになるきっかけを作り出す装置にもなる。

アニメ化された漫画『SPY×FAMILY』で、暗殺者でありスパイの〝黄昏〟ロイド・フォージャーの偽装結婚した妻ヨル・フォージャーは、本当に暗殺以外何もできない人物だ。姉のヨルに極度のシスコン感情をもつ弟のユーリ・ブライアも、保安局の業務と拷問を除けば、その他の部分ではどうしようもない人物だ。偽装家族を率いて料理をし、偽装娘のアーニャの世話をするのは、ほとんど偽装夫のロイド・フォージャーであるというのが実情だ。ヨルは、暗殺機関ガーデンの命令に従うこと以外には日常生活や人間関係においても非常に不器用な面を見せる。一部の読者から、ヨルは高機能自閉スペクトラム症ではないかという推測が出たほどだ。

実践　キャラクターの性格メイキング

　ここまでは、心理学の類型によって異なる人の心理的特性、行動特性について見てきた。特定の類型の人々がどのように考え、また行動するのかについて、ある程度の感覚をつかめたのではないだろうか。周囲にいる人たちの中で似たような人を思い浮かべたかもしれないし、さらには自分のある部分はこの類型に属するかもしれないという自己分析を済ませたかもしれない。私たちは、ここまでで頭の中に存分に何らかのキャラクターを思い浮かべ、その大まかな設定を終えたはずだ。今度はそのキャラクターを外に出して、生命を吹き込む番だ。

　自分の好きな作品の主人公、好きな人のタイプ、または嫌いな人のタイプをここまで見てきた類型に当てはめて分析してみるのもいい。あるいは、自分自身を分析してみたり、興味本位で性格テストを受けたりするのもいいだろう。

　ＭＢＴＩタイプ別の特性についてはＴｉｋＴｏｋやＹｏｕＴｕｂｅなどでよく紹介されるが、人気が高く面白い動画は特定のタイプの代表的な特性をよく把握しており、そこから視聴者の共感を得ている。勉強がてら視聴してみた後、動画クリエイターがどの特性をどのように描写したのかを考察し、自分の性格の特徴を次ページのキャラクター分析シートに書い

<table>
<tr><td>キャラクター</td></tr>
<tr><td>名前</td><td rowspan="3">特性</td><td>長所</td><td colspan="3"></td></tr>
<tr><td rowspan="6">写真や
イメージ画</td><td>短所</td><td colspan="3"></td></tr>
<tr><td>好み</td><td colspan="3"></td></tr>
<tr><td>職業</td><td colspan="2"></td><td>社会的
地位</td><td></td></tr>
<tr><td>現在の状況</td><td colspan="4"></td></tr>
<tr><td>人間関係</td><td colspan="4"></td></tr>
<tr><td>主なセリフ</td><td colspan="4"></td></tr>
<tr><td>性格類型
防衛機制</td><td colspan="5"></td></tr>
<tr><td>現在の
主要な動機</td><td colspan="5"></td></tr>
<tr><td>現在やって
いること</td><td colspan="5"></td></tr>
</table>

て分析してみよう。

前ページに例として掲載した分析シートの他に、インターネットでもさまざまなキャラクターシートが入手できる。いろいろ探して気に入ったものを使い、参考にしながら自分なりにカスタムしてみるのもいいだろう。

まずは主人公のキャラクターの特性を決めよう

その人はどんなタイプの人だろう？　自分自身についてどう思っているのか？　好きなもの、嫌いなものは？　どんな人と関わり合うだろう？　――これらの問いから主人公のライバルと同僚、恋人、協力者、その他の人物などが決まってくる。

主人公は人生を歩む中で、何らかの選択を迫られたり岐路に立たされたりした時に、どの方向に傾くだろうか？　ここから作品の大まかなプロットも決まってくる。

あるキャラクターを「良心の呵責なしに他人を利用する性格」として設定するなら、反社会性パーソナリティー障害（51ページ）、自己愛性パーソナリティー障害（75ページ）などを参考にするとよい。

それなら逆に、主人公に利用される人の性格類型も設定できる。例えば、主人公は特に何も考えていないタイプ（統合失調型パーソナリティー障害、回避性パーソナリティー障害など）で、そんな

<table>
<tr><th>キャラクター</th><th></th><th></th><th></th><th></th><th></th></tr>
<tr><td>アヒル
（自称Mr. Duck）</td><td rowspan="3">特性</td><td>長所</td><td colspan="3">かわいい</td></tr>
<tr><td rowspan="6"></td><td>短所</td><td colspan="3">毒舌家</td></tr>
<tr><td>好み</td><td colspan="3">熱いお風呂、肉食</td></tr>
<tr><td>職業</td><td colspan="2">お風呂の
お供</td><td>社会的
地位</td><td>子どもの玩具に
間違われる</td></tr>
<tr><td>現在の状況</td><td colspan="4">主人公のお風呂の玩具だったが、突然生命力を得て主人公と同居している（異なる次元から来た王子だが、魂だけアヒルの玩具に入り込んでしまい怒っている）</td></tr>
<tr><td>人間関係</td><td colspan="4">主人公</td></tr>
<tr><td>主なセリフ</td><td colspan="4">「愚か者め！」
「ユッケ2人前追加！」</td></tr>
<tr><td>性格類型
防衛機制</td><td colspan="5">自己愛型　反社会型　否認　投影</td></tr>
<tr><td>現在の
主要な動機</td><td colspan="5">自分がもといた次元に帰るため次元のカギを探すこと</td></tr>
<tr><td>現在やって
いること</td><td colspan="5">主人公をグーグル検索させてこき使う</td></tr>
</table>

主人公に利用される人の性格類型は、依存性パーソナリティー障害（128ページ）という設定もありうるだろう。

これでもう、2人以上の人物のプロットが組まれた。じつに簡単だ。

主人公は特に特徴のないキャラクターであっても、特徴的な人物の登場によって主人公の平凡でつまらない日常を一変させることもできる。その特徴的な人物が、主人公の人生に介入してドラマチックなエピソードを創り出すように仕向けるのだ。元々別の世界の存在であるため、思考体系や行動パターン自体が異なり、主人公と衝突してそこからエピソードが生まれることにもなる。

思い浮かぶイメージによって性別、名前、外見、個人史を付与してみよう

ここまで見てきた心理学的類型に沿ってキャラクター設定をすれば、それに基づく性格と行動の帰結として、その人物だけの独特な人生のエピソードが出来上がってくるだろう。

キャラクター間の相互作用を利用して事件を起こそう

実際、ストーリーに面白みを与えるには、キャラクター設定それ自体よりもキャラクター間の〝説得力のある相互作用〟こそが重要だろう。そのキャラクターはなぜそのようなことを言うのか、なぜそのような行動をするのか、どうして他のキャラクターとそのような関係になるのか。ところで、私たちはすでに性格類型と防衛機制、年齢と環境などによってその人がどんな言動をするのかを見てきた。ここからは、その公式を主人公とその周辺人物に当てはめてみよう。まずは彼らを出会わせ、そして性格に従って行動させ、読者の納得のいくようなやりとりをさせることだ。

<table>
<tr><td>キャラクター</td><td colspan="5"></td></tr>
<tr><td>主人公の妹</td><td rowspan="3">特性</td><td>長所</td><td colspan="3">理性的</td></tr>
<tr><td rowspan="7">（思い浮かぶ
イメージを
描いてみよう）</td><td>短所</td><td colspan="3">かわいいものが好きすぎる</td></tr>
<tr><td>好み</td><td colspan="3">かわいいぬいぐるみ</td></tr>
<tr><td>職業</td><td colspan="2">研究員</td><td>社会的
地位</td><td>見た目はまともな
キャリアウーマン</td></tr>
<tr><td>現在の状況</td><td colspan="4">主人公の家に遊びにきてMr. Duckを見て
そのかわいさに心を奪われた状態</td></tr>
<tr><td>人間関係</td><td colspan="4">主人公、Mr. Duck</td></tr>
<tr><td>主なセリフ</td><td colspan="4">「ダッサ！」
「（心の叫び）か　わ　い　い！」</td></tr>
<tr><td>性格類型
防衛機制</td><td colspan="5">（空欄を埋めてみよう）</td></tr>
<tr><td>現在の
主要な動機</td><td colspan="5">（空欄を埋めてみよう）</td></tr>
<tr><td>現在やって
いること</td><td colspan="5">（空欄を埋めてみよう）</td></tr>
</table>

ある事件が起こったら次の事件を起こそう

キャラクターたちが出会いコミュニケーションをとったなら、後はどうすればよいだろうか。その相互作用によって別の事件が起こり、また別のキャラクターに会うことになれば、自然とストーリーは続いていくだろう。

「ところが」「突然」「実は」という単語で始まる突拍子のないエピソードは避けた方がいい。ストーリーが行き詰まった時、このようなデウス・エクス・マキナ（deus ex machina／劇や小説でどうにもならない状況を解決するために、いきなり動員される力や事件）を使い続けると、ストーリーの有機的な進行が阻害されて途切れ途切れになり、キャラクターの動機や行為の妥当性が損なわれてぎこちなく感じるようになる。読者の「なぜ？」「どうして？」という問いに答えられないストーリーは、すぐに読者の興味を失わせる。主題に沿った進行について知りたければ、『Now Write! Science Fiction, Fantasy and Horror: Speculative Genre Exercises from Today's Best Writers and Teachers（さあ書いてみよう！　SF、ファンタジー、ホラー：今話題のライターと講師が教えるジャンル別トレーニング）』という書籍がよい参考になるだろう。

原注

【1】『ＤＳＭ-5 정신 질환의 진단 및 통계 편람 제5판（原題からの直訳題：ＤＳＭ-5精神疾患の診断及び統計便覧 第5版）』、アメリカ精神医学会、学志社（韓国の出版社）

【2】双極性障害（躁うつ病）は、躁病のエピソードとうつ病のエピソードを見せる疾患で、気分障害の一種である。一般的に躁状態とは〝空を飛ぶよう〟な非常に高揚した気分のことをいい、躁の時には木に登るなどの身体的に危険な行動をしたり、切々と愛を表現したり、偶発的に新しいことを始めるなどの好奇心旺盛な様子を見せる。躁状態のエピソードを過ぎてうつ状態のエピソードになると無気力な様子を見せ、内的苦痛を訴える。

【3】妄想とは、根拠の全くない突拍子もない信念をもっていることを意味し、幻覚とともに統合失調症の最も特徴的な症状である。周囲で起こっていることを自分と関連づけ、個人的かつ特別な意味を付与する関係妄想、誰かが自分を監視している、自分を操っていると感じる被害妄想および誇大妄想、自分が救世主であるとか神の啓示を受けたというような宗教妄想がよく現れる。妄想は、合理的な説得や論戦では簡単に矯正されないという特徴がある（ソウル峨山病院ホームページ、疾患百科の「統合失調症」参照。https://www.amc.seoul.kr/asan/healthinfo/disease/diseaseDetail.do?contentId=31578）。

【4】『ＤＳＭ-5 임상사례집（直訳題：ＤＳＭ-5 臨床事例集）』、「18.2 특이한 고립（特異な孤立）」学志社、４６１ページ

【5】『ＤＳＭ-5 정신 질환의 진단 및 통계 편람 제5판（直訳題：ＤＳＭ-5精神疾患の診断及び統計便覧 第5版）』、301.20、学志社、７１２ページ

【6】『ＤＳＭ-5 임상사례집（直訳題：ＤＳＭ-5 臨床事例集）』、「18.2 특이한 고립（特異な孤立）」学志社、４６１ページ

【7】『ＤＳＭ-5 정신 질환의 진단 및 통계 편람 제5판（直訳題：ＤＳＭ-5精神疾患の診断及び統計便覧 第5版）』、301.20、学志社、７１３ページ

【8】『ＤＳＭ-5 이상심리학（Essential of Abnormal Psychology）제7판（直訳題：ＤＳＭ-5 異常心

理学 第7版)』、社会評論(韓国の出版社)、462ページ

【9】韓国の研究チームが映画「タクシードライバー」のパーソナリティー障害を初めて究明(2016年1月21日)、連合ニュース、https://www.yna.co.kr/view/AKR2016012114030004

【10】「조현형 성격장애:'세상에 이런 일이' 출연자들의 변(統合失調型パーソナリティー障害:「この世にこんなことが」出演者たちの弁)」(2020年11月21日)、ホ・ジウォン(高麗大学心理学科准教授)、私の人生の心理学mind、http://www.mind-journal.com/news/articleView.html?idxno=1101&page=2&total=107

【11】『DSM-5 임상사례집(直訳題:DSM-5臨床事例集)』、学志社、479ページ

【12】映画「ベティ・ブルー 愛と激情の日々」に出てくるセリフの一部。

【13】フロイトは人間を動かす強い欲望のことをエロスとタナトスと称した。エロスは創造し、生を営もうとする欲望だ。一方、タナトスは破壊と死に向かう欲望であるが、フロイトは人間にはエロスとタナトスが共存するとの見方を示した。

【14】『DSM-5 임상사례집(直訳題:DSM-5臨床事例集)』、学志社、474ページ

【15】「[내 마음은 왜 이럴까?]"아싸"라 괴로워요…회피적 성격의 진화([僕の心はどうしたのだろう?]"アウトサイダー"なので苦しいです。回避型性格の進化)」(2018年8月12日)、パク・ハンソン(精神医学科専門医)、東亜サイエンス、https://www.dongascience.com/news.php?idx=23382

【16】『Adaptation to Life(人生への適応)』、ジョージ・E・ヴァイラント著、ハン・ソンヨル訳、ナナム出版社(韓国の出版社)、131ページ【未邦訳の書籍。記載の出版社名とページ数は、韓国語翻訳版のもの】

【17】研究の本来の名称は「Harvard Longitudinal Study(ハーバード大学長期研究)」であり、翌年「Harvard Grant Study of Social Adjustments(ハーバード大学グラント社会適応研究)」に変

わった後、１９４７年に現在公式に認められる名称である「Harvard Study of Adult Development（ハーバード大学成人発達研究）」と呼ばれるようになった。しかし、研究者および研究対象者、そして初期の著作物では「Grant Study（グラント研究）」として知られている。研究目的は１９３８年当時、医学界が病理学に対してもっていた先入観を乗り越え、最適の健康状態とこれを決定する潜在的要因と、さらにこのような健康および健康的生活を決定する潜在的な要因を向上させる条件は何であるのかを調べる目的で始まった。研究の最初の対象者は１９３９年、１９４０年、１９４１年にハーバード大学を卒業した64人の厳選された2年生の男子学生らであり、続いて１９４２年、１９４３年、１９４４年の卒業生も参加し、最終的に２６８人の対象者集団であるコホート（この種の研究に参加した対象者集団）が構成され、２０２２年現在まで続いている。

【18】前掲、『Adaptation to Life（人生への適応）』、３５０ページ

【19】前掲書、５５７ページ

【20】信頼性とは、当該検査が測定しようとしていることをどれだけ〝正確〟に測定するかを示す値であり、妥当性とは、当該検査が測定しようとする〝内容〟をどれだけ忠実に測定しているかを示す値である。性格検査だけでなく、心理学の全ての研究は信頼性と妥当性が基準点よりも高くなければならない。

【21】「해리성 장애, 드라마보다 더 드라마틱한 현실의 그림자（解離性パーソナリティー障害、ドラマよりもドラマチックな現実の影）」（２０１５年10月31日）、韓国日報、https://www.hankookilbo.com/News/Read/201510312246767590

【22】ミュンヒハウゼン症候群、代理ミュンヒハウゼン症候群のこと。

【23】「해리성 장애, 드라마보다 더 드라마틱한 현실의 그림자（解離性パーソナリティー障害、ドラマよりもドラマチックな現実の影）」（２０１５年10月31日）、韓国日報、https://www.hankookilbo.com/News/Read/201510312246767590

【24】感覚遮断タンク（sensory deprivation tank, isolation tank, float tank, flotation tank, sensory attenuation tank）は皮膚と同じ温度の食塩水で満たし、中に入った人を浮かせる光と音を遮断するタンクで、視覚、聴覚、触覚などの感覚が遮断される。全ての感覚がリラックスして癒やされるだとか霊感を得るという人もいるが、幻覚や幻聴を経験する人も多い。

【25】韓国版ウィキペディア「아스퍼거 증후군（アスペルガー症候群）」、https://ko.wikipedia.org/w/index.php?title=%EC%95%84%EC%8A%A4%ED%8D%BC%E%20A%B1%B0_%EC%A%206%9D%Ed%9B%84%E&B5%B0&oldid=30224907

【26】韓国版ウィキペディア「전환 치료（転換治療）」、https://ko.wikipedia.org/w/index.php?title=%E%20C%A0%84%ED%99%98_%EC%B9%98%EB%A3%8C&oldid=30103236

【27】２００1年、日本の刑法上、触法少年の下限年齢が16歳から14歳に調整された。

【28】このような搾取的師弟関係の健全なバージョンを知りたければ、映画「ボーン・コレクター」の犯罪学者リンカーン・ライム（デンゼル・ワシントン）とアメリア・ドナヒー刑事（アンジェリーナ・ジョリー）を参考にすればいい。捜査バディものでは頭脳派と肉体派・行動派がタッグを組むという古典的な法則があった。しかし、「ボーン・コレクター」のライムとドナヒーは男女、黒人と白人、障害者と非障害者、行動の制約がある変化球型の安楽椅子型の頭脳派（身体まひのためベッドに横たわっている）と駆け出しの行動派刑事という新鮮な組み合わせで、既存の男同士の刑事バディものと差別化してみせた。

【29】クラリスとレクター博士が資料をやりとりする時、レクター博士がクラリスの指を自分の一本の指で撫でる場面があるが、この部分からかなり性的なニュアンスを感じるという観客が多かった。

【30】フット・イン・ザ・ドア法（foot-in-the-door technique）といい、より大きな要求に先立って小さな要求に同意させる技法だ。代表的な例としては、アメリカの社会心理学者フリー

ドマン（Freedman）とフレイザー（Fraser）が1966年に行った実験が挙げられる。彼らはある村の主婦たちに「安全運転委員会から来た」としながら、国会に提出する安全運転陳情書に署名（小さな要求）することを頼んだ。気軽にできて社会的にも望ましい行動であるため、これには大半が喜んで署名した。数週間後、他の実験者たちが署名をした主婦たちを再び訪ねて「慎重に運転しましょう」と書かれた大きくて見苦しい掲示板を家の前に設置（大きな要求）するよう要求した結果、55%が同意した。しかし、署名を頼んだことのない新しい主婦たちを訪問して掲示板の設置を要求した結果、17%しか同意を得られなかった。

[31] 春川《チュンチョン》地方裁判所原州《ウォンジュ》支院2014年8月13日宣告2014第1審刑事単独444判決、「夜間に住居に侵入して窃盗中だった泥棒を家主が洗濯物干し台で数回たたき、さらに着用中だったベルトを外して数回たたきつけ、外傷性硬膜下出血などの傷害を与え、意識の戻らない状態にした事件」法曹新聞、http://news.koreanbar.or.kr/news/articleView.html?idxno=11842

[32] ゲイリー・オールドマンが「不滅の恋／ベートーヴェン」というベートーヴェンの伝記映画にベートーヴェン役として出演していたため、このギャグが成立した。

[33] ハリウッド映画で白人のキャラクターの中に黒人を脇役として入れることで人種差別問題を回避すること、およびそれに伴うキャラクター使用をいう。アニメ「サウスパーク」では最初から「トークン・ブラック（Token Black）」というキャラクターが登場するが、黒人に関するあらゆるクリシェが盛り込まれている。

[34] 大衆の関心を引くための戦略的特性。

[35] 韓国に法科学ものの旋風を巻き起こしたアメリカのドラマ「CSI：ベガス」では、キャサリン・ウィロウズ（マーグ・ヘルゲンバーガー）は夜間チームのチーム長を務める。また、「女検察官アナベス・チェイス」のアナベス・チェイス（ジェニファー・フィニガン）は産休を

終えて復職した正義感あふれる検事だ。「LAW&ORDER：性犯罪特捜班」では、刑事のオリビア・ベンソン（マリスカ・ハージティ）はシーズン中に成長し、シーズン15ではチーム長代理を経てチーム長にまでなる。「クローザー」のブレンダ・ジョンソン（キーラ・セジウィック）は、南部なまりを使い、ダサいショルダーバッグを持ち歩くスイーツ依存症の気分屋だが、狙いを定めた犯罪者は無条件で追いつめてしまう。筆者（ユ・ジヒョン）は個人的に、ブレンダが犯人を心理的に追いつめる手法が大好きである。「クローザー」でブレンダと業務や性格面において対照的なシャロン・レイダー（メアリー・マクドネル）は、以後シーズン7から「Major Crimes—重大犯罪課—」にタイトルを変え、新しい主人公になった。二人とも、目標のためなら不屈の精神で立ち向かい、チームメンバーを励ます姿は共通している。

【著者】

ハン・ミン
Han Min

文化心理学者。高麗大学の心理学科を卒業後、同大学院で心理学修士・博士号を取得。著書に『線を越える韓国人　線を引く日本人』（邦訳は飛鳥新社刊）、『슈퍼맨은 왜 미국으로 갔을까（スーパーマンはなぜアメリカに行ったのか）』（未邦訳）などがある。さまざまな大学や機関で講義を行っており、韓国コンテンツ振興院の審査委員も務める。
ブログ「ハン先生の文化心理学」　YouTube「5分心理学」

パク・ソンミ
Park Sungmi

20代のほとんどを高麗大学で文学と心理学を学びながら過ごし、なかでも文化心理学に大きな影響を受ける。7年間の社会人生活のあと、健康に支障をきたして退職。その後、文学と心理学を通した交流を目的とする「とある本屋」というサービスを立ち上げ、ワークショップと講義を開催するようになる。「とある本屋」のサービスをよりよいものにするために、現在は建国大学文学治療学博士課程に在籍して研究を続けている。ペンネームを使って小説とエッセイの執筆も行う。
インスタグラム@anybookroom　YouTube「とある本屋's神秘の心理学辞典」

ユ・ジヒョン
Yoo Jihyun

アメリカのドラマ『X－ファイル』にはまり、「推し」キャラクターであるフォックス・モルダーが専攻する犯罪心理学を勉強しようと高麗大学に入学。卒業後は大学院に進学して文化心理学を学ぶ。警察の犯罪分析官《プロファイラー》に任用されてからは科学捜査と刑事課の業務に携わるようになり、現在は犯罪心理の中でも嘘に関するポリグラフ検査を担当する。人間が犯罪に手を染める動機の源泉として、人の心の深淵に関心をもっている。

【訳者】

黒河星子
Kurokawa Seiko

韓日・英日翻訳家。京都大学大学院文学研究科博士後期課程単位取得退学。訳書に『花を見るように君を見る』『愛だけが残る』『アンニョン、大切な人。』（いずれもかんき出版）、『今日はこのぐらいにして休みます』（飛鳥新社）などがある。

悪役（ヴィラン）の心理

クリエイターのためのキャラクター創作マニュアル

二〇二四年一〇月三〇日　初版第1刷発行
二〇二四年一一月三〇日　初版第2刷発行

著者　ハン・ミン、パク・ソンミ、ユ・ジヒョン
訳者　黒河星子《くろかわせいこ》
発行人　佐々木幹夫
発行所　株式会社翔泳社（https://www.shoeisha.co.jp）
印刷・製本　中央精版印刷株式会社

日本語版ブックデザイン　野条友史（buku）
日本語版装画　つのがい
DTP　株式会社シンクス
翻訳協力　株式会社リベル

문제적 캐릭터 심리 사전 (Problematic Characters Psychology)
by 한민, 박성미, 유지현 (Han Min, Park Sungmi, Yoo Jihyun)

本書へのお問い合わせについては、12ページに記載の内容をお読みください。

造本には細心の注意を払っておりますが、万一、乱丁（ページの順序違い）や落丁（ページの抜け）がございましたら、お取り替えいたします。03-5362-3705までご連絡ください。

ISBN978-4-7981-8527-9
Printed in Japan